本书出版得到华南师范大学 211 项目
"文化生态与中国语言文学的古今演变"的资助

文化生态与中国古代文学论丛

戴伟华 著

人民出版社

责任编辑:陈寒节

责任校对:湖　催

图书在版编目(CIP)数据

文化生态与中国古代文学论丛/戴伟华　著
—北京:人民出版社,2011.5
ISBN　978-7-01-009794-7

Ⅰ.①文…　Ⅱ.①戴…　Ⅲ.①古典文学-文学研究-
中国-文集　Ⅳ.①I206.2-53

中国版本图书馆CIP数据核字(2011)第054686号

文化生态与中国古代文学论丛
WENHUA SHENGTAI YU ZHONGGUO GUDAI WENXUE LUNCONG

戴伟华　著

人民出版社 出版发行

(100706　北京朝阳门内大街166号)

北京中科印刷有限公司印刷　新华书店经销

2011年5月第1版　2011年5月北京第1次印刷

开本:710毫米×1000毫米　1/16　印张:16.5

字数:220千字　印数:0,001-2,500册

ISBN 978-7-01-009794-7　　定价:36.00元

邮购地址:100706　北京朝阳门内大街166号

人民东方图书销售中心　电话:(010)65250042　65289539

目　录

文化生态与中国文学 ……………………………………… 1

独白:中国诗歌的一种表现形态 ………………………… 11

《左传》"言语"对战国诸子散文的影响 ………………… 36

试论《离骚》的创作契机与艺术构思 …………………… 46

论五言诗的起源——从"诗言志"、"诗缘情"的差异说起 ………… 58

论两汉的"歌诗"与"诗" ………………………………… 79

孔稚圭《游太平山诗》补证 ……………………………… 94

唐代春秋左传学别论 ……………………………………… 98

初唐诗赋咏物"兴寄"论 ………………………………… 122

唐诗中"杜鹃"内涵辨析——以"杜鹃啼血"和"望帝春心托杜鹃"为例 134

高适《燕歌行》新论 ……………………………………… 145

李白的悲剧与诗 …………………………………………… 154

李白自述待诏翰林相关事由辨析 ………………………… 168

北宋文士与兵学关系述略 ………………………………… 182

苏轼《水龙吟》(次韵章质夫杨花词)的写作智慧 ……… 199

被误读的《兰陵王·柳》主题 …………………………… 204

李清照《武陵春》词应作于绍兴元年考——兼说"隐性"材料的价值和

利用 …………………………………………………………… 208

李清照《凤凰台上忆吹箫》新探 ………………………………… 215

传统考据学与现代学术——陈尚君教授《全唐文补编》及其相关成果

　的意义和方法 …………………………………………………… 220

文学生态与文学研究的实践 ……………………………………… 239

后　记 ……………………………………………………………… 258

文化生态与中国文学

　　文化生态学是文化人类学家从生物学家那里借用生态学的术语而创建的。生态学是德国动物学家赫克尔 1866 年在《有机体普通形态学》中首先提出,它表示生物同有机或无机环境之间的关系。生态学即生物生态学,后来发展形成许多分支学科,如动物生态学,植物生态学,微生物生态学,水生物生态学等等。人们借用生态学的原则和概念,研究人文科学,也形成各种学科,如教育生态学、人类生态学、社会生态学、文化生态学等。人文地理学意义上的文化生态学是研究特定人类文化群体在特定地理环境中的发展特征,并注意文化与环境的动态和谐的学科。生态学意义上的文化生态学是研究文化体制适应其总体环境的方法和某一文化的各项制度相互适应的方法,并阐明不同文化图式是如何出现、持续和转化的一门边缘学科。文化生态学(cultural ecology)是一门将生态学的方法运用于文化学研究的新兴交叉学科,是研究文化的存在和发展的资源、环境、状态及规律的科学。

　　其实,文学研究者通常使用的是文化生态,而不是文化生态学,这意味着二者之间的联系和区别是明显的,大致上是借用了"文化生态学"一词的表述,而不是使用文化生态学概念的本质内涵,这恰恰表达了文学研究者企图在宏大的文化视野下解释文学生成、发展和演变过程的需求,其"文化生态"就是文化的形成和存在的状态,而完全不同于原初的生态含义:生态就是指一切生物的生存状态,以及它们之间和它与环境之间环环相扣的关系。可以说文化生态一词是"唯我所用"最成功的概念。所以"文化与文学"关系的研究和"文化生态与文学"关系的研究,无论是内涵还是外延都有高度的契合之点,而逐渐为人们认同,甚至在学理上"文化生态"的移用也得到合法的存在和身份,并且不断赋予其新的内容。文化生态学是研究环境和人类文化的关系、相互影响,从而说明文化特征及其产生发展规律的科学。文学研究者提出的"文化生态与文学"的命题,其内涵与外延是不确定的,通常与研究主体的研究对象及其学术经验有关联,因不同的目的就有了对"文化生态"的不同理解,在运用中因阐释的程度和经验的支配更无法作统一的带有规定性的界定。如果抛开"生态"一词的学术史梳理,搁置赫克尔原初的概念提出以及理论设定,"文化生态"可以理解为文化生成形式、存在方式和发展态势等,因为我们明白"生态"和"生态学"的差异,而慎用"生态学",选用"生态"一词。事实上,在文学与文化生态关系的论述中,文化生态就是对文化的外延诉求和动态描述。在这一点上,它和"在文化背景下探求和阐释文学"的努力是相当接近,甚至是一致的。丹纳《艺术哲学》说:"要了解一件艺术品,一个艺术家,一群艺术家,必须正确地设想他们所属的时代的精神和风俗概况。这是艺术品最后的解释,也是决定一切的基本原因。"他一再强调的"作品的产生取决于时代精神和周围的风俗"[1],和我们理解的文学研究的文化生态方法有内在的一致性。而他论希腊雕塑的"种族"、"时代"、"制度"正是我们在研究文化生态与文学所关注的几个重要视角。

丹纳重视对时代风气的研究,揭示艺术家生存的环境,以及由此产生的艺术家行为特征。1500 年左右的欧洲,时间大约是明弘治、正德。"当时的人动武成了习惯,不仅平民,连一般地位很高或很有修养的人,

---

① [法]丹纳:《艺术哲学》,傅雷译,人民文学出版社 1988 年版,第 7,32 页。

也做出了榜样来影响大众。琪契阿提尼说，有一天，法国国王委派的米兰总督德利维斯，在菜市上亲手杀了几个屠夫，因为'他们那种人素来强横，竟敢抗缴不曾免除的捐税'。——现在你们看惯艺术家安分守己，晚上穿着黑衣服，打着白领带，斯斯文文出去交际。但在彻里尼的回忆录中，艺术家同闯江湖的军人一样好勇斗狠，动不动杀人。有一天，拉斐尔的一般学生决意要杀死罗梭，因为他嘴皮刻薄，说拉斐尔的坏话；罗梭只得离开罗马，一个人受到这种威胁，不能不赶快上路。那时只要一点儿极小的借口就可以杀人。彻里尼还讲到华萨利喜欢留长指甲，有一天和徒弟玛诺同睡，'把他的腿抓伤了，睡梦中以为给自己搔痒，玛诺为此非要杀华萨利不可。'这真是小题大做了。但那个时代的人脾气那么激烈，打架那么随便，一下子会眼睛发红，扑到你身上来。斗兽场中的牛总是先用角触，当时的意大利人总是先动刀子。"将艺术家还原到那个文化生态中是非常形象生动的，立体到可以去触摸。

在试图还原艺术家生活和创作的文化生态的同时，丹纳也没有放弃经验和想象，而是充分发挥对艺术品产生的过程及其艺术感染力的丰富联想来描写艺术的本质，甚至对艺术品细节的想象性描述也令人神往。"他凭着清醒而可靠的感觉，自然而然能辨别和抓住种种细微的层次和关系：倘是一组声音，他能辨出气息是哀怨还是雄壮；倘是一个姿态，他能辨出是英俊还是萎靡；倘若是两种互相补充或连接的色调，他能辨出是华丽还是朴素。他靠了这个能力深入事物内心，显得比别人敏锐。而这个鲜明的，为个人所独有的感觉并不是静止的；影响所及，全部的思想机能和神经机能都受到震动。"文化生态的视野，不仅对重大事件的研究追问其宏大背景，而且对细部的分析总是追求立体的表达，追求生动场景的呈现，展开事物的层次和关系。

在文化生态与文学关系研究中，常常提及丹纳的《艺术哲学》，正在于丹纳对艺术产生的文化分析和理论上的概括，与那些高谈阔论追求深刻的理论讨论相区分，丹纳的学术实践更便于人们去理解，去效仿。

丹纳对学术非常敬重,理论素养极深,但他不喜欢过分渲染形而上的深刻性,他的成功之处在于向大众传播艺术,让艺术走向社会。然而,丹纳的《艺术哲学》在中国二十世纪最后二十年的影响,是这位十九世纪的法兰西科学院院士未曾料及的。

傅璇琮先生在《唐代诗人丛考》前言中写的第一句话就是:"若干年前,我读丹纳的《艺术哲学》,印象很深刻。"在引述丹纳关于一个时代有艺术家四周齐声合唱、比艺术家更广大的同时同地的艺术宗派或艺术家家族的两段经典概括后,又说:"由丹纳的书,使我想到唐诗的研究。唐代的诗歌,在我国古代文学上,是一个重大的发展。在唐代的诗坛上,往往会有这样的情况,即每隔几十年,就会像雨后春笋一般出现一批成就卓越的作家。"对于文学史的理解,傅先生也特别重视作家所在的时代和环境,正如其在《江湖诗派研究》序中所说的那样:"我之所谓对文学史的理解至如此成熟的程度,是近于陈寅恪先生所说的'其对于古人之学说,应具了解之同情'。也就是说,要对于'其所处之环境,所受之背景',须'完全明了',这样'始能批评其学说之是非得失,而无隔阂肤廓之论。'(见《冯友兰中国哲学史上册审查报告》)。陈寅恪先生这里说的是对中国古代哲学史研究的态度,我觉得对中国古代文学史,也应有此种'通识'。"也就是不要孤立看待文学和文学的发展,而是要在文化存在方式和存在形态中统观文学。

文化生态中的时代和制度两项在傅先生学术体系中占有重要位置。傅先生的唐代科举与文学、唐代翰林学士与文学关系的研究,在文化生态与文学关系研究方面有引导之功。在傅先生那里,文化生态是由"历史——文化"来呈现的,它既指向研究内容,又提出了综合的研究方法。傅璇琮在《日暮丛书》序中有意识提出"历史——文化"的综合研究思路和解决问题的方法:"80 年代以来,中国古典文学研究确实进入一个崭新的转型时期。……转型期的另一表现,就是重视'历史——文化'的综合研究。古代文学研究要向深度发掘,当然要着力于文学内部发展规律的探求,但这种探求是不能孤立进行的。这些年来,文学与哲学思想、政治制度,以及与宗教、教育、艺术、民俗等关系,已被人们逐渐重视。人们认识到,不能孤立地研究文学,也不能像过去那样把社会概况仅仅作为外部附加物贴在作家作品背上,而是应当研究一个时期的文化背景及由此而产生的一个时代的总的精神状态,研究在这样一种综合的'历史——文化'趋向中,怎样形成作家、士人的生活情趣和心理境界,从而产生出一个时代以及一个群体、个人特有的审美体验和艺术心态。……当然,我们这样做,不仅要考虑文学与其它社会意识形态的亲缘关系,更要探索文学在总的'历史——文化'环境中怎样显示其特色。它不是使文学隐没,而应是使文学作为主体更加突出。"其后在《唐翰林学士传论(盛中唐卷)》的《前言》中仍然关注"文化环境",认为从事唐翰林学士研究,即"以此为中介环节,把它与文学沟通起来,以便进一步研究唐代文学进展的文化环境"。

更为重要的是,傅先生的学术追求和学术方法的自觉运用和倡导,正是为了解决文学史问题,比如一般认为白居易创作《新乐府》是本着立足现实、反映民间疾苦的文学观念而产生的创作实践。但从翰林学士这一角度切入,可以得到全新的结论,考虑到《新乐府》的写作是白居易担任翰林学士任内,从翰林学士的职能出发而创作的奏议性诗篇,正因为如此,白居易离职后即辍笔不写。这完全是从文化生态与文学关系中作出的全新解析。

"文化"概念,也是有各种解释,而"文化生态"一词的内涵也会有不同的解释,最简单的解释可能是最有说服力并易为人们认同的解释。因此,文化生态简单和文化环境联系起来,其实用功能和生命力是强大的,具体到中国文学学科的研究,还原文学的文化环境、在文化背景中阐释文学,使历史和逻辑融汇,如此,文学兴衰、嬗变的前因后果可能会得到明晰的说明。更重要的是,有些就文学论文学、在文学体制内解决不了或解决不彻底的问题,有希望也有可能得到解决。

　　文化生态指文化存在的方式和存在的条件,在文化生态中研究中国文学,是和文学发生、发展的实际相关联的。诗三百的最初呈现形态是和乐、舞构成三位一体的,从系统论看,它是三者相互制约而又紧密结合的艺术形态,是艺术品种。文学是指以语言文字为工具形象化地反映客观现实的艺术,包括戏剧、诗歌、小说、散文等,是文化的重要表现形式,以不同的形式(称作体裁)表现内心情感和再现一定时期和一定地域的社会生活;音乐是有组织的乐音来表达人们思想感情、反映现实生活的一种艺术;舞蹈是在三度空间中以身体为语言作"心智交流"现象的人体运动表达艺术。正确解读和阐释诗三百,应置放其在诗、乐、舞三位一体的文化生态中,由于早期文献无法用今天的曲谱、舞谱来记录和诗三百一体的歌舞状况,但这种文化统观的学术意识应该存在。

　　而传统的文、史、哲不分是在先秦就确立的,可以说先秦诸子和历史散文,是在文化生态系统中的学术形态。和诗三百不同的是,诗三百在诗、乐、舞系统中分别以不同的形式来表现一种统一协调的关系,而先秦文、史、哲不分都是以语言文字为工具的,文学重在形象,史学重在真实,哲学重在思考和抽象概括。文、史、哲相联系的文化形态,使人们更易在真实和抽象中去认识诸子散文和历史散文的文学性。

　　我们不能说没有纯文学的存在形态,但文学形态多与文化生态存在着千丝万缕的联系。文化生态置于文学之上,使文学的本质得到更适当的表述和阐释。上述诗的传统和文的传统,皆可归纳为文化生态中的文学活动。

　　从方法论考虑,无论是文学文本的艺术分析,还是文学活动的"回到历史现场",都需要在文学活动和文学文本生产的文化生态中去叙述或阐释。最显著的例子就是文人的空间位移使文人的文化生态发生改变。如果我们承认不同的地域有不同的文化表征,就很容易认同这一看法。如诗人李白最早是生活蜀文化圈中,他曾跟赵蕤学习纵横术,这对他一生行事有很大影响。李白在诗歌创作中也直接描写了蜀中山水,《唐诗纪事》卷一八引《彰明逸事》:"(白)隐居戴天大匡山,往来旁郡,依潼江赵征君蕤。蕤亦节士,任侠有气,为纵横学,著书号《长短经》。太白从学岁余,去游成都。"李白《上安州裴长史书》云:"前礼部尚书苏公出为益州长史,白于路中投刺,待以布衣之礼。因谓群寮曰:'此子天才英丽,下笔不休。虽风力未成,且见专车之骨。若广之以学,可以相如比肩也。'"李白游成都,写有《登锦城散花楼》:"日照锦城头,朝光散花楼。金窗夹绣户,珠箔悬银钩。飞梯绿云中,极目散我忧。暮雨向三峡,春江绕双流。今来一登望,如上九天游。"这样的诗写得并不算好,古诗和律诗形式杂糅,"日照锦城头,朝光散花楼。"起笔柔弱,而且不凝炼,"日照"和"朝光"意思重复,"金窗夹绣户,珠箔悬银钩。"修饰过度,和下面的诗句在风格上也不协调。因为李白访成都的诗流传太少,这首诗在研究李白在成都的创作以及早期诗风就有了认识价值。成都在作者心中应留下深刻印象,事隔三十多年,李白在写《上皇西巡南京歌十首》中还有"北地虽夸上林苑,南京还有散花楼"句。南京,指成都,《新唐书·肃宗纪》至德二载十二月,"以蜀郡为南京,凤翔郡为西京,西京为中京。"而李白出川后,就和楚文化和鲁文化发生关系。①

　　另一位大诗人杜甫,晚年曾入川,巴蜀文化对杜甫影响不能忽视。杜甫的七律诗在整体上成为唐诗的最优秀的作品,而他的许多七律名篇都写于巴蜀。施闰章《蜀道诗序》:"杜子美以羁旅转徙之客,作为诗歌,顾使巴蜀川岩形见势出,后之好事者,磨岩镵石,照耀无垠,殆自蚕丛开国以来所仅有,昔人以湘江为三闾汤沐邑,由此言之,则蜀之锦江巫峡,所在皆杜氏汤沐地也。向使工部安居朝省,即坐致卿相,奚以致是?"这里以屈原之于湘江来比杜甫之于巴蜀,可见杜甫巴蜀诗在杜诗中的地位。杜甫创作了一批七律组诗,历来为人们所推崇,如《秋兴八首》、《诸将五首》、《咏怀古迹五首》等诗。《秋兴八首》雄浑丰丽,哀伤

---

① 参见戴伟华:《地域文化与唐代诗歌》,中华书局 2006 年版,第 109—130 页。

无限,体现了老杜沉郁顿挫的风格。"规模弘远,气骨苍丽,脉络贯通,精神凝聚。痛真是痛,痒真是痒,笑真是笑,哭真是哭,无一假借,不可动摇。论才情,真正是才情,论手笔,真正是手笔。七字之内,八句之中,现出如是奇观、大观,直使唐代人空,千秋罢唱。寄语世间才人,勿再和《秋兴》诗也。"(《说唐诗》)"怀乡恋阙,吊古伤今,杜老生平,见见于此。其才气之大,笔力之高,天风海涛,金钟大镛,莫能拟其所到。"(《杜诗偶评》)引其一、其二以见一斑:"玉露凋伤枫树林,巫山巫峡气萧森。江间波浪兼天涌,塞上风云接地阴。丛菊两开他日泪,孤舟一系故园心。寒衣处处催刀尺,白帝城高急暮砧。""夔府孤城落日斜,每依北斗望京华。听猿实下三声泪,奉使虚随八月槎。画省香炉违伏枕,山楼粉堞隐悲笳。请看石上藤萝月,已映洲前芦荻花。"杜诗是丹纳有关风俗、时代观点论述的有力佐证。

如果说李白没有出川就有可能是唐代的一般诗人,那么,如果杜甫没有入川的经历也就没有最能代表其"沉郁顿挫"风格的七律组诗。归结起来还是文化生态影响了作家的文学活动和文学创作。

甚至,我们今天在思考中国文学如何有效走向世界时,也要关注文化生态。因为通过另一种语言,如英语,介绍中国古代文学作品,势必要将古代汉语形式的文学作品翻译成英语,其中的困难是不言而喻的。翻译是必需的,只有通过翻译才能使汉语外的另一个语言世界了解中国文学。但人们常常会提出这样的问题,如何翻译才能保持汉语文学的原有韵味,向另一个语言世界传达出在汉语文化语境中所体会到意思和美感。我们认为将中国文学翻译成英语,是有文体的差异的,比如叙事类的传奇、小说,以人物形象、情节为主,讲一个故事,相对而言,在不同的语言中都容易被理解和接受;而作为中国文学精粹的唐诗宋词就很难通过翻译介绍到英语世界,这里举王维《山居秋暝》为例说明在介绍中国文学进入世界文学进程中关注文化生态的战略意义:

山居秋暝

AUTUMN EVENING IN THE MOUNTAINS

空山新雨后，

After fresh rain in mountains bare，

天气晚来秋。

Autumn permeates evening air.

明月松间照，

Among pine – trees bright moonbeams peer；

清泉石上流。

O´er crystal stones flows water clear.

竹喧归浣女，

Bamboos whisper of washer – maids；

莲动下鱼舟。

Lotus stirs when fishing boat wades.

随意春芳歇，

Though fragrant spring may pass away，

王孙自可留。

Still here´s the place for you to stay.

应该说翻译是努力在传达王维诗的意蕴，但问题仍然存在，王维诗是律体，形式至为重要，我们在读这首诗时，必然会从格律诗的形式方面去欣赏，如"明月松间照，清泉石上流"，有平仄和平仄相间的规律，"明月"的"月"必须是仄声，"松间"二字是平声，"照"是仄声，"清泉"二字是平声，"上"是仄声，"流"是韵字，是平声。在吟诵时在平声处稍作声腔拉长，在仄声处稍作短促处理。这样才能传达出诗的韵味，就不仅仅是："Among pine – trees bright moonbeams peer；O´er crystal stones flows water clear."既然无法将格律诗的形式因素在翻译中作出较好的处理，即无法在翻译中告诉英语世界的读者唐代的律诗是"怎样写"，那么只能在"写什么"方面多去研究。因此，研究诗的"文化生态"、研究文化存在方式对诗歌写作的影响就有了切实的意义。题中"山居"是解开"写什么"的关键。当我们深入了解王维的生活方式、宗教信仰后，我们就会在翻译中试图传达中国文化的精义，追求翻译中的意义再现，而不仅仅是字面的翻译。客观地说，所谓追求意义的再现也是有限度的。如果英语世界的读者在读王维《山居秋暝》时，题目已不再是表层的"AUTUMN EVENING IN THE MOUNTAINS"，而是产生了对"山居"形象的丰富联想，对人和自然及环境关系的确认，更能感受到诗作所散发出的唐代所拥有的时代气息和诗人虔诚的宗教信仰，那就至少在意思层面上逼近诗的原初精神。

　　注意到文化生态与文学的关系，会有更多的新视野呈现在我们面前。

（《华南师范大学学报》2011 年第 2 期）

独白:中国诗歌的一种表现形态

内容提要 中国古代诗歌创作中一直存在着"独白"现象,它是诗歌的一种表现形态。独白诗的产生有其原因,缘于"诗言志"的诗学传统,文人的孤独情怀和自我情感描述的体验。独白诗在体式和表现手法上有明显的特征,常以组诗、古体的形式出现,表意上呈现出多义性和隐晦性,并有潜在的对话对象。

关键词:独白 传播 比兴 潜在对话

诗歌分类,可以根据其主要内容,分为叙事诗、抒情诗、写景诗等;也可以根据诗体,分为古体诗、近体诗,近体诗又分为律诗、绝句等;还可以根据一句所含有的字数,分为三言、四言、五言、七言、杂言等。如果说上述诸种分法的本质是从诗之"体"来给诗分类,我们也可以尝试从诗之"用"来给诗分类。比如以传播为参照,可以根据诗歌创作当下的情形,将诗歌分为"用于传播"和"不用于传播"两类。与此相联系的是表述方法的不同,前者常用于诗人与他人的对话交流,后者则常用于诗人自我的心灵交流,谓之"独白"可矣。

中国诗歌存在独白的表现形态,而且一直延续到今天。"独白"在汉语中是一晚起的词,意为独自抒发个人的情感和表述自己的思想。但与之意思相近的表述早已有之,它是由这样的词来表述的:一为"独言"。《诗经·卫风·考盘》云:"独寐寤言,永矢弗谖"、"独寐寤歌,永矢弗过"。诗中所言即为"寤寐独言"、"寤寐独歌"之意。阮籍《咏怀》有云:"啸歌伤怀,独寐寤言。临觞拊膺,对食忘餐。"发挥了《诗经》的意思。潘岳《寡妇赋》云:"廓孤立兮顾影,块独言兮听响。"约为"独言"一词的最早用例。张籍《寄韩愈》云:"几朝还复来,叹息时独言。"贾岛《客思》诗云:"独言独语月明里。"二为"独语"。张籍《蓟北旅思》云:"失意还独语,多愁只自知。"白居易《立秋日登乐游园》云:"独行独语曲江头。"韩偓《有忆》云:"自笑计狂多独语。"三为"独吟"。陆士衡《拟涉江采芙蓉》云:"沉思钟万里,踯躅独吟叹。"刘长卿《酬张夏》云:"玩雪劳相访,看山正独吟。"钱起《苦雨忆皇甫冉》:"独吟愁霖雨,更使秋思永。""独吟"与"独言"、"独语"微有不同之处,一是指诗歌创作,如于鹄《宿太守李公宅》云:"郡斋常夜扫,不卧独吟诗。"刘禹锡《昼居池上亭独吟》云:"日午树阴正,独吟池上亭。"赵嘏《岁暮江轩寄卢端公》:"上客独吟诗。"陆龟蒙《独夜》云:"独行独坐亦独酌,独玩独吟还独悲。""独吟"还有一个意思是指禽鸟发出的声响,余延寿《横吹曲辞·折杨柳》云:"缘枝栖暝禽,雄去雌独吟。""独言"、"独语"以及"独吟"其本义构成了后起词"独白"的涵义。

"独白",就是指那些在创作当下并不用于传播而主要用于自我心灵对话的作品,如题为《咏怀》、《古风》、《无题》以及乐府诗和拟古诗的很大部分诗歌。创作的独白现象,古今中外都存在。就中国诗歌而言,《诗经》中许多用于仪式的歌,当然是用于传播的,但除此而外,许多诗当用于独白。独白诗和非独白诗之间,有时界限并不分明,但也有很多诗在诗题上就带有明显的独白或非独白的特征。中国诗歌当中,大量的赠人、送别、同赋以及题壁、题画等诗,显然都是用于交流和传播的,这些肯定是非独白的诗;相反如阮籍《咏怀》、郭璞《游仙诗》、张九龄《感遇》、李白《古风》以及李商隐《无题》诗,都是自我情感的独自抒发,至少在创作的当下是处于自言自语的状态,这些诗是典型的独白诗。

一

　　诗之独白与非独白,一般是依据诗歌创作的当下情形来区分的,辅以传播与非传播来鉴别。这当然很难。由于有关诗本事的历史记载是相当有限的,由于历史记载的残缺不全,由于理解历史文献的差异,我们只能以最为典型的资料说明"独白"的历史存在。

　　早期的诗歌总集《诗经》已保留了相当多的独白诗。孔子解释"诗",往往是将诗作为阅读对象,而不是指诗的创作。孔子要求弟子学诗,通过对诗的诵读可以达到某种社会效果:"可以兴,可以观,可以群,可以怨。"对诗的阅读效果的要求,也应该理解为对诗的创作的一种要求,孔子并不提倡诗的独白功能,而要求诗面向大众,取消诗的自我抒情的私人化行为。《诗经》经过重新整理和删改是无疑的,被今人认为是集体创作。尽管如此,我们不难发现《诗经》中有"独白"的印迹,这样的诗还不在少数。如《邶风·北门》:"自出北门,忧心殷殷。终窭且贫,莫知我艰。已焉哉! 天实为之,谓之何哉! 王事适我,政事一埤益我。我入自外,室人交遍谪我。已焉哉! 天实为之,谓之何哉! 王事敦我,政事一埤遗我。我入自外,室人交遍摧我。已焉哉! 天实为之,谓之何哉!"又如《邶风·柏舟》:"泛彼柏舟,亦泛其流。耿耿不寐,如有隐忧。微我无酒,以敖以游……日居月诸,胡迭而微? 心之忧矣,如匪澣衣。静言思之,不能奋飞。"这样的诗完全是诗人的独白。

　　独白诗不仅能从诗题和内容上找出其属性,而且也可以在文献学上找到依据。独白诗在传播上有一定的时间和空间的制约,屈原的《离骚》是其独白之作,至汉代贾谊《吊屈原文》中才被提及:"屈原,楚贤臣也,被谗放逐,作《离骚》赋。"司马迁在《报任安书》及《史记·屈原贾生列传》云:"屈原放逐,乃赋《离骚》。""故忧愁幽思而作《离骚》……盖自怨生也。"阮籍的《咏怀》,作为独白性质的诗歌,没有迹象表明在当时曾传播过。《艺文类聚》卷36卢播《阮籍铭》云:"峨峨先生,天挺无欲。玄虚恬淡,混齐荣辱。荡涤秽累,婆娑止足。……颐神太素,简旷世局。澄之不清,混之不浊。翱翔区外,遗物度俗。隐处巨室,反真归朴。汪汪川原,迈迹图箓。"高贵乡公时,阮籍曾荐卢播。卢播铭文只是对阮籍本人作了评价。其他记载也没有涉及《咏怀》,干宝《晋纪总论》:"故观阮籍之行,而觉礼教崩弛之所由。"戴逵《竹林七贤论》:"阮籍字嗣宗,性乐酒,善啸,声闻百步,箕踞啸歌,酣放自若。"阮籍为文是有记录:"魏朝封晋文王,固让,公卿皆当喻旨,司空郑冲等驰使从阮籍求其文,立待之。籍时在袁孝尼家所宿,醉扶而起书,几扳为文,无所治定,乃写符信。"①但以上材料都未提到阮籍写作过《咏怀》。最早提到阮籍《咏怀》的是晋宋间诗人颜延年,其《阮步兵》诗云:"沉醉似埋照,寓辞类托讽。"这里"寓辞类托讽"显指阮籍的《咏怀》之作,李善于此注云:"臧荣绪《晋书》曰,籍拜东平相,不以政事为务,沉醉日多。善属文论,初不苦思,率尔便成。作五言诗咏怀八十余篇,为世所重。"《文选》阮籍《咏怀》题下注云:"颜延年曰,说者阮籍在晋文代,常虑祸患,故发此咏耳。"②臧荣绪,南朝宋齐间文人。臧著所云不知其依据,但不能说明阮籍《咏怀》在其生前已流行。唐房玄龄等撰《晋书·阮籍传》云:"作《咏怀诗》八十篇,为世所重。"此处的"为世所重"者也只宜理解成"为后世所重"。

至于陈子昂的《感遇》诗,乃抒怀抱,并不用于流传。卢藏用《右拾遗陈子昂文集序》云:"至于感激顿挫,微显阐幽,庶几见变化之朕,以接乎天人之际者,则《感遇》之篇存焉。"但他又感叹:"恨不逢作者,不得

---

① 《太平御览》卷710。
② 李善注:《文选》卷23,中华书局1981年版,第322页。

列于诗人之什，悲夫！"①这里就暗示卢给陈子昂集写序时，发现他写有《感遇》诗，大为赞叹，也为其不能传播深为惋惜。《旧唐书·文苑传中》云："子昂独苦节读书，尤善属文。初为《感遇诗》三十首，京兆司功王适见而惊曰：'此子必为天下文宗矣！'由是知名。"这一说法是靠不住的，陈沆《诗比兴笺》卷三"感遇诗三十八首"笺云："皆小说傅会无稽，止知取其生平有名之名篇，傅以生平知遇之事，而不顾岁月情事之参差，无足深辨也。"②另外，唐人选唐诗也可提供对独白诗在当时流传的参考。如李白《古风》，《河岳英灵集》中收有一首《咏怀》③。《河岳英灵集》所选唐诗，迄于天宝十二载，李白这首独白诗有可能因某种特殊机缘得以流传，《河岳英灵集》才有机会收入，待李阳冰编集时，遂据其性质编入《古风》组诗。还有一个迹象表明李白《古风》在当时未能传播，《河岳英灵集》收有贺兰进明的《古意》二章、《行路难》五首，殷璠评曰："员外好古博雅，经籍满腹，其所著述一百余家，颇究天人之际。又有古诗八十首，大体符于阮公，又《行路难》五首，并多新兴。"贺兰进明，开元十六年进士及第，这里提到的两类诗，似为独白，在殷璠编集时，这两类独白诗已在一定范围内流传。而殷璠又认为古诗八十首跟阮籍《咏怀》相似。如果李白《古风》已进入传播，则殷璠也会将之与阮籍相比。至五代《才调集》，选李白诗二十八首，其中有《古风》三首，可见李白《古风》这时已以组诗形式在流传。唐人选唐诗中，赠送之诗越到后来越多，这与诗歌功能进一步扩展有关。于是就以流传之诗为人选之主要对象。

　　下面两则材料可以帮助我们理解独白诗的写作和流传情况。一则是陶渊明写作《饮酒》的过程，据陶渊明《饮酒诗二十首》序："余闲居寡欢，兼比夜已长，偶有名酒，无夕不饮，顾影独尽，忽焉复醉。既醉之后，

----

① 《全唐文》卷238，上海古籍出版社1990年版，第1061页。
② 陈沆：《诗比兴笺》，上海古籍出版社1981年版，第98页。
③ 傅璇琮编撰：《唐人选唐诗新编》，陕西人民教育出版社1996年版。

辄题数句自娱。纸墨遂多，辞无诠次，聊命故人书之，以为欢笑尔。"①这则材料传达出如下信息：其一，《饮酒》诗创作当下是独白，因"闲居寡欢"，故写诗"自娱"；其二，这组诗初无题目，题目是在一类诗完成后加上去的，题目与内容关系不大，不必篇篇有酒，"饮酒"是指写诗时的状态；其三，"辞无诠次"不是指一首诗语无伦次，而是指诗与诗之间没有内在的逻辑关系，歌咏对象不一，内容杂乱，形式也是长短不拘；其四，"聊命故人书之，以为欢笑尔。"至此编集之时，此组独白诗才开始传播，将内心的对话转化为与他人对话，不管"故人"能否领会诗意。第二则材料见于李白《泽畔吟序》，序云："崔公忠愤义烈，形于清辞。恸哭泽畔，哀形翰墨。犹《风》《雅》之什，闻之者无罪，睹之者作镜。书所感遇，总二十章，名之曰《泽畔吟》。惧奸臣之猜，常韬之于竹简；酷吏将至，则藏之于名山。前后数四，蠹伤卷轴。观其逸气顿挫，英风激扬，横波遗流，腾薄万古。至于微而彰，婉而丽，悲不自我，兴成他人，岂不云怨者之流乎？余览之怆然，掩卷挥涕，为之序云。"②这则材料告诉人们如下事实：其一，崔公《泽畔吟》是独白之作，此前未能传播；其二，独白而未传播原因是畏惧奸臣酷吏，故极力收藏，不让人知道。但又要将冤屈在将来晓之于世，故藏之名山以传后世；其三，这是一组诗，总二十章，可见非一时一地所成；其四，李白偶见《泽畔吟》诗，同病相怜，并为之作序，诗由独白而转为对话。

　　以上两则材料虽为个案，但道出了独白诗性质的某些共性。其间独白诗的传播时间，没有定规，我们今天能见到的独白诗肯定都经历了由独白向非独白转换的过程，但必然中有许多偶然性。从创作的用途看，独白诗因其不用于传播，故大多不影响当时，而在其后发生影响。

---

① 逯钦立校注：《陶渊明集》，中华书局 1982 年版，第 86—87 页。
② 王琦注：《李太白全集》，中华书局 1977 年版，第 1288—1289 页。

二

　　独白诗的产生与诗人的性格和际遇有相当大的联系。独白诗常常产生于诗人情绪震荡、心灵躁动不安之时,他们以诗为手段,抒写内心的痛楚,坚定自我人格的信心,表达对时局的担忧和对政治的评价。但从诗歌发展史来看,独白诗传统的形成,可以在中国文化积淀、文人的思想及其生存状态、价值取向中找到原因。

(一)"诗言志"的诗学传统

　　早期的诗学理论就存在两种倾向:第一,把写诗当成抒发自我情感的工具,可以不与他人发生关系,这是"诗言志"的传统。《尚书·尧典》云:"诗言志。"诗是用来表达人的志意的,《诗序》则云:"诗者,志之所之也,在心为志,发言为诗。"孔颖达在《毛诗正义》中作了进一步的阐释:"诗者,人志意之所之适也,虽有所适,犹未发口,蕴藏在心,谓之为志,发见于言,乃名为诗。言作诗者,所以舒心志愤懑,而卒成于歌咏。"正因为诗是抒发蕴藏在心的内容,故其作意不必明晓他人。这样,有些诗就不易探明其旨了。孟子时,已有不能确解其诗者,因而《孟子·万章上》在讨论解诗方法时,提出"以意逆志":"故说诗者,不能文害辞,不以辞害意。以意逆志,是为得之。"只能用自己的志意去推测作诗者的志意了。第二,诗的写作在社会关系中发生效用。作诗主要是对社会承担责任,《诗经》中多处表述了作诗的用心,不再是言志,而在于揭露、讽刺、警示。《魏风·葛屦》:"维是褊心,是以为刺。"《小雅·节南山》:"家父作诵,以究王讻。"《小雅·巷伯》:"寺人孟子,作为此诗。凡百君子,敬而听之。"孔子将诗的社会功能归结为四点,《论语·阳货》:"诗可以兴,可以观,可以群,可以怨。"在诗学理论阐释中,通常人们比较重视后者,而忽视了前者。

　　诗言志的传统,使人们淡化了诗的交流要求。作为文学的品种,诗和赋的产生在用途上似乎有了不同的分工,左思《三都赋序》云:"发言为诗者,咏其所志也;升高能赋者,颂其所见也。"诗为言志之用,故不必进入流通领域。而赋则不然,赋是写给人看的,"美物者贵依其本,赞事者宜本其实;匪本匪实,览者奚信?"赋中所写之物而且要让人相信,所以左思创作《三都赋》,其原则就是"信","余既思摹《二京》而赋三都,其山川城邑,则稽之地图;其鸟兽草木,则验之方志;风谣歌舞,各附其俗;魁梧长者,莫非其旧。"

(二)知识层的孤独感受

　　中国知识分子很重视自我独立的人格,《周易》"大过"《象》曰:"君子以独立不惧,遁世无闷。"《老子》云:"俗人昭昭,我独昏昏;俗人察察,我独闷闷。"《庄子·在宥第十一》则云:"独往独来,是谓独有。独有之人,是谓至贵。"《让王第二十八》:"独乐其志,不事于世。"他们以自己的思维习惯来理解这个社会的奇异现象,《史记》卷127《日者列传》载,宋忠和贾谊问善卜者司马季主:"今何居之卑?何行之污?"季主答曰:"而贤者亦不与不肖者同列。故君子处卑隐以辟众,自匿以辟伦。"这里实在是借卜者之口讲出君子的清高拔俗。这样导致了个体与社会对立,也改变着他们的生存方式,或远离尘世,《晋书·张载传》附张协传云:"协遂弃绝人事,屏居草泽,守道不竞,以属咏自娱。"或佯狂乖僻,《世说新语》刘孝标注引《魏氏春秋》云:"阮籍常率意独驾,不由径路,车迹所穷,辄恸哭而反。"

　　知识分子的孤独感是他们自身都难以承受的,他们需要别人的理解和支撑,但他们总是担心别人不能理解,感叹生活中缺少知音,《诗经·王风·黍离》云："知我者，谓我心忧；不知我者，谓我何求？"司马迁《报任安书》云："动而见尤，欲益反损，是以抑郁，而无谁语，谚曰：'谁为为之？孰令听之！'盖钟子期死，伯牙终身不复鼓琴。何则？士为知己者用，女为悦己者容。""然此可为智者道，难为俗人言也。"《文心雕龙·知音》阐述了知音的难得，尽管谈的是艺文之事，但却道出了知识分子的生存状态："知音其难哉！音实难知，知实难逢，逢其知音，千载其一乎！夫古来知音，多贱同而思古。"他们只能在过去的历史中找到自己的同志，这使中国文化也带有了明显的复古倾向。

　　既然能为知己者道，难为俗人言；既然生活中难逢知己，那么情感的表述只能付之于独白了。《诗经·考槃》云："独寐寤言"，"独寐寤歌"。《九章·抽思》："心郁郁之忧思兮，独永叹乎增伤。思蹇产之不释兮，曼遭夜之方长。"曹丕《燕歌行》："谁能怀忧独不叹，展诗清歌聊自宽。"阮籍《咏怀》其一："徘徊将何见，忧思独伤心。"其二十四："殷忧令心结，怵惕常若惊。"交流是人的本能要求，当这种本能受到压制时，会产生很大痛苦。《咏怀》其十四："感物怀殷忧，悄悄令心悲。多言焉所告？繁辞将诉谁？"虽有气味相投者，由于种种莫名其妙的阻隔，亦未必能如愿交流。《咏怀》其十八："悦怿未交接，晤言用感伤。"孤独感触处可知。《咏怀》其三十四："临觞多哀楚，思我故时人。对酒不能言，凄怆怀酸辛。原耕东皋阳，谁与守其真。"其三十七："挥涕怀哀伤，辛酸谁语哉。"甚至表现出对世俗的鄙视和无望，《离骚》说得十分具体："謇吾法夫前修兮，非世俗之所服"，"众如嫉余之蛾眉兮，谣诼谓余以善淫"，"民生各有所乐兮，余独好修以为常！"更多情况下，知识层由无助转向内省，他们重视对自我意识经验和举止行为的体察和反思，体现出明显的私人化倾向和个性特征。

（三）忧时畏谗的自我体验

　　"忧时"是知识分子忧患意识的具体体现。《离骚》就是一个知识分子"忧时"的内心独白,"惟草木之零落兮,恐美人之迟暮。不抚壮而弃秽兮,何不改乎此度?乘骐骥以驰骋兮,来吾道夫先路。"陈子昂《感遇诗》亦云:"圣人秘元命,惧世乱其真。"

　　其实,"忧时"是一个十分敏感的话题,因为不忧时者大有人在,饱食终日无所用心者有之,贪图私利出卖民族利益者有之,他们不忧时,甚至嫉恨忧时者,他们组织力量中伤"君子",《诗经·邶风·柏舟》:"耿耿不寐,如有隐忧。""忧心悄悄,愠于群小。"隐忧即来自于群小的"谗言"。《诗经》中常把这种悲哀放置在特殊的场景之中:"寤寐"之时,《陈风·泽陂》:"有美一人,伤如之何。寤寐无为,涕泗滂沱。""寤寐无力,中心悁悁。""寤寐无为,辗转伏枕。"尽管以爱情为背景,还是表现出某一阶层的忧虑失望的心态。许多独白的诗正产生于"忧谗畏讥",司马迁《史记·屈贾列传》云,"屈平疾王听之不聪也,谗谄之蔽明也,邪曲之害公也,方正之不容也,故忧愁幽思而作《离骚》。""信而见疑,忠而被谤,能无怨乎?屈平之作《离骚》,盖自怨生也。"《文选》"夜中不能寐"注:"嗣宗身仕乱朝,常恐罹谤遇祸,因兹发咏,故每有忧生之嗟。"《咏怀》其三十三:"终身履薄冰,谁知我心焦?"联系阮籍的行为,更能理解阮籍在诗中的忧惧,嵇康《与山巨源绝交书》表扬阮籍"口不论人过,吾每师之,而未能及。至性过人,与物无伤"。李康《家诫》云,魏帝称"天下之至慎者,其唯阮嗣宗乎?每与之言,言皆玄远,而未尝评论时事,臧否人物。可谓至慎乎"。阮籍的真面目世人不知,他把"真我"写入他的《咏怀》中,写诗成了他抒写情感、评论时事、臧否人物的排泄孔道。

(四)情绪世界的自我描述

　　独白诗不需要把信息传递给读者,也不需要读者的介入,是一种自言自语,创作是个性化、私人化的行为。正因为是自我的展示,又是自我的欣赏,故在写作中多心灵对话,当然他会设置不同角色作为潜在对话的对象。《离骚》是非常典型的情感世界自我描述的抒情诗，全诗三大段，第一段总述己志，第二段设置一位爱护并劝慰自己的角色女嬃。实际上"女嬃"及下文的"灵氛"、"巫咸"都是由"我"分裂出的角色，诗人通过"此我"与"彼我"的对话，写出内心的矛盾。从女嬃的话引入叩天阊、求下女，极写己之不见容于君，不获知于世。第三段中则设置"灵氛"、"巫咸"与自己对话：灵氛认为楚国党人不辨贤愚，劝其去国远逝；巫咸则举前世之事为例，劝其姑待时贤明主。"我"坚持楚不可留。但当升天远逝时，"仆夫悲余马怀兮，蜷局顾而不行。"欲去而不忍。屈原此时内心很矛盾，会有种种设想，是随波逐流，屈心抑志？还是好修信芳，清白死直？是去？还是留？都是"我"在选择。

正因为是情绪的自我描述，也没有交流的欲望，故写作方法上也是我行我素，并不注意公共模式和贵族文化需求，不追逐主流话语，这反而造成了诗歌风格的独创性。陶渊明的独白诗的背景就是《归去来兮辞》中描述的："引壶觞以自酌，眄庭柯以怡颜。倚南窗以寄傲，审容膝之易安。园日涉以成趣，门虽设而常关。策扶老以流憩，时矫首而遐观。云无心而出岫，鸟倦飞而知还。景翳翳以将入，抚孤松而盘桓。"行为的个性化、私人化，体现在诗歌创作中："自酌"、"怡颜"、"寄傲"、"抚孤松"，俯仰之间，完全是自我情绪的表现。

情绪世界的自我描述表现了自我安慰和心理调节的功能。阮籍《咏怀》其二十六："荆棘被原野，群鸟飞翩翩。鸾鷖特栖宿，性命有自然。"其二十八："日月经天途，明暗不相俟。穷达自有常，得失又何求！""阴阳有变化，谁云沉不浮。"而《咏史》诗也注重作者心灵的描述，左思《咏史》："弱冠弄柔翰，卓荦观群书。著论准过秦，作赋拟子虚。边城苦鸣镝，羽檄飞京都。虽非甲胄士，畴昔览穰苴。长啸激清风，志若无东吴。铅刀贵一割，梦想骋良图。左眄澄江湘，右盼定羌胡。功成不受赏，长揖归田庐。"通篇借古人和史事自叙生平和志向。

三

　　独白诗和非独白诗在体式结构上区别不是很大。正因为独白是个体情感的自我交流，有很大的自由度，所以在体制上，可以是单篇，更多的是组诗；在写作时间上，组诗可以是写在某一具体时间，更多的是不同时间；在写作地点上，可以是同一地点，更多的是不同的地点；内容上因为是写给自己看的，不必十分明白清楚，可以含蓄隐晦；在空间上不受限制，纵谈古今，神话现实杂糅。这里对独白诗的体式结构作一些具体分析：

　　第一，常以组诗出现。通常是生前将某类无题的独白诗编定成一组诗，吴汝纶《古诗钞》卷二云："阮公虽云志在刺讥，文多隐避，要其八十一章决非一时之作，吾疑其总集平生所为诗，题为《咏怀》耳。"吴汝纶认为阮籍可能将平生诗歌创作收集整理时，题名为《咏怀》，这种情形有如上面分析过的陶渊明《饮酒》组诗成诗经过；或生后由他人将同类的诗编为一组诗，《瓯北诗话》云："《古风》五十九首非一时之作，年代先后亦无伦次，盖后人取其无题者汇为一卷耳。"也就是说李白《古风》可能为李阳冰将李白一类诗编排在一起而题的名称。这些诗歌没有及时进入流通，而是将一类诗积累到一个阶段，编排在一起，才公示于众。故在创作当下不可能产生多大影响，原因是人们不容易读到。

　　第二，常用古体写作。独白的体裁主要根据当时流行诗体和个人的诗体偏好，多数情况有复古的倾向，唐人爱用古体，包括使用乐府诗式，陈沆《诗比兴笺》客观上是一本系统研究独白诗的著作，其笺注对象都为古体，故其笺李商隐诗时，特别加了一个说明，"义山五七言律，多以男女遇合,寄托君臣,即《离骚》美人香草之意,此笺不及律诗,然举隅可以三反。"似乎李商隐是个例外。

第三,诗歌规模长短不一,这是由于非一时一地之作的原因。如阮籍《咏怀诗》八十二首,皆为五言诗,其中六句三首,八句七首,十句二十八首,十二句二十五首,十四句十二首,十六句五首,十八句二首。左思《咏史》八首皆为五言,其中十二句四首,十六句三首,二十句一首。陶渊明的组诗大多为独白诗,《归园田居五首》分别为二十句、十二句、八句、十六句、十句。《饮酒二十首》中,八句三首,十句十首,十二句四首,十四句一首,十六句一首,二十句一首。李白《古风》依王琦注《李太白全集》是五十九首,其中八句十三首,十句十八首,十二句十首,十四句十一首,十八句二首,二十二句二首,二十四句二首,三十二句一首。在上述诗式中,以十句诗为最多。作为独白诗,可能十句最适宜表达内心的辗转反侧和错综复杂的情绪,篇幅又比较适中。

独白除了体式上具有自己的特点,在表现手法上也有特色,历来诗评的评论,失之笼统,现作具体分析如下:

(一)随心顺意的跳跃结构

这种完全写心式的抒情方式没有时空的约束,会对我们正确理解诗意造成一定障碍。如阮籍《咏怀》,沈德潜云:"阮公《咏怀》,反复零乱,寄兴无端。"《咏怀》其五:"平生少年时,轻薄好弦歌。西游咸阳中,赵李轻相过。娱乐未终极,白日忽蹉跎。驱马复来归,反顾望三河。黄金百镒尽,资用常苦多。北临太行道,失路将如何?"李善注云:"先言少年之日,志好弦歌,及乎岁晚旋归,路失财尽,同乎太行之子,当如之何乎?"这首诗在结构上具有跳跃性,要理解这首诗,重要的是解释"驱马复来归,反顾望三河"句。《魏晋南北朝文学史参考资料》指出,阮籍故乡为陈留,旧属三川郡,在河南之东,故自咸阳望陈留,概称三河。这样的解释非常正确,但其云:"这二句言如今要回故乡了,回头看看故乡所在的三河之地。"①这样解释与上面参用沈约、刘履说就产生矛盾。因咸阳在西，陈留在东，"驱马复来归"应指策马赴少年西游的咸阳，故"反顾望三河"，回头看看渐渐远去的故乡。"黄金"四句，言又去咸阳，资用殆尽，设想以后如临太行失路了怎么办？关于这首诗的旨意，并非如通行的解释所说是"自悔失身"，而是写内心的矛盾，亦《离骚》"忽临睨夫旧乡，仆夫悲余马怀兮"之意。一不小心，对这类诗的结构的解读就会出错。

组诗之间可能缺少内在的逻辑，甚至互为矛盾，陶渊明《杂诗十首》中，"丈夫志四海"和"忆我少壮时"在编排上是相邻的两首，前一首还表白自己满足于"缓带尽欢娱，起晚眠常早"，同时还嘲弄那些心情不能平和而满腹矛盾的人："孰若当世士，冰炭满怀抱。"后一首则回忆少年壮志："猛志逸四海，骞翮思远翥。"而感叹时不我待："荏苒岁月颓，此心稍已去；值欢无复娱，每每多忧虑。"这也说明组诗并非是一时所作。昨日之心境并非今日之心境，人会因具体的情境不同而发生情绪的变化。

（二）隐晦其辞的话语体系

司马迁《太史公自序》云："夫《诗》《书》隐约者，欲遂其志之思也。""《诗》三百篇，大抵贤圣发愤之所为作也。此人皆意有所郁结，不得通其道也，故述往事，思来者。"《离骚》中的"求女"，表述的是诗人一时的自我情绪，是情绪的形象化，"求女"究竟是在求什么？难以判明。阮籍《咏怀》其二："二妃游江滨，逍遥顺风翔。交甫怀环佩。婉娈有芬芳。猗靡情欢爱，千载不相忘。倾城迷下蔡，容好结中肠。感激生忧思，萱草树兰房。膏沐为谁施？其雨怨朝阳，如何金石交，一旦更离伤。"《列仙传》载，郑交甫于江汉之滨，遇江妃二女，见而悦之，不知其为神人。交甫下请其佩，二女遂手解其佩与交甫。交甫怀之，走数十步，视佩，则

① 北京大学中国文学史研究选注：《魏晋南北朝文学史参考资料》，中华书局1980年版，第178—180页。

已不见，回顾二女，亦不见。这首诗所表述的意思不甚明朗，男性、女性角色在诗中转换也不分明。《文选》"夜中不能寐"注："虽志在刺讥，而文多隐避。百代之下，难以情测，故粗明大意，略其幽旨也。"许学夷《诗源辩体》卷四："嗣宗五言《咏怀》八十二首，中多比兴。体虽近古，然多以意见，为诗故不免有迹。其托旨太深，观者不能尽通其意。钟嵘其'言在耳目之内，情寄八荒之表'是也。"《文心雕龙·明诗》云："阮旨遥深。"《诗品》云："晋步兵阮籍：其源出于《小雅》。无雕虫之功。而《咏怀》之作，可以陶性灵，发幽思。言在耳目之内，情寄八荒之表。洋洋乎会于风雅，使人忘其鄙近，自致远大，颇多感慨之词。厥旨渊放，归趣难求。颜延年注解，怯言其志。"都在讲这类诗的话语体系的模糊，致使后人不能探明本旨。

作者有时是在故意隐藏其旨，陶渊明的《述酒》诗就是一个例证。据逯钦立的解释，《述酒》是一首哑谜式的刺世诗，是刺刘裕篡晋的。逯钦立并对《述酒》所蕴含的意思逐句作了解释，《述酒》题下原注："仪狄造，杜康润色之。"逯注："述酒，汤注：'晋元熙二年六月，刘裕废恭帝为零陵王。明年，以毒酒一罂授张祎，使鸩王。祎自饮而卒。继又令兵人逾垣进药，王不肯饮，遂掩杀之。此诗所为作，而以述酒名篇。'原注：'仪狄造，杜康润色之。'仪狄、杜康，古代善酿酒者，酒由仪狄造出，再由杜康润色。比喻桓玄篡位于前，刘裕润色于后，晋朝终于灭亡。为了篡位，桓玄曾鸩杀司马道子，刘裕曾鸩杀晋安帝，都是用毒酒完成篡夺。所以陶以述酒为题，以'仪狄造，杜康润色之'为题注。"此诗第一句"重离照南陆"，逯注："寓言东晋孝武帝在位。司马氏称典午，午在南，于八卦为离，东晋于西晋为重。又司马氏出于重黎，重黎，火正。《易经·说卦》：'离为火。'故此重离可以寓言东晋。又孝武帝小字昌明。《易经·说卦》：'离为火，为日。'重离，重日，即昌字，此并托言昌明在位。"这里详引逯注，意在说明要在隐晦其辞的话语体系中解释独白诗的原初意思非常困难,宋汤汉《陶靖节诗集注》是至为重要的发现①。独白诗话语体系的隐晦因时代背景和不同时代人的表述方法不同而有所变化,《李杜诗通》云:"太白《古风》,其篇富于子昂之《感遇》,俭于嗣宗之《咏怀》,其抒发性灵,寄托规讽,实相源流也。但嗣宗诗旨渊放,而文多隐避,归趣未易测求。子昂淘洗过洁,韵不及阮,而浑穆之象,尚多包含。太白六十篇中,非指言时事,即感伤己遭,循径而窥,又觉易尽。此则役于风气之递盛,不得不以才情相胜,宣泄见长。律之德制,未免言表系外,尚有可议;亦时会使然,非后贤果不及前哲也。"②

(三) 或隐或显的潜在对话

独白与对话正好相反,独自取消对话的语境,但独白常有一个或多个潜在对话的对象,只是有时这些对话对象的出现不太明朗。独白诗中潜在的对话对象,归纳起来有如下几种:

第一,"我"。这个"我"常由主体分裂出一个"另我",对话就在"我"与"另我"中展开,通常用来表现自我矛盾的心理状态。有时"我"会缺席,而由"另我"出现。李白《古风》十五:"燕昭延郭隗,遂筑黄金台。剧辛方赵至,邹衍复齐来。奈何青云士,弃我如尘埃。珠玉买歌笑,糟糠养贤才。方知黄鹄举,千里独徘徊。"对这首诗的角色可作如下理解,"另我"在引称历史,讲述道理,贤者皆能被用。"我"则感叹,自己虽怀才,却为人所轻,如之奈何?"另我"则云,古今不同,现在是不贤者得宠,贤者被轻视,你又何必喟叹?"我"此时大悟,方知飞翔千里的黄鹄,只能茕孑无友独自徘徊。全诗"我"和"另我"同时出场,在自我的心灵进行对话,描述了作者当时很矛盾的心理状态。通常情况下,"我"和"另我"可能都是一个符号:带有标志性的名物。

第二,虚拟的人、物。心灵独白中出现的人物,有虚拟的一种类型,

---

① 参见逯钦立校注:《陶渊明集》,中华书局 1982 年版,第 102 页。
② 陈伯海主编:《唐诗汇评》,浙江教育出版社 1995 年版,第 567 页。

说得煞有介事，其实生活中并没有这个人或物。《离骚》云："女媭之婵媛兮，申申其詈予。""命灵氛为余占之。""女媭"、"灵氛"只是用来展示内心矛盾，进行种种选择和结果的预设，在作品中常常被设置为"我"和"非我"两个相互对立的角色，并进行争斗和辩论，女媭责备"我"不能与世俗沉浮，而"我"则力陈其非，"阽余身而危死兮，览余初其犹未悔。"这无非在展示他"心犹豫而狐疑"的心理状态。虚拟的对象又以神话传说中的人、物为多。阮籍《咏怀》其二："二妃游江滨，逍遥顺风翔。交甫怀环佩，婉娈有芬芳。"其二十二："谁言不可见，青鸟明我心。"《咏怀》其三十六："彷徨思亲友，倏忽复至冥。寄言东飞鸟，可用慰我情。"陶渊明《读山海经十三首》，大致为陶与《山海经》中人、物的对话，写三青鸟，"我欲因此鸟，具向王母言。"写夸父，"余迹寄邓林，功竟在身后。"写精卫，"同物既无虑，化去不复悔。"写槐江岭，"恨不及周穆，托乘一来游。"人在与虚拟人、物对话中，感受到一种自由和默契。

第三，理想的人物。这一类人物正和现实中的人物形成对比，阮籍《咏怀》其三十九歌颂壮士的气节："壮士何慷慨，志欲威八荒。驱车远行役，受命念自忘。良弓挟乌号，明甲有精光。临难不顾生，身死魂飞扬。岂为全躯士，效命争战场。忠为百世荣，义使令名彰。垂声谢后世，气节故有常。"临难赴死，可歌可泣；《咏怀》其十九赞颂佳人的风神："西方有佳人，皎若白日光。被服纤罗衣，左右佩双璜。修容耀姿美，顺风振微芳。登高眺所思，举袂当朝阳。寄颜云霄间，挥袖凌虚翔。飘飖恍惚中，流盼顾我傍。悦怿未交接，晤言用感伤。"出群的装束和迷人的风神，非世俗中人物可比，诗人以独白的方式写出心中的向往和精神的超越。

第四，历史事件和人物。这类人物常在诗人咏史中出场，而对话则有言外之意，阮籍《咏怀》其三十一"驾言发魏都"则"借战国之魏以喻曹氏"。《咏史》"荆轲饮燕市，酒酣气益震"则是"我"与历史人物之间的对话，表述"高眄邈四海，豪右何足陈"的看法。又"主父宦不达"诗历举主父偃、朱买臣、陈平、司马相如,得出"何世无奇才,遗之在草泽"的慨叹。白居易《官舍小亭闲望》:"亭上独吟罢,眼前无事时。数峰太白雪,一卷陶潜诗。人心各自是,我是良在兹。""一卷陶潜诗",就是作者与历史上的人物在诗歌领域的对话,而"数峰太白雪"则是诗人与自然进行的对话。

第五,"物",多指外在的自然景物。阮籍《咏怀》其十八:"瞻仰景山松,可以慰吾情。"松,成了人的精神的象征,故在瞻仰景山松的过程中,自我品质又得到进一步确认。李白《独坐敬亭山》:"相看两不厌,惟有敬亭山。"写人和自然的对话并获得交流和满足。白居易《山中独吟》:"人各有一癖,我癖在章句。万缘皆已消,此病独未去。每逢美风景,或对好亲故。高声咏一篇,恍若与神遇。自为江上客,半在山中住。有时新诗成,独上东岩路。身倚白石崖,手攀青桂树。狂吟惊林壑,猿鸟皆窥觑。恐为世所嗤,故就无人处。"详细描写了山中独吟,与自然融为一体的过程。这一自然的物象也包含禽鸟,这是诗学传统,在屈原那里禽鸟是和人共存的,人可以指使鸟去行动,《离骚》云:"吾令鸩为媒兮,鸩告余以不好,雄鸠之鸣逝兮,余犹恶其佻巧。心犹豫而狐疑兮,欲自适而不可,凤皇既受诒兮,恐高辛之先我。"有寓言的性质,富有象征意味。阮籍《咏怀》其七十九:"林中有奇鸟,自言是凤凰。青朝饮醴泉,日夕栖山冈。高鸣彻九州,延颈望八荒。适逢商风起,羽翼自摧藏。一去昆仑西。何时复回翔。但恨处非位,怆恨使心伤。"这里完全写鸟,实质上是人鸟之间对话,只是缺省了"人",而人正是诗歌的作者。

第六,现实社会,包括潜在的现实人物,假想的敌对之人或物。由于作者的人生哲学和生存方式的支配,他不必面对真实的敌对之人物,而是在独白中完成对对方的批判,阮籍《咏怀》其六十七:"洪生资制度,被服正有常。尊卑设次序,事物齐纪纲。容饰整颜色,磬折执圭璋。堂上置玄酒,室中盛稻粱。外厉贞素谈,户内灭芬芳。放口从衷出,复说道义方。委曲周旋仪,姿态愁我肠。"借对儒生的虚伪的刻画,批判名教。

左思《咏史》:"郁郁涧底松,离离山上苗。以彼径寸茎,荫此百尺条。世胄蹑高位,英俊沉下僚。地势使之然,由来非一朝。金张藉旧业,七叶珥汉貂。冯公岂不伟,白首不见招。"显然是批判不合理的门阀制度。

(四)朦胧暧昧的意象组合

独白诗的写作,多在两种状态中完成:一是对往昔的追忆,故易有因时空间隔而造成的模糊映像。我们注意到阮籍《咏怀》诗中出现的显示时间消逝的记录,这不是作者故作姿态,"平生少年时"、"昔闻东陵瓜"、"昔年十四五"、"昔余游大梁"、"壮年以时逝"、"少年学击刺"、"咄嗟行至老",无一不是说明作者在作《咏怀》诗时,应在人生的后半期,从而也增加了作者的迁逝感,这在"一日复一夕,一夕复一朝"、"一日复一朝,一昏复一晨"的咏叹中也得到暗示。李商隐《锦瑟》就是写追忆中的感觉和情绪,"锦瑟无端五十弦,一弦一柱思华年。庄生晓梦迷蝴蝶,望帝春心托杜鹃。沧海月明珠有泪,蓝田日暖玉生烟。此情可待成追忆,只是当时已惘然。"借锦瑟起兴,思念流去的岁月,中间两联都是写追忆中的"惘然",以四组意象叠合:梦迷蝴蝶、心托杜鹃、沧海珠泪、蓝田玉烟。而这些意象往往是朦胧暧昧的,其义在可解与不可解之间。

二是写内心的感觉,并以形象出之,故多想象和联想。阮籍《咏怀》中"孤鸿号外野,翔鸟鸣北林"、"绿水扬洪波,旷野莽茫茫。走兽交横驰,飞鸟相随翔",这样的意象是用来写景,更是用来象征时局。张协《杂诗十首》"朝霞迎白日",其中"轻风摧劲草,凝霜竦高木。密叶日夜疏,丛林森如束",写秋冬景象,一般被解释为表示时光流逝,但从结句"岁暮怀百忧,将从季主卜"所表述的意思看,"轻风"、"劲草"、"凝霜"、"高木"、"密叶"、"夜疏"、"丛林"等意象配合"摧"、"竦"、"疏"、"束"等动词,具有了很浓的象征意味。

张九龄《杂诗五首》其一:"孤桐亦胡为?百尺傍无枝。疏阴不自覆,修干欲何施?高冈地复迥,弱植风屡吹。凡鸟已相噪,凤皇安得知?"用孤桐和凤凰象征自我,以比兴描述自己的处境。《诗经·大雅·卷阿》:"凤凰鸣矣,于彼高冈;梧桐生矣,于彼朝阳。"张九龄独白诗,多承《离骚》以来的比兴传统,其意象多香草美人,如"兰叶"、"桂华"、"美人"、"翠鸟"、"丹橘"、"凤皇"、"游女",而"美人"的意象,在《感遇》中就出现了三次:"草木有本心,何求美人折。""美人何处所,孤客空悠悠。""美人适异方,庭树含幽色。"

李商隐诗独白甚多,不独《无题》。李商隐在唐代诗人中是最善独白的,他常处于自言自语状态中,也最擅长把内心的情绪意象化。他常感叹与意中人仅能见面,不能交语,"扇裁月魄羞难掩,车走雷声语未通。"(《无题·凤尾香罗薄几重》)"未容言语还分散,少得团圆足怨嗟。"(《昨日》)只能无奈地自慰:"身无彩凤双飞翼,心有灵犀一点通。"(《无题·昨夜星辰昨夜风》)李商隐的诗难以准确把握其内容的象征意义,主要原因是他以独白的形式写诗,以朦胧的意象组合写出心灵的感受,他的独白诗不承载大众语境中的对话责任。

以上四点都是讲独白诗的含蓄的一面,但独白诗本质上是写给自己看的,并不受到流行话语的制约。既然是写给自己看的,不需要承担让别人读懂的责任,无论怎么写,只要自己知道是在说什么就行了。当后来的阅读者深感旨意不明,读得云里雾里时,作者创作时却非常清楚。这是问题的一方面。而另一方面,独白是作者的私人行为,带有隐秘性,所以能尽情地抨击时弊和倾吐受压抑的悲愤。无论是哪一种情况,都不能违背诗的规定性,因为所有的情感都是以"诗"为载体的。李白《古风》二十四:"大车扬飞尘,亭午暗阡陌。中贵多黄金,连云开甲宅。路逢斗鸡者,冠盖何辉赫。鼻息干虹蜺,行人皆怵惕。世无洗耳翁,谁知尧与跖?"二十五:"世道日交丧,浇风散淳源。不采芳桂枝,反栖恶木根。"三十六:"良宝终见弃,徒劳三献君。直木忌先伐,芳兰哀自焚。"三十八:"孤兰生幽园,众草共芜没。"都不只是字面的意思,李白是在用诗的形式批判现实。

四

在中国诗歌发展史和中国诗学史上，独白诗尚未引起当代研究者的充分关注，甚至还是一个空白。偶有文章触及独白，只是举例而已，零乱而无统绪，也会有种种误解。独白是贯穿中国诗歌史和诗学史中的重要概念，以此为视窗，可以完成一部中国独白诗史。这里想对与"独白"诗相关联的几个问题做进一步的阐述。

（一）"独白"与"非独白"的界阈

"独白"与"非独白"之间既有相对的独立性，但在一定的条件下也可以转换。第一，空间转换。当诗人所处的环境中缺少知音，或者不利于其直接发表思想和抒发感情，在苦闷孤独的情况下，只能采用独白的方式。但换一场合，空间发生了改变，他也许就不必采取独白的方式，而去寻求情感的交流和对话。《陈子昂别传》："建安谢绝之，乃署以军曹，子昂知不合，因钳默下列，但兼掌书记而已，因登蓟北楼，感昔乐生燕昭之事，赋诗数首，乃泫然流涕而歌曰：'前不见古人，后不见来者。念天地之悠悠，独怆然而涕下。'时人莫之知也。"①陈子昂有《蓟丘览古赠卢居士藏用七首》，其诗序云："乃慨然仰叹，忆昔乐生、邹子，群贤之游盛矣。因登蓟丘，作七诗以志之，寄终南卢居士。"陈子昂登蓟丘览古而作诗，这在蓟北无人与之交流对话，是独白诗，但一经寄赠，原本的独

---

① 卢藏用：《陈子昂别传》，《全唐文》卷238，上海古籍出版社1990年版，第1065页。

白诗就成了非独白诗,事实上已在与他人进行交流和对话。寄赠是实现对话的重要手段,刘禹锡《冬日晨兴寄乐天》云:"独吟谁应和,须寄洛阳城。"

第二,时序迁延。诗人创作时,只能以"独白"的形式出现,但随时间的推延,甲时间只能"独白"的,乙时间即可交流对话。这有两种情况:一是诗作的传播性质在作者生前就已改变,比如在一个相对的时间里,由于外部的压力或事态的不明朗,只能"独白",但过了一段时间,外部的条件变化了,不明朗的事情明朗了,诗作可以交流或有条件地交流,"独白"之诗就变成"非独白"诗了。特别是在偶然情况下,遇到知音,如李白读到崔公《泽畔吟》感慨系之;或在临终之时将诗稿编辑的事情托付给朋友,"独白"诗就变成"非独白"诗了。二是作者去世后,"独白"诗才得到传播,可能大多数"独白"诗就是这样传播下来的。

(二)独白意义的确立及其解读

这也是研究独白诗时常常受到困扰的问题。独白诗有其现实意义,但多数情况下,要结合作者所处的时代、个人遭际来确定,要进行一番探赜索隐的工作,有时难免会出现"作者未必然而读者未必不然"的推测。魏源《诗比兴笺》序云:"即其比兴一端,能使汉魏六朝初唐骚人墨客,勃郁幽芬于情文缭绕之间,古今诗境之奥阼,固有深微于可解不可解之际者乎?"(《诗比兴笺》)独白诗的解读常常需要知人论世、以意逆志,因为其作意不能在诗题中得到揭示或暗示。李商隐的《无题》,或用诗首句的两个字为题,本身就在告诉读者,由于无必要或不方便,作者有意省去了可能起到提醒读者的题目,诗产生于自我情绪的排遣。独白诗缺少写作的具体背景,其作意难明,黄节在《阮步兵咏怀诗注》自叙中云:"故余于其事不敢妄附,于其志则务欲求明,不如是,不足以感发人也。往往中夜勤求未得,则若有鬼神来告,豁然而通。余是以穷老益力,虽心藏积疾,不遑告劳者,为古人也,为今人也。夫古人往矣,以余之渺思上接千载,是恶能无失。"①可谓苦衷之言。

独白诗的研究应特别重视写作当下的状况,重视语境和传播两个环节。独白诗有如闺中少妇的自言自语,不管讲出如何生动感人、情思婉转的话语,与外界并没有关系。只有等到"此刻"以后,时间或长或短,诗公开发表了,有了一定的读者,独白诗才会发挥社会效应。这一意识历来为人们所忽视。有人认为这类诗用了比兴手法,以实现谲谏之义,或作情感交流,这就是误解。因为独白诗不用于传播,只是自身行为的内省和自我情感的抒发。因此独白诗最大的贡献在于使诗歌在情感描写上更为细腻、心灵的体验更为深邃。

(三)独白诗的研究

从学术史来看,古人没有提出独白诗的范畴,也没有以独白名篇的学术专著,但清人陈沆《诗比兴笺》客观上是一本系统研究独白诗的著作。书中重点分析的作品可为两类:一类为乐府诗,一类为抒情组诗。卷一中"汉鼓吹词铙歌十八首"至"乐府古辞七篇",多为集体创作,题名者也有真伪问题,如枚乘、李陵的五言诗。卷一孔融而下至卷四的李商隐都是个人的作品。卷一中孔融《杂诗》一首、曹操《短歌行》一首、曹植诗三首、繁钦《定情诗》一首。卷二中阮籍《咏怀诗》三十八首、傅玄诗七首、潘岳诗二首、刘琨诗二首、郭璞《游仙诗》九首、陶渊明诗三十五首、鲍照《行路难》八首、江淹诗十四首、庾信诗十八首。卷三中陈子昂诗四十三首、张九龄诗二十三首、王维诗三首、储光羲五首、王昌龄一首、高适诗一首、李白诗五十七首、杜甫诗四十三首、韦应物诗十七首。卷四中韩愈诗五十八首、李贺诗二十首、李商隐诗一首。关于李商隐诗,陈沆说:"义山五七言律,多以男女遇合,寄托君臣,即《离骚》美人香草之意,此笺不及律诗,然举隅可以三反。"我们再看其所笺之诗类型,绝大

---

① 黄节注:《阮步兵咏怀诗注》,人民文学出版社1984年版,第4页。

多数是独白的组诗,阮籍的《咏怀》、郭璞的《游仙》、陶渊明的《拟古》九首《读山海经》十二首《读史述》十二章、鲍照的《行路难》、江淹《效古》《清诗》、庾信《咏怀》十八首、陈子昂《感遇》三十八首、张九龄《感遇》十二首《杂诗》五首、李白《古风》《拟古》、杜甫《遣兴》、韦应物《拟古》《杂体》、韩愈《琴操》十篇《秋怀诗》十一首《杂诗》四首,以上皆为组诗。

陈沆所笺个别赠诗,似与本文"独白"概念不符,如刘琨《重赠卢谌》、陶渊明《和郭主簿》、李白《梦游天姥吟留别》、杜甫《同诸公登慈恩寺塔》《寄韩谏议注》、韩愈《赠崔立之》《南山有高树行赠李宗闵》《河之水二章寄予侄老成》《陆浑山火和皇甫湜用其韵》等九首,陈沆认为这些诗有比兴寄托,即可以成为"诗比兴笺"的对象;如用本文"独白诗"的概念来衡量,则上述诸诗不在"独白诗"的范围之中,原因于独白并不用于赠人寄人,更不会同赋。

陈沆在笺注中,能结合作者的生平际遇、社会的变化代谢来推求其作诗的用心,如解释阮籍《咏怀》,他认为其诗不能以颜延年"每有忧生之嗟"来概括,指出:"阮公凭临广武,啸傲苏门,远迹曹爽,洁身懿师。其诗愤怀禅代,凭吊今古,盖仁人志士之发愤焉,岂直忧生之嗟而已哉!特寄托至深,立言有体,比兴于赋颂,奥诘达其渺思。"将《咏怀》诗分为三类重新排列次序:悼宗国将亡、刺权奸以戒后世、述己志或忧时或自励。同是独白,亦有分别,"诗有必笺而后明者,嗣宗《咏怀》、子昂《感遇》是也。有必选之而始善者,太白《古风》是也。"比如李白之诗,人们总以为其风格飘逸,浅易有余而含蕴不足,但经过笺释才理解其深义所在,"世诵李诗,惟取迈逸,才耀则情竭,气慓则志流,指事浅而易窥,摅臆径以伤尽,致使性情之比兴,掩于游仙之陈词。实末学之少别裁,非独武库之有利钝也。"而"西岳莲花山"和"郑客西入关"二首"皆遁世避乱之词,托之游仙也"。陈笺能从比兴入手,探求寓意,杜甫《佳人》诗,过去解释为有其人其事,非寓言寄托之语,陈沆指出:"夫放臣弃妇,自古同情,守志贞居,君子所托,兄弟谓同朝之人,官高谓勋戚之属,如玉喻新进之猖狂,山泉明出处之清浊,摘花不插,膏沐谁容,竹柏天真,衡门招隐,此非寄托,未之前闻。"将杜甫此诗解释为有寄托,至少是一家之言。

　　唐代诗歌中"独白"现象普遍存在。松浦友久在《李白——诗歌及其内在心象》中写有一篇《独吟——心声之歌》①已提到古代诗歌中的"独吟"的方式。但"独吟"这一概念不太准确,唐诗中出现过"独吟",有时可能不是指写诗,而是吟诗,抑或指鸟的鸣叫,则吟诗既包括写诗,也包括吟诵他人的诗。还是用"独白"更能体现这一创作形态的本质。松浦友久说:"赠给对方的诗,描写风景的诗,叙述事件的诗等等,都是分别通过特定的对象来吟咏自己的内心世界的;相反,独吟诗,一般都没有这种直接的对象。"用表现对象也难以区别"独白"与"非独白",因为独白诗不受表现对象的限制,没有时空的局限。我认为只有从传播的角度结合创作当下情形来界定,"独白"与"非独白"的区别在于诗人当时写作的目的是"给别人看"还是"给自己看"。至于"独白"而不"给别人看"的原因是多方面的,大概最重要的一点是不宜"给别人看"。不过松浦友久以"独吟"来分析李白诗,确实丰富了人们对李白诗歌的认识。

　　系统研究中国诗歌独白现象,还有许多工作要做,比如对"独白"概念自身的探讨,力求对其表述更为精当;对中国诗歌中的独白诗勾稽整理,使之完整地呈现在诗歌史中;对独白诗在艺术上的表现特点进行分析,使人们更准确地去领略独白诗的魅力。这样的研究是有意义的,我们期待独白诗研究的深入开展。

　　(《中国社会科学》2003 年第 3 期)

---

① 陕西人民出版社 1983 年版,第 186 页。

《左传》"言语"对战国诸子散文的影响

我国散文源远流长,远在殷商的《尚书》,可谓散文之始。然其勃起,还在百家争鸣的战国时期。历史散文,如《左传》、《国语》,采集前史,记载了春秋时期的历史,《战国策》则记当世之事,保留了大量的战国策士言论;诸子散文,更是蔚为大观。探其原因,一是时政衰微,礼崩乐坏,人的思想很少受禁锢,能畅所欲言;二是士人企图推行自己的"道",注意讲究文辞,言说事理。还有人把当时文学繁荣的原因归结为社会经济的大发展,着眼于文学的外部规律,这无疑也是正确的。但任何一种文体的产生或某一阶段文学的勃兴,总有其内在因素,其兴衰流变也有其内部规律可寻。刘知几在《史通·言语》中曾论述战国前口语由浑朴而流婉、而谲辩的演变,给我们以启发。"夫上古之世,人惟朴略,言语难晓,训释方通。是以寻理则事简而意深,考文则词艰而义释,若《尚书》载伊尹之训,皋陶之谟,《洛诰》、《康诰》、《牧誓》、《泰誓》。周监二代,郁郁乎文。大夫、行人,尤重词命,语微婉而多切,言流靡而不淫,若《春秋》载吕相绝秦,子产献捷,藏孙谏君纳鼎,魏绛对戮扬干是也。战国虎争,驰说云涌,人持弄丸之辩,家挟飞钳之术,剧谈者以谲诳为宗,利口者以寓言为主,若《史记》载苏秦合纵,张仪连横,范雎反间以相秦,鲁连解纷而全赵是也。"其实,口语和书面语是交互影响而发展的。从散文的发展看,《尚书》文字"佶屈聱牙"(韩退之语)、先秦诸子文章文词雅驯,这中间春秋"言语"起了一个不容忽视的桥梁作用,这里的"言语",依刘氏之义,浦起龙释"谓口说之语",而别于"行人辞令",因为它包括人的一切口头语言。诚然,先秦诸子文章从横的方面说必定受同时代的"言语"影响又当别论。论春秋"言语"不是"文献不足",特别是《左传》、《国语》是采集当时各国史料而成,为我们保存了丰富的原始材料。

一

战国诸子散文受春秋"言语"的影响,其途径不外有二:一是直接观看各国史书,或据其所闻;一是览观《左传》所记。

《左传》成书于公元前四〇三年魏斯为侯之后,周安王十三年,公元前三八六年以前(见《春秋左传注》前言),即孔子之后,慎到、孟轲、申不害、吴起、商鞅、庄子、荀况、韩非之前。它在战国时期广为流传,这已为史料所证明。

春秋以来,各国的执政者为了富国强兵,实行称霸,争相网罗人才,支持士人的活动,如鲁国季氏支持孔子讲学,魏文侯尊重子夏,齐威王、宣王建立稷下学宫,加上养士之风盛行,为学术的交流和发展提供了很有利的条件。《史记·田齐世家》描绘了稷下学官的盛况:"宣王善文学游说之士,自如驺衍、淳于髡、田骈、接予、慎到、环渊之徒七十六人,皆赐列第为上大夫,不治而议论。是以稷下学士复盛,且数百千人。"这样盛大规模的学术活动,必然是学子云集。且鲁"周礼尽在",又是孔夫子的家乡,像孟子生于鲁,且不论,其他学子,也会因齐鲁相近而去鲁观光,鲁史官所作《左氏春秋》为诸子所见,是很有可能的。

　　孟子为孔子以后儒学代表,他从《左传》征引对己有用的古史资料,不受拘泥,其实这也是春秋人言诗"断章取义"的流习。

　　《左传·襄公二十三年》:

> （齐侯)将遂伐晋。晏平仲曰:"君恃勇力以伐盟主,若不济,国之福也;不德而有功,忧必及君。"……齐侯遂伐晋,取朝歌,为二队,入孟门,登大行。

　　《晏子春秋内篇·问上》第二:

> 庄公将伐晋,问于晏子。晏子对曰:"不可。……今君任勇力之士,以伐明主,若不济,国之福也;不德而有功,忧必及君。"公作色,不悦……庄公终任勇力之士,西伐晋,取朝歌。及太行、孟门。

　　《晏子春秋》在引《左传》文时,易"齐侯"为"庄公",晏子所言,差不多全袭于《左传》之文。

　　知《左传》所记乃春秋人"言语"之原始材料,战国诸子对此原始材料或亲见或耳闻,从《左传》诸子文章对读可知,因此,诸子受春秋"言语",即受《左传》所记"言语"的影响是必然的、确信的。

二

　　春秋"言语"载于《左传》,《左传》所记春秋"言语",其特点为战国诸子继承并发扬光大,这是事物发展的必然趋势。我们有些谈论春秋、战国者,由于时代久远,忽视了时间上的概念,仿佛昨日是春秋,今日已成战国。其实,从周平王东迁到鲁哀公十九年,中间隔着二百九十多年。这么长的历史,在文学史上,特别是在散文发展史上,也只是轻轻提上一笔,这不能不说是一件憾事。所幸的是《春秋》和《左传》的记载,恰恰把这段漫长的历史整理得清清楚楚。《左传》所记录的"言语"和《诗经》一起反映了这个时期的"文学"特点。

《左传》是编年史,以记事为主,而它的叙事,那是史家绝唱,自不待言。单就"言语"而论,其"渊懿美茂,而生气勃勃,后此亦殆未有其比"(梁启超语)。春秋时人"言语"特点如何?我们可以从三个方面来予以分析:

(一)擅长引用

春秋时期,由于诸侯相互攻伐,外交活动十分频繁,它要求人们在共同的交往活动中对言辞力加修饰,于是,他们就开始寻找现成的词汇来说明自己的观点,表达自己的意见。除引诗外,还引用典籍谚语,来为自己的观点提供依据,重要的是引用大家熟知或尊为权威的东西,更能讲清楚某个问题,收到以一胜多的效果。

《成公八年传》:"晋侯使韩穿来言汶阳之田,归之于齐。季文子饯之,私焉,曰:'大国制义,以为盟主,是以诸侯怀德畏讨,无有贰心,谓汶阳之田,敝邑之旧也,而用师于齐,使归诸敝邑。今有二命曰:'归诸齐。'信以行义,义以成命,小国所望而怀也。信不可知,义无所立,四方诸侯,其谁不解体?诗曰:'女也不爽,士贰其行。士也罔极,二三其德。'七年之中,一与一夺,二三孰甚焉?士之二三,犹丧妃耦,而况霸主?霸主将德是以,而二三之,其何以长有诸侯乎?诗曰:'犹之未远,是用大简。'行父惧晋之不远犹而失诸侯也,是以敢私言之'。"汶阳之田原属鲁国,后为齐所占,鞌之战,逼齐还鲁,现在晋侯要鲁把汶阳之地,还给齐国,鲁执政季文子两引诗对韩穿讲了一番道理。《诗·卫风·氓》句是说女子没有差错,始终如一,男子行为有过失,没有准则,前后不一。这里很恰切地说明了鲁恪守盟约,而晋朝三暮四,季文子并借题发挥,说男子行为不一,只不过失其配偶,而你晋国如此,就难保霸主的地位了,晓以利害,振衣挈领,切中肯綮。接着,季文子又引《诗》说明己意,《诗·大雅·板》句意谓谋略无远见,故我尽力来规劝,说明上言利害并非出于私心,只是为晋考虑而已。引《诗》得体,情辞婉转,很能打动对方。

《左传·宣公十五年》载,晋侯要出兵救宋,大夫伯宗劝说晋侯不要出兵,他引用古语,"虽鞭之长,不及马腹。"是说马腹不是鞭击之处,伯宗引此意在说明晋国力量虽强,也不能与楚争,言楚非晋争夺的对象;或解为"晋国不应长途跋涉去救宋",乃以意为之,失其本旨。后引"高下在心"的谚语说明处理事务,或高之,或下之,唯我自裁,相时而动也。伯宗很灵活地引用了古语、谚语,既注意君臣大体,又抓住要领,言简而意赅,收到了预期的效果。

春秋"言语"中所引用的有经典、有理语、有诗、有文。据粗略统计,《左传》"言语"引《诗》一百零八,称《书》者五,《夏书》七,《商书》二,《周书》七,《康诰》二,《盘庚之诰》一,《大誓》三,《谗鼎之铭》一,《考父鼎铭》一,《前志》二,《周志》一,《军志》五,《郑书》二。它不包括"君子曰"引《诗》四十三,《夏书》三,《商书》三,称《书》者二,"仲民曰"引《诗》五,《夏书》一。此外还有赋《诗》六十九,其中歌《诗》一,诵《诗》一。另引古语十三,谚语十六。

尽管上述统计是疏略的,但可以看出春秋时引用之风很盛,引用成了当时的"词令一法"。

(二) 援譬言理

春秋时人,爱用比喻,《左传》"言语"除明喻外,还出现了暗喻、借喻,喻体范围极为广泛,这同它记载了社会各阶层人物是一致的。

《左传·文公七年》:"酆舒问于贾季曰:'赵衰、赵盾孰贤?'对曰:'赵衰,冬日之日也;赵盾,夏日之日也'。"酆舒是赤狄潞氏之相,他问贾季,赵衰、赵盾谁贤明。贾季感到很难完整地回答,就用了两个比喻来答问,杜预注:"冬日可爱,夏日可畏。"这不光有形象性,而且囊括了比较丰富的内容。如此简单的问题,而很自如地用比喻应答,饶有意趣,春秋时人爱用比喻,由此可窥一斑。

春秋"言语"中,比喻极为丰富,形式多样。

有明喻。《哀公十九年传》:"小国之仰大国也,如百谷之仰膏雨焉。"以膏雨喻大国之恩泽,以百谷之仰喻小国向心之诚恳、急切。

有暗喻。如上文所引:"赵衰,冬日之日也。"

有借喻。《襄公二十八年传》:"得庆氏之木百车于庄。"《日知录》引邵国宝语:"此陈氏父子为隐语以相喻也。"木乃作屋之资,庄是京城大路,意谓庆氏必败,我可得人得权。

有单喻。如《襄公二十五年传》:"见不仁者,诛之,如鹰鹯之逐鸟雀也。"

有合喻。《左传·宣公十五年》:"川泽纳污,山薮藏疾,瑾瑜匿瑕,国君含垢,天之道也。"这是伯宗说晋侯时所用之喻,以川泽可以纳污,山林数泽可以有毒害者居之,美玉有瑕疵,比喻国君是可以忍受辱耻的,不能因小不能忍而危害社稷,应从长久计议。连用数喻,增强了言语的气势,具有很强的说服力。有的运用比喻,洋洋洒洒,简直有不可穷竭之势,《左传·襄公十四年》师旷答晋侯问:"……良君将赏善而刑淫,养民如子,盖之如天,容之如地,民奉其君,爱之如父母,仰之如日月,敬之如神明,畏之如雷霆。"

春秋"言语",比类连篇,层出不穷,喻以明义,譬而畅理,喻体不外山川草木虫鱼鸟兽,人所习见,皆为浅显通俗之语,众所能知,或有本体不露者,可谓寓言之初体,如《襄公二十四年传》:"大叔曰:'不然,部娄无松柏。'"部娄者,小土山也。这里是说小土山不生大树,则小国不可与大国平行,这种借喻很值得注意,从这里可以窥见以后寓言的演进轨迹。

（三）说理明晰，逻辑较严紧

《左传·庄公十年》记载了有名的齐鲁长勺之战。战后，鲁庄公问指挥者曹刿胜利原因，曹刿从容应答："夫战，勇气也。一鼓作气，再而衰，三而竭。彼竭我盈，故克之。夫大国，难测也，惧有伏焉。吾视其辙乱，望其旗靡，故逐之。"从这段话中我们对曹刿其人可以得出三点认识：第一，判断的正确，说明曹刿对战争的熟悉了解，有作战经验，使他冷静地作出判断；第二，思维的周密，说明曹刿之所以指挥若定，是因为能够掌握薄弱环节，从最不利处作眼，这样思维才能周详严密；第三，观察的仔细，说明曹刿重实际，能相对而动，相机而行，观察比较细致、锐敏。曹刿虽是一个非"肉食者"，却代表了春秋一些人的风貌，从《左传》"言语"中，我们可以看到这些人论道说理的严密。

《烛之武退秦师》写烛之武深知己国力量弱小，要去秦围，只能从我之外找出口。他紧紧抓住秦晋之间的矛盾，先从地理形势上说明秦灭郑有害，导致"阙秦以利晋"；再从行李往来上说明舍郑之有益，于此又宕开一笔，举例说明晋实不可仰赖，与晋共事，只有损害秦国。他从正反两方面进行论述，已是周密，又引事实为据，更其严密，利害关系分析得透彻、深刻，终于达到秦罢其兵的效果。

诚然，春秋"言语"在论道说理方面还是简朴的，往往是先分后合，先分者或正反对比或相同并列。有的是层层推进，《文公七年传》：记录郤缺言归还卫地："叛而不讨，何以示威？服而不柔，何以示怀？非威非怀，何以示德？无德何以主盟？子为正卿，以主诸侯，而不务德，将若之何？"后《孟子》"王顾左右而言他"类此。

以上我们探讨了春秋"言语"的特征，这样我们就可以进而讨论其对诸子的影响。春秋"言语"的特征，是惯于引用，譬喻说理，说理时已具有相当的逻辑力量，尽管它还是简朴的。

三

战国散文呈现鼎盛时期,这与春秋"言语"有无法割裂的联系,特别是诸子散文的发展繁荣,又是对春秋"言语"的文学特点的继承和光大。关于战国诸子文章的风格、艺术性,论述者甚多,此不赘言,独于春秋"言语"对战国诸子文章有影响者再言一二:

其一,春秋"言语"征引说理之风大行,诸子文章亦显具此特征。

《孟子·梁惠王上》:"齐桓晋文之事章",齐宣王引《诗·小雅·巧言》:"他人有心,予忖度之。"说明孟子知其见牛发抖不忍杀之的仁爱之心。孟子引《诗·大雅·思齐》:"刑于寡妻,至于兄弟,以御于家邦。"说明齐王应该以爱家人之心施恩于天下,如此方可保民而王。

荀子征引更甚,粗略统计,《荀子》一书凡引《诗》七十四,《传》五,《易》一,《书》十,《康诰》一,《秦誓》一。不过到了战国,私家著述盛行,文词已成雅驯,故远"下里巴人",《荀子》绝少引俚俗谚语,似乎摆起了文人的架子。《荀子·大略》:"民语曰:'欲富乎?忍耻矣,倾绝引矣,绝故旧矣,与义分背矣。'"像这种用老百姓的话也不可多见了。

王力在《古代汉语》中说到古汉语的修辞:"战国时代,引经成为风气。《论语》引《诗》两次,引《书》两次,《孟子》引《诗》已达二十六次,此外还引《书》两次。《荀子》引经更多,引《诗》竟达七十次,另外引《书》十二次,引《易》三次,此外还有'传曰'二十次。诸子当中,引经最多的是《荀子》。《墨子》虽不是儒家的著作,也引了几次《诗》《书》。"其实,不管儒墨,不管引经引传,引用是词令之法,如不守绳墨之庄子,亦引《齐谐》。

其二,比喻成为行文惯用的修辞手法,翻开诸子论著,触处可见。这时、比喻又进一步扩大化了。《孟子·梁惠王上》:"以若所为求若所欲,犹缘木而求鱼也。"齐宣王不能理解"不为者与不能者之形何以异"的抽象说理,孟子就打比方来说:"挟泰山以超北海,语人曰:'我不能'。是诚不能也;为长者折枝,语人曰:'我不能'。是不为也,非不能也。"这里,"孟子虚构了浅近的故事,一步步逼到齐王身上,叫他自己认罪,齐王只好顾左右而言他;假使不用设喻的手法,直言指斥,齐王恼羞成怒,便失去了说服和讽刺的作用了。寓言是最有力的讽刺武器,更得到了证明。"(王焕镳语,转引郑子瑷《论先秦诸子的修辞技巧》社会科学战线80 年 4 期)可知故事、设喻、寓言在诸子文中,也是不好断然分开的。如《孟子》"全书二百六十一章,共三万四千六百八十五字,其运用比附方法以论述问题的竟达六十一次之多,此外,其以古例今,象借文王、汤、武等而启示当时的,尚未计在内。"(见侯外庐等《中国思想史》)战国诸子不仅喜用比喻,而且善用比喻,形式也较讲究,如《荀子·劝学》:"吾尝终日而思矣,不如须臾之所学也;吾尝跂而望矣,不如登高之博见也。登高而招,臂非加长也,而见者远;顺风而呼,声非加疾也,而闻者彰。假舆马者,非利足也,而致千里;假舟楫者,非能水也,而绝江河。君子生非异也,善假于物。""故不积跬步,无以至千里;不积小流,无以成江海。骐骥一跃,不能十步,驽马十驾,功在不舍。"多用排比句式,安设譬喻,既具体形象,又有气势,运用比喻又更加成熟了。

其三,在思维逻辑上,诸子把春秋"言语"的论证方法又推进一大步。他们的文章一般都长于论辩,擅于言理。《孟子》"齐桓晋文之事章"全篇只论证行仁政可以保民而王,文章纵横反复,而又层次清楚。首先,孟子避开齐宣王提出的"齐桓晋文之事",正面提出保民而王的观点,再引齐宣王亲身所为,抓住"不忍其觳觫"的话和"以羊易牛"的事大加申述,下连设数喻,说明齐王可王,不王是不为也。文章至此似可结束,但孟子觉得言犹未尽,宕开一笔,挑起齐王的大欲,并论证其不能实现,当头棒喝,堵死齐王的后路,又从正面论述保民则可称王,最终使齐宣王只得俯首受教于孟子阐明自己的政治主张。这种论辩,气势充沛,说理透彻深刻,是一种螺旋式的证论方法。

《庄子》散文说理时比物连类,从各方面来阐明自己的观点,洒脱飘忽,似乱非乱,细读《逍遥游》,当能体会其论辩的逻辑特点。

《荀子》以严谨细密著称于诸子。如《解蔽篇》旁征博引,援譬言理,透彻淋漓。《韩非子》亦精于说理,逻辑严密,在论辩方法上,变化多端,伸缩自如,有立论、有驳论,有问有答。推《亡征》、《显子》、《说难》为代表。

值得重视的是墨子。他的文章,讲究论辩的"三表法",擅于引征历史和现实的材料来说明问题,据逻辑史家研究,墨辩的论式已经形式化了,在逻辑史上有杰出的贡献。

战国诸子受春秋"言语"的影响,是指其文学特点而言,并非言战国诸子文章某句似《左传》"言语"某句,若拘泥去解,则难免失之迂庸了。

综上所述,从《尚书》到战国诸子散文,春秋"言语"起了一个不可忽视的过渡作用。这以后,由于战国诸子继承并发扬光大,从而使我国散文史上出现了一个高峰。

(《江西社会科学》1985 年第 3 期)

试论《离骚》的创作契机与艺术构思

    内容提要   本文以《离骚》内容为依据,从其创作实际出发,论证了王逸"离骚"即"别愁"说的合理性,并以"别"为线索,分析《离骚》的创作契机和艺术构思,对人们习用的清王邦采的分段法进行了修正。

    关键词:《离骚》 艺术构思   创作心境   层次结构

    作家创作一部作品的动机,通常并非是单一的,它是一种情绪渐次积累,而萌动着表现或发泄的愿望,此时,如果外部有强烈刺激的引发,就会激发作家的创作动机,这就是创作的契机。如果我们讨论一下屈原创作《离骚》的心理态势和动机是什么,也许回答是简单的,那就是屈原在楚国不幸的遭遇:君主不察其中情,群小嫉其蛾眉,自己又忧君忧国,信而见疑,忠而被谤。司马迁在《史记·屈原贾生列传》这样叙述过:"王怒而疏屈平,屈平疾王听之不聪也,谗谄之蔽明也,邪曲之害公也,方正之不容也,故忧愁幽思而作《离骚》。离骚者,犹离忧也。……屈平正道直行,竭忠尽智以事其君,谗人间之,可谓穷矣!信而见疑,忠而被谤,能无怨乎?屈平之作《离骚》,盖自怨生也。"司马迁的分析确实揭示了屈原作《离骚》的行为动机,引起屈原一系列情绪变化的关键是"王怒而疏屈平",此即为来自外部的强烈刺激的引发媒介。正像巴尔扎克论述文学创作特点时所言:"某一天晚上,走在街心,或当清晨起身，或在狂饮作乐之际，巧逢一团热火融及这个脑门，这双手，这条舌头，顿时，一字唤起一整套意念，从这些意念的滋生、发育和酝酿中，诞生了显露匕首的悲剧、富于色彩的画幅、线条分明的塑像、风情横溢的喜剧"。(《巴尔扎克论文学》)"巧逢"正是"契机"，催使创作冲动进入创作过程。应该说明的是，屈原作《离骚》首先是一位政治家受到迫害时的款款陈词，他要辨明是非，说服楚王；其次才是艺术家借艺术来抒发内心矛盾、痛苦、愤懑，因为司马迁在《报任安书》中是把"屈原放逐，乃赋《离骚》"看成是圣贤发愤，舒其郁结，思垂空文以自见的。明乎此，我们才会体会到《离骚》中理智与情感的交织、冲动与控制的碰撞。政治家的明辨与诗人的激情尽在其中。

《离骚》的创作契机在其标题中已得到揭示，屈原写作《离骚》的直接外部刺激是因楚王疏绌屈原，屈原与之作别，诗情即因"别"而触发。"离"者"别"也，这个"别"不是简单的"分别"，它有其丰富的内涵。当然，对"离骚"二字的解释历来有分歧，从上文引司马迁的一段文字中已看到，司马迁认为"骚"即"忧"，"离"意显明，不需要解释，司马迁对"离"字的解释究竟是什么，也就不得而知。司马迁之后对"离骚"的解释约有如下几种：一、"离骚"解作"牢愁"。此为扬雄的意思；二、"离骚"即"遭忧"。见班固《离骚赞序》；三、"离骚"即"别愁"。见王逸《楚辞章句》；四、"离骚"即"劳商"，曲名，此为游国恩先生的意见。五、"离骚"就是"抒忧"。此为杨柳桥的意见。(参见杨柳桥《离骚解题》。见《楚辞研究论文选》，湖北人民出版社 1985 年 7 月版)以上诸说各有其理由，孰是孰非，应细加辨析。我们认为"牢愁"、"忧思"或"抒忧"不免有些笼统，似乎有同后世的"咏怀"、"咏史"诗题，不象《哀郢》、《涉江》等屈骚在题中已表示出有明确的创作情景和创作动机，而《离骚》的创作又绝非如后世"咏怀"、"咏史"不是一时一地而作。"遭忧"的解释也存在同样的问题，不过"遭忧"说几乎被人们认为是较好的解释而通常被采用。

那么王逸说如何呢？王逸"别愁"说似已被今人所冷落，也很少有人去研究他这种说法的得失。其实王逸的说法很有道理。如依王逸说，人们担心的是"如果我们用现在的话把这篇诗歌标题为'别愁'或'离愁'恐怕会感到不是滋味。"（见杨柳桥文）。"不是滋味"是个模糊的表述，不过可以推想，所谓不是滋味者在于"别愁"或"离愁"，容易和后世的离别诗文抒发离别之苦混淆起来，显然，《离骚》决不能作如是观。"人有悲欢离合"，这个"离"的苦痛，实不能囊括屈原《离骚》的作意。但是应该看到，尽管都是别，内涵则大不一样，屈原的"别"是沉重的。

第一，他的"别"是受谗所致，君主遣谪，含有冤屈。《离骚》中屡有陈言："荃不察余之中情兮，反信谗以齌怒。"屈原对"谗人"、"谗言"痛恨之至，这是楚王疏远他的根本原因，至少屈原是这样认为的。世之锢疾在于"嫉"："众女嫉余之蛾眉兮，谣琢谓余以善淫。""世溷浊而嫉贤兮，好蔽美而称恶。""嫉"的结果是"蔽美"，而屈原"既有此内美兮，又重之以修能"，尽管"民生各有所乐"，"余独好修以为常"。由于屈原志洁行修，必然引起群小的嫉恨，他们在楚王面前下谗言，诋毁屈原，而楚王呢，全然不了解屈原的内心世界，反而听信谗言，疏远放逐屈原。据《史记》本传载，"信谗"确有所指："上官大夫与之同列，争宠，而心害其能。怀王使屈原造为宪令，屈平属草稿未定，上官大夫见而欲夺之，屈平不与，因谗之曰：'王使屈平为令，众莫不知；每一令出，平伐其功'，曰：'以为非我莫能为也。'王怒而疏屈平。"

第二，他的"别"是和一个曾寄予希望，现在仍然抱着希望的楚王作别。屈原，楚之同姓，曾为楚王奔走前后，"忽奔走以先后兮，及前王之踵武。"屈原也深得楚王的信任，《史记》本传谓其"入则与王图议国事，以出号令；出则接遇宾客，应对诸侯。王甚任之。"从历史和现实看，楚王与屈原关系很不一般，就是在楚王作出流放他的旨命时，屈原仍然系心楚王，"余既不难夫离别兮，伤灵修之数化。"他不得不叩天阍（"吾令帝阍开关兮,倚阊阖而望予"),尽管他深感失望("闺中既已邃远兮,哲王又不寤"),但又认为"怀朕情而不发兮,余焉能忍与此终古"!朕情,自己满腔的忠贞之情而无由得到表达,怎么能忍心怀此情不发而永远下去呢!言外之意是,如果怀此情而远逝又如何再将此情上达于君王。

第三,他的"别"是和祖国作别,而此时的祖国已危在旦夕,一别可能就永远看不到这个自己热爱的并为之强大作过艰辛努力的国家。当他在飞升将远逝之际,"忽临睨夫旧乡,仆夫悲余马怀兮,蜷局顾而不行。"蒋骥《山带阁注楚辞》说:"前言上下求索,特觇望之词,此真沛然往矣。楚必不可留,往必无不合;行色甚壮、志意甚奢;好修之士,于是可一竟其用。而忽焉反顾宗国,蹶然自止,朱子所谓'仁之至、义之尽'也。"屈子虽在犹豫彷徨中断然作出痛苦的选择,可是最终仍然不忍去国远行。

第四,他的"别"可能就是死别。他似乎已存死志,"既莫足与为美政兮,吾将从彭咸之所居!"王逸说:"言时世之君无道,不足与共行美德,施善政者,故我将自沉汩渊,从彭咸而居处也。"屈原存有死志有两方面的内容,一是对现实的绝望,毕生追求"美政"的理想变成泡影,屈原是有强烈责任感的人,对国、对君、对人民他自感责任重大,楚国存亡于他有义不容辞的责任,他为祖国前途而担忧,希望楚王能"举贤授能"、刷新政治、施行美政,并一贯到底,可楚王"初既与余成言兮,后悔遁而有他",不仅如此,"反信谗而齌怒",虽反复陈言,"哲王又不寤",只好"曾歔欷余郁邑兮,哀朕时之不当;揽茹蕙以掩涕兮,沾余襟之浪浪"。屈原似乎是把生命的价值和美政的理想系在一起的,既然楚王昏庸,美政也就无由实现,生命的价值也就终止了;另外他存死志是一种人格的超常完善,世不能共处,"时缤纷其变是兮,又何可以淹留"。屈原决不会在困境中变节从俗,"宁溘死以流亡兮,余不忍为此态也!""鸷鸟之不群兮,自前世而固然;何方圆之能周兮,夫孰异道而相安!屈心而抑志兮,忍尤而攘垢;伏清白以死直兮,固前圣之所厚!"服道守义,死又何畏！一个理想的人格将在"涅槃"中诞生。不管后世人们如何去评价屈子自沉，对死的选择却是痛苦的，况且屈原希望一生能有所建树，觉得时间又如此匆匆。他曾担心"汩余若将不及兮；恐年岁之不吾与"，"日月忽其不淹兮，春与秋其代序"。他还有许多事要做，"及余饰之方壮兮，周流观乎上下。"此"别辞"又何异于绝笔。

第五，他还有许多学生，对他们曾精心培养教育过，"余既滋兰之九畹兮，又树蕙之百亩。畦留夷与揭车兮，杂杜衡与芳芷。"他盼他们成材，"冀枝叶之峻茂兮，愿竢时乎吾将刈。"可是，这些学生都变节了，"虽萎绝其亦何伤兮，哀众芳之芜秽！"对此屈原认真思索过，"何昔日之芳草兮，今直为此萧艾也？岂其有他故兮，莫好修之害也！"不独学生如此，世俗皆然，"固时俗之流从兮，又孰能无变化？"透过这些言辞，我们难道不能体察屈子对学生的"夫子"之心。他指出学生变节的根源是时俗败坏，尚能挽救日颓的风气，教育学生以"好修"为立身根本，也许还能使其枝叶峻茂，此别不能不带着深深的惋惜。

屈原生活在一个悲剧性的时代，楚王荒淫无耻。任用谗佞，《战国策·中山策》记载，秦将白起曾分析楚国的国情，认为："楚王恃其国大，不恤其政，而群臣相妒以功，谄谀用事，良臣斥疏，百姓心离，城池不修。"从当时天下局势看，"七雄"争霸，秦楚为最，故有所谓"纵合则楚王，横成则秦帝"。衡之常情，楚国此时应内修政治，并与其他国家建立同盟以破坏秦的远交近攻的策略，这是一个稍明事理的人都能看清楚的。屈原作为一个有理想的政治家，已清楚地看到楚国正处在一个关键时刻，他内外奔走操劳，这却引起了那些鼠目寸光、贪图享乐的腐朽贵族集团的嫉恨和反对，特别是屈原政治上主张举贤授能触犯了维护世卿世禄的贵族阶层的利益，这些旧贵族唯利是图，什么事情干不出来，他们甚至接受秦国贿赂，出卖楚国的利益，这又怎能容下持正不阿的屈原，屈原又怎能和他们同流合污。

由此可以看出屈子"别愁"之深之广，其"滋味"真耐人咀嚼呀。《离骚》的"别",包含了对君主的失望和希望、对国家的眷恋、对自己受到不公平对待的愤激,也包含了对生死权衡的决然选择,愤慨、忧愁、犹豫、哀怨、希望,多种复杂的情感纠葛,无以名状的痛苦和不宁,都织进了浓浓"别愁"的网络之中。"别"也就成了《离骚》艺术构思的主旋律。

　　艺术构思受作者创作心境的影响,所以研究屈原作《离骚》时的心境是很有必要的,换句话说,就是研究创作《离骚》的那个"当时",《离骚》写于何时至关重要,何时而别而产生此"别辞"。人们认为屈原两次遭放逐。第一次大约在怀王二十五年左右,被放逐地点是汉北一带;第二次是在顷襄王十三年左右,被放逐到江南一带(参见游国恩《屈原》)。那么,《离骚》写于哪一次放逐之时,看法不能统一。我们认为写在第一次放逐之初。蒋骥《山带阁注楚辞》云:"离,别。骚,愁也。篇中有余既不难离别语。盖怀王时,初见斥疏,忧愁幽思而作也。"蒋骥的意见还是正确的。首先,从《离骚》本文看没有第二次放逐的有关内容的表述。正因为是第一次对"疏"、"绌"作全面检讨之起笔,以大量笔墨写出他对楚王的尽心尽力。他对楚王虽失望但尚怀希望,措意作词还比较有余地,《抽思》大致可以认为是和《离骚》写作时间相近的作品,也反映了同样的心理,"愿遥起而横奔兮,览民尤以自镇。结微情以陈词兮,矫以遗夫美人。"朱熹《楚辞集注》云:"览民之尤,而察其有罪之实,庶以自止其忧,则又愈见其怒之不当,而可忧益甚,故结情于词,以告君也。美人,已见《离骚》,亦寄意于君也。"大意就是,愿意迅疾远走,但看到百姓遭罪又不忍心这样了,还是把自己的意思再向怀王倾吐,希望他能了解自己的一片苦心。并"愿荪美之可光",希望君主的美德能光大也(见孙作云《从〈离骚〉的写作年代说到〈离骚〉、〈惜诵〉、〈抽思〉、〈九辩〉的相互关系》)。他在《离骚》中屡屡斥责"世溷浊而不分兮,好蔽美而嫉妒。""世溷浊而嫉贤兮,好蔽美而称恶。"这和屈原晚年所作之《涉江》情调是不同的,《涉江》云:"世溷浊而莫余知兮,吾方高驰而不顾。"显然是对世俗彻底绝望因而采取不屑一顾卓然高举的态度,不像《离骚》

中只是陈述涸浊在于嫉妒,似乎不嫉妒社会则无弊病矣,他自己也就幸免于长别远行了。其次,从心理上看,人对死的选择(当然是指念头并不是付之行动),往往在于首次遇到不幸。一旦冷静下来或经历多了,那种在重大灾难面前以死来平衡心理的做法就会以其他面目出现。《离骚》中云:"愿依彭咸之遗则。""虽九死其犹未悔。""伏清白以死直兮。"而《涉江》中更多慰解之词,如"哀南夷之莫吾知兮,旦余济乎江、湘。""苟余心之端直兮,虽僻远其何伤。"即如对故国思念的情感体验上也不完全相同,尽管屈子深深地"眷顾楚国,系心怀王",《离骚》结尾云:"国无人莫我知兮,又何怀乎故都?"而《哀郢》则云:"鸟飞反故乡兮,狐死必首丘。信非吾罪而弃逐兮,何日夜而忘之?"从《哀郢》中不难体会到时届暮年的屈子"至于江滨,被发行吟泽畔,颜色憔悴,形容枯槁",对故土那种叶落归根的深沉思归之情。这是一种人的普遍心理体验,证之古人,验之今人,恐无二致。复次,从作品那种对留和走的矛盾选择及彷徨的态度看,似乎作者是首先遇到这类问题而发生的思想震荡,他初次受人诋毁,而一向倚重他的楚王忽然听信谗言,下令流放,他对此并没有充分的思想准备,只是以极简单的方式来表达自己的款款之诚:"指九天以为正兮,夫唯灵修之故也!"这种以"也"字结句的直陈,坚定不移,斩钉截铁,在长长的《离骚》中是不多的,凡用"也"结句的都为作者注满深情之处。屈子痛恶群小之谗言、故反复申明己意,加以辩解,可以看出,屈子对楚王是抱着希望的,可能他同楚王曾面辩过,这反而惹起楚王大发脾气,这中间似乎还有反复,"初既与余成言兮,后悔遁而有他。""别"是势在必行。衡之常理,一个忠心耿耿为之效力的人,反蒙受不白之冤,受到极为不公的对待,内心的烦躁不安、悲愤忧伤是不用说了,既然非"离别"不可,也得把事情说清楚,辨明是非曲直,像屈原这样的"好修"之士,以立"修名"为一生行事的目的,越是担心"众不可户说兮,孰云察余之中情",越是要尽情倾吐,当然这样申说是徒劳的。《抽思》中也说:"望北山而流涕兮,临流水而太息。望孟夏之短夜兮,何晦明之若岁! 惟郢路之辽远兮,魂一夕而九逝。曾不知路之曲直兮,南指月与列星。愿径逝而不得兮,魂识路之营营。何灵魂之信直兮,人之心不与吾心同! 理弱而媒不通兮,尚不知余之从容。"朱熹《楚辞集注》云:"言灵魂忠信而质直,不知人心之异于我,故虽得归,亦无与左右而道达者,彼又安能知我之闲暇而变所守乎!"呈现出十分忧虑的心态,担心中含有无限的希冀和深沉的忠爱。所以他还要另作努力,"济沅、湘以南征兮,就重华而陈词。""路漫漫其修远兮,吾将上下而求索。"要让人们知道他的"中情"成了屈子一生的愿望,他在《哀郢》中还念念不忘地说:"信非吾罪而弃逐"。其实,屈子生前知其"中情"者有几,他曾回答渔父说:"举世混浊而我独清,众人皆醉而我独醒,是以见放。"渔父则说:"夫圣人者,不凝滞于物,而能与世推移。举世混浊,何不随其流而扬其波? 众人皆醉,何不铺其糟而啜其醨? 何故怀瑾握瑜,而自令见放为?"屈原不会放弃自己的操守信念,"民生各有所乐兮,余独好修以为常! 虽体解吾犹未变兮,岂余心之可惩?"这种执著的情绪、纯洁的操守,在第一次被放逐将"别"之时非得说明不行,如此,或许能让"君"和"众"察知其中情。

《离骚》应该是屈原在被怀王放逐时的作品。有人根据诗中提到的地名进行考察,以为沅水、湘水都在江南,屈原第二次放逐才到江南,而断定《离骚》是后期之作,这种说法恐怕不能成立。屈原济沅湘等历来都认为是神游,不必亲履其地,所以《离骚》中神游部分出现的地名都不能作为屈原游历路线的实际情况来考察。诗人的想象常常要摆脱时空的羁绊,越是在一狭小天地里或一与外部世界隔绝的空间,具有创造性思维的人越是浮想联翩,神驰万里。常常出现这样的情形,艺术家对着天窗漏进的一缕阳光发呆,思绪却越出天窗走到海角天涯。据说托尔斯泰创作《安娜·卡列尼娜》是这样开始的,"是在午饭后,我躺在一张沙发上,抽着烟。当时是在沉思,还是和瞌睡作斗争,现在记不清了。忽然间在我眼前闪现出一双贵妇人的裸露着的臂肘,我不由自主地凝

视着这个幻象。又出现了肩膀、颈项,最后是一个完整的穿着浴衣的美
女子的形象,好象在用她那忧郁的目光恳求式地凝望着我。幻象消失
了,但我已经不能再摆脱这个印象,它白天黑夜追逐着我,我应该想办
法把它体现出来。"(洛穆诺夫《托尔斯泰传》)托尔斯泰在一种迷蒙中
幻想出他准备创造的形象。实际上人的想象的充分发挥是在远离实体
(或对实体缺少细微的了解)时,嫦娥奔月、吴刚伐桂的神话产生在人类
登上月球之先,也可算是个说明。从屈原作品来看,那些运用大量神
话、传说构思出丰富复杂的情节、场景来抒情的方法在《哀郢》、《涉江》
中很少,《哀郢》、《涉江》公认是出于屈原之手的第二次放逐时的作品。
而《离骚》则幻境叠生,光怪陆离。当然,诗人在创作中,力求超越现实
去想象,但创造性思维还是要受客观现实和知识经验的制约,理想和现
实、客观实体和想象世界总是紧紧拥抱的。屈原曾为主管教育的三闾
大夫,知识渊博,了解楚地山川风物、神话传说,他在楚王下令放逐又不
能改变成命的情况下,想到自己流放之地或汉北或江南,设想自己的所
作所为,是十分自然的,那些幻境描写表达的是屈原绝望于今王而寄希
望于古帝,痛恶小人而痴求知音的心灵历程。另外,有人认为《离骚》中
流露去国远逝的念头和一死的决心是写于第二次放逐的说明,其实这
非但不能证明是再放时的作品,相反说明是首次放逐的情绪。和《哀
郢》"羌灵魂之欲归兮,何须臾而忘反!""曼余目以流观兮,冀壹反之何
时"那种深沉的睠顾大不相同,这方面在前面已有不少阐述。

　　屈原写作《离骚》的直接外部刺激的引发是楚怀王疏远放逐屈原,
这就是《离骚》的创作契机,《离骚》就是"离别时抒发的忧愁。"顺着这
个"别"字我们可以清楚地理出《离骚》的艺术构思和层次结构,而"忧
愁"、"忧愤"则是笼罩全篇的艺术氛围。屈原对着楚王听信谗言疏远他
的突然打击,内心充满愤懑、忧郁(此即"离骚"之"骚"),整个作品的情
调必然和他首遇打击产生的忧郁心境相一致。

　　屈原的创作处于冲动和激荡的情绪之中,另一方面又必须对其控

制,通过冷静的回味与思索使其升华,如前所述,这包含诗人、政治家双重情感的需要,这两者在创作中都发挥着作用,整个作品一方面如飙风疾雨,来去无端,又如羚羊挂角,无迹可求,另一方面又渗透着理性思考,层次分明、构思严密。从中不难看出诗人内心矛盾的冲突和作品诞生之际的强烈阵痛。

《离骚》的艺术构思和层次结构,一般是采用清人王邦采的意见,那就是三大段。自首句至"岂余心之可惩"为第一大段;自"女嬃之婵媛兮"至"余焉能忍与此终古"为第二大段;自"索琼茅以筳篿兮"至全诗结束为第三大段。如果以"别"为线索,我们可对王说作一些调整,将第三大段的"索琼茅以筳篿兮"至"周流观乎上下"归入第二大段。这样,《离骚》三大段意思就可以这样来归纳:第一大段,写"别"之因由和对"别"的态度;第二大段,写"别"后去向的寻求及其选择;第三大段,写临"别"时的矛盾心情。

第一大段,主要写为何而有此"别愁",先陈述自己的家世,"帝高阳之苗裔",我是古帝王高阳氏后代子孙,与楚国同姓,清张德纯《离骚节解》云:"首溯与楚同源共本,世为宗臣,便有不能传舍其国,行路其君之意。"(见清陈本礼《屈辞精义》引)从宗族关系上言,屈原肯定会尽忠楚君,无有二心,屈原确实也是如此,他把聪明和才智都贡献给了楚国、楚王,导夫先路,奔走前后,这里开篇标举意义极重,一则说明楚王放逐屈原罪不在己,《哀郢》中还说"信非吾罪而弃逐"。二则想说醒楚王,取消成命,于国于家、于人于己皆合乎情理,本为同源共本。所以下面皆以为君为国落笔,"岂余身之惮殃兮,恐皇舆之败绩!""余既不难夫离别兮,伤灵修之数化。"从同源共本说到尽心尽力、助君兴楚,顺理成章,令人信服。而楚王朝三暮四,听信小人之言,造成此放逐,这里屈原虽想楚王改变主张,但全无一己私情,全从国家社稷立言。离别之际,千头万绪,不禁想起那些自己用力培养的学生,可是他们却变节芜秽。这里数笔带过,力度却很大,由学生变节说明腐朽力量的强大,虽反复陈言,

"别"是难免了。假如能免此"别",那只有和群小一样,驰骛追逐,兴心嫉妒,互相争斗,改变自己高尚的人格操守,这又是屈原不愿付出代价以换取的。他坚决不屈服:"亦余心之所善兮,虽九死其犹未悔!""宁溘死以流亡兮,余不忍为此态也!""虽体解吾犹未变。""伏清白以死直。""别"由小人诋毁,国君昏聩,罪不在我,自己决不变节屈服。

　　第二大段,女嬃之词接上文而来,责怪屈原何不随波逐流,全身远祸,而免此"别"。屈原却认为"阽余身而危死兮,览余初其犹未悔"。这一段多虚幻之笔,写遐想神游,所谓出门即有碍,于无处生有。既然被放逐不容于楚,那么"别"楚又向何处,"济沅、湘以南征兮,就重华而陈词",又"驷玉虬以椉鹥兮,溘埃风余上征",历苍梧、悬圃、咸池,向古帝陈说凤愿,向天帝曲诉衷情,可帝阍"倚阊阖而望予",朱熹说:"既不得入天门以见上帝,于是叹息世之溷浊而嫉妒,盖其意若曰:'不意天门之下,亦复如此!'于是去而他适也。"天帝不可求,只得下求其女,以结伴而行,这是作者感到孤独无援的心理折射。求女也失败了。这一切都是屈原在想象中写"别"后去向和打算,并预料其结局。林云铭《楚辞灯》说:"叙举世无知之后,才有往观四荒之说,及上下求索,皆与世之溷浊无异,竟无一知我类我者,则君必不能冀其一悟,俗心不能冀其一改,可知矣。"此"别"无法挽回,"别"后尚茫然,故请灵氛占卜,灵氛则认为"别"有何不可,何必吊死在一棵树上,死守楚国,既然楚王负你,你又何必苦恋着楚王,"何所独无芳草兮,尔何怀乎故宇?"灵氛占之,认为"别"后尚有可行之处。当然"别"不是屈原最佳的选择,他希望楚王能改变自己的行为,自己也要为楚尽力,这样就两全其美了。其实,腐朽的政治和屈原的人格是水火不兼容的,屈原的被流放是历史的必然,正在屈子狐疑之际,巫咸降临,暗示留在楚国。但这是不可能的,屈原已清醒地认识到他不能和群小共处,也不能和昏君合作。他最后还是听从了灵氛的话,"历吉日乎吾将行。"歌德说:"每一种艺术的最高任务即在于通过幻觉,产生更高真实的假象。"这一大段采用联想、幻觉来写心灵矛盾的冲突，迅速灵巧地而又合乎情感逻辑从一个意象、一个念头转移到另一个性质相距甚远的一个意象、一个念头，亦真亦幻，幻觉、梦境、神话、现实、理想融为一体。

第三大段，写临"别"时的矛盾心情。"何离心之可同兮，吾将远逝以自疏。"但当他驾车驭龙，"陟升皇之赫戏兮，忽临睨夫旧乡；仆夫悲余马怀兮，蜷局顾而不行。"感情深挚，一唱三叹。最后不得不长叹一声："已矣哉！国无人莫我知兮，又何怀乎故都？既莫足与为美政兮，吾将从彭咸之所居！"

《离骚》三大段的艺术构思以"别"为经以"骚"（愁）为纬，织成文学史上最伟大的长篇抒情诗，通篇著"别"意，别之不能免：群小谗言、君王数化；"别"之罪不在己：自己尽忠尽力，世好蔽美称恶；"别"之无所畏惧：服道守义，不难夫离别；"别"后向何方：这里语意双关，从想象中写出自己被逐后的寻找出路，也包含对楚国政治命运的剖析。现实要求"别"，而屈子内心又不忍别，这就是《离骚》结构起伏跌宕、幻幻真真的内在驭策力。现实和理想的不统一而又无法也不能协调，这就是屈子悲剧之所在。唐人萧振《重修三闾庙记》悲怆地咏叹道："《离骚》咏尽，不回时主之心。"

蒋天枢先生《楚辞校释》，其云"骚"释为"别"乃当日作《离骚》之本义。此又拙文之一助也。《楚辞校释·离骚经第一》案语云："序文（指王逸旧序，笔者注）释《离骚经》篇义、与汉人'遭忧作辞'之说迥异。汉人刘安、马迁、班固之说皆同，独此序释离为别，明经字系原有，令核之《离骚》篇中所述，与宋玉《九辩》中'慷慨绝兮不得，中瞀乱兮迷惑'及'重无怨而生离兮，中结轸而增伤'之语，则当日作《骚》时之本义确当如序说所云者。而《离骚》下有'经'字，殆旧题所本有，疑宋玉所题而汉人因之。后人以所释'离，别'义平凡，复不满马迁、班固所解，援引伍举'骚离'之言，纷纷创为新义，皆去题愈远者也。"

（《内蒙古大学学报》1992 年第 3 期）

论五言诗的起源

——从"诗言志"、"诗缘情"的差异说起

内容提要 "诗言志"是阅读理论的总结,核心为赋诗以言志,其"诗"指《诗经》;"诗缘情"是创作理论的总结,其"诗"指诗体之诗,"诗言志"和"诗缘情"中的"诗"的内涵并不相同。诗歌的发展经历了《诗》——歌诗——诗三个阶段,"诗缘情"理论的提出和五言诗体写作兴盛同步,并且是针对五言诗的。五言诗发育不是传统的字句演进的过程,而是文人观念的自我突破。五言诗初始阶段作者疑伪或佚名,五言诗以杂诗为名,都是五言诗不入正体的表现。

关键词: 诗言志 诗缘情 歌诗 杂诗 五言诗

"诗言志"和"诗缘情"是中国文学史和中国文论史上的重要命题,二者的内涵及其因时代不同而产生的内涵演变关系颇为学术界重视,有关"诗言志"之"志"和"诗缘情"之"情"的讨论极大地丰富了人们对诗歌本质的认识。但是,至今仍然有一个重要问题被悬置而未为人们充分注意并予以探讨,这就是"诗言志"、"诗缘情"两个概念中的"诗"。其实,"诗言志"之"诗"与"诗缘情"之"诗"因提出的背景不同,其内涵是不同的。明确二"诗"所面临的不同的历史背景和不同的阐释对象,有助于深化传统诗学的研究。先秦诗论中,"诗言志"基本上是指导阅

读诗歌的理论,包涵阅读功能和阅读形式两大主要方面,并形成了赋"诗"以言"志"的传统;而魏晋诗论中,"诗赋欲丽"、"诗缘情而绮靡"是指导诗歌创作的理论。因此,我们在讨论言志与言情之间"志"与"情"的分合和转换时,也应该将学术界对于二者关系的内容差异分析转换为对于二者体和用的分合和转换的阐释。

从文化发生学角度来思考诗学理论和诗歌形式时,一些问题是不好轻易绕开的:先秦两汉的诗学理论是围绕什么样的诗歌内涵展开的?先秦两汉的"诗言志"和魏晋的"诗缘情"如何由不同的价值指向和内涵规定而巧妙地合二为一,为新诗的发展铺平道路?缘此,我们又会发问:中国成熟的诗歌诞生早在西周初年,为何文人五言诗的成熟要到东汉末年?本文试图论述相关的两大问题:"诗言志"之"诗"非"诗缘情"之"诗",五言诗形成迟缓的原因及其五言诗的产生过程。

一、"诗言志"与《诗》

《尚书·尧典》的话视为诗歌批评的经典之言,其云:"帝曰:夔!命汝典乐,教胄子。直而温,宽而栗,刚而无虐,简而无傲。诗言志,歌永言,声依永,律和声。八音克谐,无相夺伦,神人以和。夔曰:于!予击石拊石,百兽率舞。"其中"诗言志"被朱自清先生誉为中国诗论的"开山的纲领"(《诗言志辨序》)。各种历代文论选和中国文学批评史都以解释或阐述"诗言志"为开端。对于"诗言志"的解释,除对"志"的内涵有争议外,基本相同,"诗言志""概括地说明了诗歌表现作家思想感情的特点。"①或者说："可算是《诗经》篇章中作者旨趣理论概括,揭示了诗歌表达情志的作用。"②其实,这样的解释是不全面,甚至有错误,长期影响了人们对诗学起点的理论认识。"诗言志,歌永言,声依永,律和声"四句要连在一起来理解,首先这四句是"典乐教胄子"的内容,"诗言志"是教胄子内容之一,是教诗的方法;其次,"诗言志"并非在"教胄子"时要求"胄子"创作诗歌来表达人的志意,而指"胄子"通过阅读诗歌来言说自己的志意。因此"歌永言,声依永,律和声"则是歌唱诗的方法,"歌"、"声"、"律"三者都是和歌唱诵读相关的三个概念,"歌永言"者指唱吟诗歌时要延长字音,"声依永"者指声音的高低要和字音的延长相配合,"律和声"者指音乐的节奏要和声音的高低相和谐。"歌永言"是和"诗言志"之"言"的对应,是吟唱时腔调体现的功能;"声依永"是和"歌永言"之"永"的对应,是吟唱时声部体现的功能;"律和声"是和"声依永"之"声"的对应,是吟唱时音乐或字音腔调的节奏功能的体现。歌、声、律在诗歌的吟唱中各司其职,但要达到和谐,故能"八音克谐,无相夺伦",在有音乐配合的诗的歌唱中,最终实现"神人以和"的目的。因此说"诗言志"不是诗歌作者在表现感情、表现志意,而是指阅读诗歌(即以诗"教胄子")时所能实现的功能,"典乐教胄子"之一就是通过歌唱"诗"来表明自己的志意。李学勤先生认为"《舜典》本为《尧典》一部分,其写定时代学术界有种种意见,但'诗言志'的观点在春秋晚期肯定已经存在,如《左传·襄公二十七年》载,晋卿赵文子(名武)就说过'诗以言志'。"③"诗言志"的出现至迟应在"春秋"晚期,它是对"以诗言志"的总结,这和春秋战国时代"以诗见志"的风习相对应。朱自清先生《诗言志辨序》云:"'诗言志'是开山纲领,接着是汉代提出的'诗教'。汉代将'六艺'的教化相提并论,称为'六学';而流行最广的是'诗教'。

---

①　《中国历代文论选》第一册,上海古籍出版社 1979 年版,第 2 页。
②　《中国文学批评通史·先秦两汉卷》,上海古籍出版社 1996 年版,第 4 页。
③　《〈战国楚竹书·孔子诗论〉与先秦诗学》,《文艺研究》2002 年 2 期。

这时候早已不歌唱诗,只诵读诗。'诗教'是就读诗而论,作用显然也在政教。这时候'诗言志'、'诗教'两个纲领都在告诉人如何理解诗,如何受用诗。"①朱先生文中两次提到"这时候",显然在时间上作了强调,"这时候"在朱文中应指"汉代"。这里似乎隐含着另一层意思,"这时候"之前"诗言志"存在着不是告诉人如何理解诗、如何受用诗的现象。从《诗》的发生来看,确实经历着"创作——采诗——用诗"的过程,《诗》的集体创作中仍保留着个体创作的痕迹,如《魏风》中《葛屦》:"维是褊心,是以为刺。"《园有桃》:"我歌且谣。不知我者,谓我士也骄。"《陟岵》:"陟彼岵兮,瞻望父兮。父曰:嗟!予子行役,夙夜无已。"《十亩之间》:"十亩之间兮,桑者闲闲兮,行与子还兮。"《硕鼠》:"硕鼠硕鼠,无食我黍!三岁贯女,莫我肯顾。逝将去女,适彼乐土。乐土乐土,爰得我所。"按诗中的陈述语气,这类诗最早还是个体的创作。春秋时代个人创作诗歌的例子不多见,《左传》隐公三年卫人赋《硕人》;闵公二年许穆夫人赋《载驰》,郑人赋《清人》;文公六年秦国人赋《黄鸟》;另《左传》昭公十二年,子革对楚灵王云,昔穆公时,祭公谋父作《祁招》之诗以止王心。《国语·楚语》上左史倚相云,昔卫武公时作《懿戒》以自儆。细察之,以上六例还是有区别的,前四例称"赋",后二例称"作",据"召公谏弭谤",献诗和赋诗有别,韦昭注:"赋公卿烈士所献诗也。"那么,卫人等赋,也当赋现成之诗,非自作诗歌。而祭公谋父等所作二例,才是无可争议的创作诗歌。不过先秦诗论,只是《诗》在搜集时和结集后对《诗》的论述。

《国语·周语上》载召公谏厉王之语:"是故,为川者决之使导,为民者宣之使言。故天子听政,使公卿至于烈士献诗,瞽献曲,史献书,师箴,瞍赋,蒙诵,百工谏,庶人传语,近臣尽规,亲戚补察,瞽史教诲,耆艾修之:然后王斟酌焉。"其中"献诗"当为由公卿大夫士进献于王的采自

_____

① 《朱自清说诗》,上海古籍出版社1998年版,第4页。

民间的风谣之类的讽谏之诗。召王谏弭谤事当在公元前八四五年。"献诗"与"陈诗"具同样的功能,《礼记·王制》云:"天子五年一巡守,……命太师陈诗以观民风。"能观民风之诗当然是采自民间的诗歌,郑玄注:"陈诗,谓采其诗而观之。"《汉书·艺文志》云:"《书》曰:'诗言志,歌咏言。'故哀乐之心感,而歌咏之声发。诵其言谓之诗,咏其声谓之歌。故古有采诗之官,王者所以观风俗、知得失、自考正也。"班固的解释值得重视,他的意思是:心有哀乐,感而歌咏,诵其言者实谓诵《诗》之言,咏其声者实指咏《诗》之声。这是指诵采诗之官所采之诗。

　　"献诗"成了西周的传统,这一传统一直延续到春秋中叶,即《诗》三百成集之时。《国语·晋语》六云:"于是乎使工诵谏于朝,在列者献诗。"也是指采诗以献于朝。而"士"阶层自己创作诗歌献于天子虽时或有之,但并没有形成制度,更谈不上传统。这样的解释和《诗经》所显示的信息是相印证的。

　　因此,我们认为"诗言志"的提出在于"教胄子"如何通过诵读"诗"以言"志",主要针对诗歌的阅读理解和运用,而不是诗歌的创作。"诗言志"是西周阅读诗歌的习惯,已成为传统,《左传》襄公二十七年的记述就显示了这一传统的"赋诗言志"的功能。"诗以言志",是说赋诗以言志,朱自清说:"在赋诗的人,诗所以'言志';在听诗的人,诗所以'观志''知志'。"接着朱先生又引了《左传》昭公十六年"知志"一例,"郑六卿饯宣子于郊。宣子曰:'二三君子请皆赋,起亦以知郑志。'"[①]"观志"、"知志"正是赋诗言志所能达到的效果。

---

① 《朱自清说诗》,上海古籍出版社1998年版,第18页。

二、先秦的阅读诗论

先秦的诗论是针对阅读层面而评《诗》论《诗》的,《诗》的实用功能和教化功能皆和阅读相关,或者是由阅读功能而派生出来的。《诗》的编集迟于采诗,有采诗则士人不必自己作诗,而少量的关于作诗的诗论,在先秦还是停留在作诗的目的层面。从采诗到《诗》的编集,人们关注的是读《诗》和用《诗》,先秦诗论可以用阅读诗论来概括。

明了"诗言志"之本初含义,接着可以讨论先秦诗论中有关诗的论述多停留在阅读层面而非创作层面。先秦诗论集中体现在孔子的诗论和春秋战国时的赋诗言志两大方面。

孔子诗论中并没有创作论,而是阅读论,这一点非常明显,《诗经》自身所表现出的一点创作论的思想,也被孔子的阅读诗论所遮蔽了。孔子的阅读诗论大致有如下几点:

(一)学《诗》。学习《诗》是人的需要,"不学《诗》,无以言。"(《论语·季氏》)"小子何莫学夫《诗》。"(《论语·阳货》)

(二)言《诗》,即讨论《诗》。这一要求较高,孔子认为可与之言诗的人不多,如《论语·学而》云:"子贡曰:'贫而无谄,富而无骄,何如?'子曰:'可也。未若贫而乐,富而好礼者也。'子贡曰:'《诗》云如切如磋,如琢如磨,其斯之谓与?'子曰:'赐也,始可与言《诗》已矣。告诸往而知来者。'"

(三)论《诗》,即评价《诗》。孔子评价《诗》云:"《诗三百》,一言以蔽之,曰:思无邪。"(《论语·为政》)"《关雎》乐而不淫,哀而不伤。"(《论语·八佾》)又评价诗的实用功能,"《诗》可以兴,可以观,可以群,可以怨。迩之事父,远之事君。多识于鸟兽草木之名。"(《论语·阳货》)读《诗》在于用《诗》,如不善于用诗,《诗》读得再多也无作为,《论语·子路》云:"子曰:诵《诗三百》,授之以政,不达;使于四方,不能专对;虽多,亦奚以为?"

孟子的诗论也是阅读《诗》论,《孟子·万章下》中讨论《诗》之《北山》、《云汉》篇时,提出理解诗的原则:"故说《诗》者不以文害辞,不以辞害志。以意逆志,是为得之。"而"颂其诗,读其书,不知其人,可乎?是以论其世也,是尚友也"的理论也是指导阅读的。而《左传》卷9《襄公二十九年》记载的吴公子札对《诗》的详细评述,可视为先秦《诗》的阅读理论的实践,吴公子札就《诗》的内容进行评述,体现的正是先秦诗歌的阅读功能。

可见先秦诗论中,"诗"绝大多数情况下是指《诗》,而有关"诗"的论述就是有关阅读《诗》的理论,而不是讨论诗的写作。朱自清《诗言志辨》有《作诗言志》一节,他认为:"战国以来,个人自作而称为诗的,最早是《荀子·赋篇》中的《佹诗》,首云:天下不治,请陈佹诗。""其次是秦始皇教博士做的《仙真人诗》,已佚。"①朱自清先生在此讨论的重点是"言志"和"缘情"的关系,论述周详透彻,提供了认识诗歌发展的许多富有启发性的意见。但朱先生在论述诗体发生和发展时,并没有自觉意识到"诗"在汉魏之间的概念的重大演变。

---

① 《朱自清说诗》,上海古籍出版社1998年版,第30—31页。

三、汉代《诗》论和"歌诗"

汉代《诗》论，主要指《诗经》之论和"歌诗"之论以及"古诗之流"的赋论。

汉代经学隆盛，其中诗歌理论的阐述已由先秦孔子诗论转变为经学家对《诗》的经学诠释。《毛诗序》"吸取了传诗经生的意见，阐说了诗歌的特征、内容、分类、表现方法和社会作用等，可以看作是先秦儒家诗论的总结"。① 应该注意的是，《毛诗序》中的"诗"都是指《诗经》之"诗"，而不是后世所泛指的文体之一的"诗"，故为《诗》论，而非"诗论"。《毛诗序》中论述了《诗》和"志""情"的关系，"诗者，志之所之也，在心为志，发言为诗。情动于中而形于言。""情发于声，声成文谓之音。"强调了《诗》的功能："故正得失，动天地，感鬼神，莫近于诗。先王以是经夫妇，成孝敬，厚人伦，美教化，移风俗。"在汉代，《诗》的传统成了诗学的经典传统，采诗成为这一经典传统下获得诗的重要渠道，这一传统并不启发人们去创作诗歌，因为经典的制作并不需要大众的参与，所以凡与采诗行为有关的行为，都被视为是正统；而先秦的诗乐一体的传统在此又得到进一步确立，这就是汉乐府民歌兴盛的背景。

因此，汉代诗歌和先秦以来的诗乐一体的传统是对应的，一为仿《诗》之四言，一为仿《诗》之传统之歌诗。歌诗，《汉书》卷30《艺文志第十》有"诗赋略"，"歌诗二十八家，三百一十四篇。"其"诗"皆称"歌诗"或称"声曲折"，王先谦《汉书补注》云："声曲折，即歌声之谱。"这说

---

① 郭绍虞主编：《中国历代文论选》第一册，上海古籍出版社1979年版，第67页。

明当时诗并不独立,是歌辞,不能离开音乐而存在。这也许就是班固在"诗赋略"中著录歌诗而在小序中只论赋不论诗的原因。歌诗在演唱特征上可以上溯《诗经》,因此能在观念上被人们接受。汉代乐府仍沿袭古采诗之风,"自孝武立乐府而采歌谣,于是有代赵之讴,秦楚之风,皆感于哀乐,缘事而发,亦可观风俗,知薄厚云。"汉乐府民歌在一定范围内可归入"歌诗"。

　　和诗歌相关的是赋。《汉书·艺文志》列"诗赋略",将诗赋并列,其中"诗"只是"歌诗"。《诗》为经典,只是阅读对象,而不是创作体式,文人于《诗》外,另辟一体,以赋来表达志意,显示才情。晋挚虞《文章流别论》:"赋者,敷陈之称,古诗之流也。"挚虞是文体学家,他的补充很重要,所谓赋为古诗之流,本质上是从《诗》之"敷陈"化育而来。赋攀附《诗》,认为赋和《诗》关系密切,赋是古诗之流,屈原"赋"与《诗》应该有一点关系,但本质上和《诗》并不同,从文化发生学角度看,《诗》和楚辞产生于不同的文化背景,具体地说,它是不同音乐文化的产物;从形式上看,楚辞的主体(《天问》是例外,《天问》在形式上也不是直接受《诗》的影响,我们不能看到先秦时代的四言作品,就和《诗》攀亲认祖)和《诗》没有血亲关系。那么,后来说:"赋者,古诗之流也。"完全是一种表述策略,而不是真正从文体角度考虑的,王逸是研究楚辞的专家,其《楚辞章句序》云:"而屈原履忠被谮,忧悲愁思,独依诗人之义,而作《离骚》,上以讽谏,下以自慰。"只是说在功能上,楚辞"依诗人之义"有"讽谏"的作用,而《离骚经序》云:"《离骚》之文,依诗取兴,引类譬喻。"故扬雄只是说在表现手法上,《离骚》"依诗取兴"。都不是说文体上有何相承之处,只是在努力寻找楚辞中与《诗》能挂上关系的因素,取得相应的地位。

　　《诗经》而后,诗经过了承袭《诗经》诗乐一体的"歌诗"的时代,"歌诗"的本质在于合乐,而无所谓三言、五言的形式,《汉书·艺文志》中"歌诗"的著录即证明了这一点。而"古诗之流"的赋客观上未能实现抒情言志而又有体式优势的功能,文人五言诗以独立的姿态将要出现,这在诗歌发展史上具有了划时代的意义。不仅如此,五言诗的产生和发展,也促进了诗学理论的进一步完善,诗歌侧重阅读理论向着诗歌侧重创作理论的转变。

四、"杂诗"与五言诗

在五言诗产生过中,不难看出,其初起状态,只是"歌诗"的产品,汉乐府民歌中五言诗即是,早期文人五言作大多与"歌诗"相关联。李延年"北方有佳人",据《汉书》卷97载,"延年性知音,善歌舞,武帝爱之。每为新声变曲,闻者莫不感动。延年侍上起舞,歌曰:'北方有佳人,绝世而独立,一顾倾人城,再顾倾人国。宁不知倾城与倾国,佳人难再得!'"七言诗也是如此,世传汉武帝时"柏梁诗",其实不能称诗,据《东方朔别传》,"孝武元封三年,作柏梁台,诏群臣二千石有能为七言者,乃得上坐。"所谓柏梁诗,实为柏梁七言句。而曹丕《燕歌行》只是乐府诗,句句押韵。

《诗品序》云五言诗发展的历史:"逮汉李陵,始著五言之目矣。古诗眇邈,人世难详,推其文体,固是炎汉之制,非衰周之倡也。自王扬枚马之徒,词赋竞爽,而吟咏靡闻。从李都尉迄班婕妤,将百年间,有妇人焉,一人而已。诗人之风,顿已缺丧。东京二百载中,惟有班固《咏史》,质木无文。降及建安,曹公父子,笃好斯文。"李陵、班婕妤之作,世疑其伪,可存而不论。《咏史》诗,《文选》注作班固"歌诗",班固佚诗"长安何纷纷,诏葬霍将军。刺绣被百领,县官给衣衾"句句押韵,也是"歌诗"形式。班固《咏史》作"歌诗"和《汉书·艺文志》"歌诗"名称正合,说明班固之作原是歌唱之用的。朱自清《诗言志辨》之四《作诗言志》云"东汉时五言诗也渐兴盛"时引班固《咏史》外,又引郦炎作二篇①,而郦氏所作初无题名,后人题为《见志诗》,可见郦诗写作当为"独白"诗②,并没有立即传播。而秦嘉《留郡赠妇诗》五言三篇,却是以五言述伉俪情好,其妻徐淑有《答秦嘉诗》,徐淑诗之诗式并没有用秦嘉诗之五言诗体式以相呼应,而是用句句带"兮"的歌诗体,实际为在句中加了"兮"的四言诗,这一对赠答诗形式的差异,同样证明五言诗式还在尝试阶段。早期的文人五言诗创作是在人的私生活中进行的,这正说明五言诗式在当时的地位。蔡琰作《悲愤诗》,《后汉书》云是"感伤乱离,追怀悲愤,作诗二章,其辞曰",云"二章",又云"辞曰",当为歌诗。

挚虞《文章流别论》云:"夫诗虽以情志为本,而以成声为节,然则雅音之韵,四言为正;其余虽备曲折之体,而非音之正也。"四言外还可等而论之,三言者,"汉郊庙歌多用之";五言者,"于俳谐倡乐多用之";六言者,"乐府亦用之";七言者,"于俳谐倡乐多用之";九言者,"不入歌谣之章,故世希为之"。挚虞的观点绝不是晋代才有,他代表了汉代以来人们对诗体的总体看法。其中四言为正,因为四言是《诗经》的基本体式,文人作四言也是模仿经典。三言和六言虽不是正音,但因汉郊庙歌和乐府"多用之"或"亦用之",不可视为杂诗,九言诗因不入歌谣而世人很少作,姑可不论,五言和七言则最为不正不雅,多用于"俳谐倡乐",联系《汉书·扬雄传》,"劝而不止"的《大人赋》等赋,"又颇似俳优淳于髡、优孟之徒,非法度所存、贤人君子诗赋之正也","俳优"之体和"正"相对立,故出于"俳谐倡乐"五、七言皆可视为杂诗,但七言诗晚出,作者亦少,七言,地位同五言。傅玄《拟四愁诗序》云:"张平子作四愁诗,体小而俗,七言类也。"都说明七言诗不为世人所重视。这里要补充说明的是,到了晋太康时期,五言诗的创作已有了规模,渐渐获得文化大众

---

① 《朱自清说诗》,上海古籍出版社 1998 年版,第 34 页。
② 参拙文《独白:中国诗歌的一种表现形态》,《中国社会科学》2003 年 3 期。

的认同,而本不多的三言和很少作的七言诗,仍未能为文化大众接受,陆机《鞠歌行序》云:“三言、七言,虽奇宝名器,不遇知己,终不见重。愿逢知己,以托意焉。”就足以说明这一推断。五言作品的不断出现,则杂诗成了五言之专名,杂诗实谓五言形式之“杂”,非谓五言内容之“杂”。其实,五言诗是汉语中最适宜表达情感的句式,故后世四言之外,最先成熟的是五言诗,可谓五言兴而四言亡。那么,文士如何推动五言诗的发展呢?他们最先是在乐府诗中进行尝试,这一过程隐含了中国知识分子的智慧。他们借为公众所熟悉的形式(名目)暗暗进行诗歌体式的改良,同时也是诗歌观念的改良。

在汉魏之间,文士在推动五言诗的创作上并行做了两方面工作:一是用五言抒发自己的情感,那是无名氏所为,以《古诗十九首》为代表,从《古诗十九首》的艺术造诣来看,它应该是文士的个体创作,但现在它却是以无名氏的面貌出现的,原因就在于当时文士创作五言诗并不是受人尊重的行为,我们完全可以推测,当时文士创作五言诗是在名誉上承载代价的压力下进行的,他们是在“名不正”的情况下做了艰难的努力。无名氏的五言诗出现在汉末动荡的社会看似偶然,实在与社会动乱时人的名誉受到威胁远比承平之世小得多相联系的。无名氏的努力显然没有能脱离乐府诗的影响,《古诗十九首》中用语造意风格结撰多有逼近乐府处,但在写作过程中脱离乐曲、不用乐府名而独立成为文士抒情的五言诗式,在诗歌写作史上具有划时代的意义。尽管如此,无名氏文人创作的五言诗仍然有被后人视为“杂诗”的潜在可能,《古诗十九首》“行行重行行”,《玉台新咏》一作枚乘“杂诗”,至少是有所本的。无名氏文人创作的五言古诗远不止十九首,今见许多古诗当和《古诗十九首》为同一类型的创作。《文选》将《古诗十九首》归入“杂诗”,不过《文选》使用的“杂诗”概念已经和最初的“杂诗”概念有了不小的距离。结合传为汉代早期文人五言诗作者真伪不明的事实,可以说明五言诗的最初作品,也是偶然之作,作者署名当在有无之间,故后世难得其真实面貌。汉末文人五言诗出于无名氏，正是五言作为"新诗"而不受时人重视的佐证。

五言诗以独立的姿态走上诗坛，意义非同寻常。如上所述，与此同时，文士还在做另一件有意义工作，即用乐府旧题写时事，朱自清《诗言志辨》之四《作诗言志》云："东汉时五言诗也渐兴盛……当时只有秦嘉《留郡赠妇诗》五言三篇，自述伉俪情好，与政教无甚关涉处。这该是'缘情'的五言诗之始。五言诗出于乐府诗，这几篇——连那两篇四言——也都受了乐府诗的影响。乐府诗'言志'的少，'缘情'的多。辞赋跟乐府诗促进了'缘情'的诗的进展。"①文人作乐府，早一点是辛延年的《羽林郎》，内容和题名大致相同，蔡邕《饮马长城窟行》（《文选》作古辞），内容和乐府古题名已在离合之间，又以乐府题名写现实内容，曹氏父子和七子，时在汉魏之间。乐府诗在本质上可以攀附《诗经》，主要体现在来源和功能上，它和《诗经》大致一样，"自孝武立乐府而采歌谣，于是有代赵之讴，秦楚之风，皆感于哀乐，缘事而发，亦可观风俗，知薄厚云。"据挚虞《文章流别论》，四言之外，都非正音，但乐府地位仅次于《诗经》的四言，亦当在文人模仿之列，那么，文人何不借这一合法的婚姻生下带有变异性质的爱子：借乐府古题写时事，合法去创作本来只列于"俳谐倡乐"之中的五言诗。

无名氏创作和借乐府题名的创作，可以说是一明一暗地在推动五言诗创作的产生和发展。因为与音乐脱离的文人五言诗最初是被归入非正音之列的，故被称为"杂诗"。杂诗之名存在之初只是五言诗的专名。

以杂诗为名的诗都是五言诗，几无例外。王粲《杂诗》："日暮游西园，冀写忧思情。曲池扬素波，列树敷丹荣。上有特栖乌，怀春向我鸣。褰衽欲从之，路险不得征。徘徊不能去，伫立望尔形。风飘扬尘起，白日忽已冥。回身入空房，托梦通精诚。人欲天不违，何惧不合并。"另

---

①《朱自清说诗》，上海古籍出版社1998年版，第34—35页。

"吉日简清时"、"列车息众驾"、"联翩飞鸾鸟"、"鸷鸟化为鸠"四首,据逯钦立注:"章本《古文苑》作《杂诗四首》。"刘桢《杂诗》"职事相填委"一首,徐干《室思诗》六章,逯注:"《广文选》于前五章作《杂诗》五首,后一章作《室思》。"阮瑀"临川多悲风"一首,逯注:"《诗纪》作《杂诗》。"繁钦《杂诗》"世俗有险易"一首。曹丕《杂诗二首》,另有《代刘勋妻王氏杂诗》。曹植有《杂诗七首》,另有《代刘勋妻王氏杂诗》,《杂诗》"悠悠远行客"和"美玉生盘石"两首。值得注意的是两点:第一,曹丕、曹植有《代刘勋妻王氏杂诗》,可以证明"杂诗"为五言诗之专名;第二,应璩作有《百一诗》若干首,据逯注:"然考各书多引应氏新诗,此新诗即百一诗也。而他书所引《杂诗》,亦往往又名《新诗》,则《诗纪》所载《杂诗》实亦原出百一。"如"散骑常师友"一首,逯注云:"《类聚》四十五、《诗纪》十七并作《杂诗》。又《书钞》五十八作《新诗》。"联系"杂曲"来自"新声"的说法,一组五言诗,或曰《杂诗》、或曰《新诗》,至少隐含这样的意思:五言诗初以杂诗视之,同时它又是诗歌中出现的新品种。后来的《文心雕龙》在论述诗歌创作时仍隐含这一观念,《通变》云:"魏浅而绮,宋初讹而新。"《定势》云:"自近代辞人,率好诡巧,原本为体,讹势所变,厌黩旧式,故穿凿取新。""旧练之才,则执正以驭奇;新学之说,则逐奇而失正。"刘勰之论主要是就五言诗而言的。因此在尝试新体创作时,文士们或标明其为"杂诗",大多数情况下则不标明,一是时人皆知此新体为杂诗;二是文士努力将诗题成为内容的体现,立一因事因情而发的题目,实际上还是隐含了"杂诗"存在的形式。

五言由私下生活场转换到大众场,来之不易,这从最初的"杂诗"成为五言诗的专名可见。杂诗,非杂言诗,杂言诗之称约出现在魏晋间,傅玄有《杂言诗》:"雷隐隐,感妾心。倾耳清听非车音。"[1],如杂诗不专指五言诗,则在题中需要标明,如傅玄作四言,则题名《四言杂诗》,《四

---

[1]　《先秦汉魏晋南北朝诗》上册,《晋诗》卷一。

言杂诗》："忽然长逝，火灭烟消。"这是唯一的例外，如此命名有两种可能，如《四言杂诗》为傅玄诗作原名，则说明傅玄之时已不明杂诗之本义，如题名为后人钞录诗作所加，则说明后人不明杂诗在文学史上的相当长一段时间是五言诗之专名。傅玄集中只标题名为《杂诗》者必为五言诗，看来是不能含糊的。缘杂诗之名，始当与"杂曲歌辞"有关，《乐府诗集》"杂曲歌辞"引《宋书·乐志》云："所谓烦手淫声，争新怨衰，此又新声之弊也。杂曲者，历代有之，或心志之所存，或情思之所感，或宴游欢乐之所发，或忧愁愤怨之所兴，或叙离别悲伤之怀，或言征战行役之苦，或缘于佛老，或出自夷虏。兼收备载，故总谓之杂曲。""杂曲"来自"新声"，乐府之"杂曲"是对应其新声和内容，而诗之"杂诗"是五言之专名，五言也是新体，皆有杂而不雅之意。

汉代乐府诗中已有完整的五言体式的诗，如《江南》"江南可采莲"、《鸡鸣》"鸡鸣桑树巅"、《相逢行》"相逢狭路间"、《陌上桑》"日出东南隅"等，这说明文人五言诗发育很迟，原因不在于汉语表达经验的积累过程，而在于人们对脱离乐府而独立存在的五言诗观念的认识。汉魏之间，人们观念渐渐变化，在创作脱离乐府音乐和乐府诗题本义的乐府诗同时，并创作独立于乐府之外的五言诗，"杂诗"为五言之专名和五言创作而不称"杂诗"并存，而这正符合事物运动过程中性质将变未变时的状态。朱自清《诗言志辨》之四《作诗言志》说得好："建安时五言诗的体制已经普遍，作者也多了；这时代才真有了诗人。但十九首还是出于乐府诗，建安诗人也是如此。到了正始时代，阮籍才摆脱了乐府诗的格调，用五言诗来歌咏自己。"①

---

① 《朱自清说诗》，上海古籍出版社 1998 年版，第 35 页。

五、诗"欲丽"和"绮靡"

　　文人五言诗成熟较晚，并不是技巧问题，而是观念问题。影响五言诗产生的原因是和两种理论相关联的，一是崇经尚古论；一是时移进化论。要使诗歌得到真正的发展，在魏晋之时就一定要推翻崇经尚古论，三曹七子在创作上借古写今，"明修栈道，暗渡陈仓。"更重要的是在理论上由改良到倡导时移进化诗论，东汉王充《论衡·超奇》明确批评"俗好高古而称所闻"的现象，认为："天禀元气，人受元精，岂为古今者差杀哉！优者为高，明者为上。"曹丕《典论·论文》中也批评"常人贵远贱近，向声背实"。晋葛洪《抱朴子·均世》云："且夫《尚书》者，政事之集也，然未若近代之优文诏策军书奏议之清富赡丽也。《毛诗》者，华彩之辞也，然不及《上林》《羽猎》《二京》《三都》之汪濊博富也。"提出"今诗与古诗，俱有义理，而盈于差美"。时移进化论的确立，为五言诗的出现在理论上作了准备。

　　由于先秦诗歌侧重内容的诗歌理论，并没有推动诗歌形式的演进，而诗歌形式的探讨要到魏晋时期，其间汉代的诗论沿袭了先秦的理路，一是在提高诗的地位，尊诗为经：《诗经》，重在阅读功能的阐释；二是，采诗制度；三是在诗外寻找艺术样式，促进赋体大兴，由于对赋体形式上进行研究，不妨视为是文学开始脱离经学，企图构建文学自己的游戏规则。

　　魏晋时期文人诗歌仍然有先秦和两汉采诗传统的影响，和传统的抗争中，以旧的乐府形式而写新的内容，当文人创作有信心能挣脱旧传统的束缚时，关于"诗"之为"诗"的形式论才正式被提出来。由此才促进了诗歌的繁荣和诗歌体式的发展。东汉末年文人五言诗的成熟不妨视为文人为诗体改革的暗中尝试，故以无名氏的集体方式出现，到魏晋时才由地下转移到地上，才正大光明地亮出"诗赋欲丽"，这是将文人之诗提到与赋同等的地位。这一过程值得关注，由赋向《诗经》之诗靠近，文人之诗又向赋靠近。

"诗赋欲丽"，最为可贵的是在文体自觉意识下提出来的，"夫文本同而末异，盖奏议宜雅，书论宜理，铭诔尚实，诗赋欲丽。"可见"诗"也是曹丕的论述对象，但他是"诗赋"并提，有意在提高诗的地位，赋在汉代攀上《诗经》，取得"赋者，古诗之流"的地位，而曹丕在这里"诗赋"并称，又希望文人创作之"诗"也获得正宗地位。这一迹象在《论文》本文也获得暗示，《论文》中论建安七子中评论诸人之赋、章表书记，而独不及诗，"王粲长于辞赋，徐干时有齐气，然粲之匹也。"七子中有诗作，在私下的书信中曹丕曾予以评述，其《与吴质书》云："公干有逸气，但未遒耳，其五言诗之善者，妙绝时人。"《论文》却不评诗作，而是将"诗赋"并论，其话语策略在此。无论如何，曹丕论文"本同而末异"一节在文体发展史上意义重大，"在曹丕以前，人们对文章的认识，限于本而不及末，本末结合起来的看法，在文批评史上，是曹丕首先提出的，它推进了后来的文体研究。从桓范的《世要论》、陆机的《文赋》、挚虞的《文章流别论》、李充的《翰林论》到刘勰的《文心雕龙》，这些著作里的文体论述，正是《典论·论文》的进一步发展。"①其中提到的"诗赋欲丽"是在文体意义上就诗的属性所提的要求，这和以往的诗论比较，有了质的跨越。

"诗赋欲丽"者，"诗"主要指文人热心于创作的"新诗"：五言诗。以后出现的钟嵘《诗品》专论五言，与此作了呼应。因此，只有五言诗创作达到一定规模才有诗体自觉的探讨，这样说是有依据的；而关于诗体理论的探讨又促进了五言诗的繁荣。曹丕《论文》中论建安七子独不及

---

① 　郭绍虞主编：《中国历代文论选》第一册，上海古籍出版社1979年版，第164页。

诗,但其《与吴质书》云:"公于有逸气,但未遒耳,其五言诗之善者,妙绝时人。"似乎他们并不去重视四言、乐府诗。

陆机《文赋》提出相似于曹丕的诗论:"诗缘情而绮靡。""绮靡"和"丽"都是指歌要写得美丽,美丽才能感动人心,陆机这里强调了实现"绮靡"的途径,它是通过"缘情"来达到的,这是陆机诗论中最为亮丽的地方。"诗缘情"是和"诗言志"对应的,如果说"诗言志"是阅读诗论,而"诗缘情"就是创作诗论;诗"绮靡"是和诗"欲丽"对应的,它又成了文体诗论。四言诗为诗之正体,和经有血缘关系,高贵而雅正,本不在讨论之列。正因为有五言诗大量创作,才有了五言诗的创作论;因为有了五言诗渐渐成为文人创作的主要诗体,才有了探求五言诗体自身规定性的文体论。从"诗言志"到"诗缘情"的意义在此,而关于"志"、"情"分合的讨论反而显得不那么重要。

后来诗论家不断抬高五言诗地位,实在是有感于四言为诗之正宗的传统偏见。他们一边表扬四言诗雅正,其实是将之束之高阁,本质上是推崇五言新体。《文心雕龙·明诗》专论五言,周振甫云:"对诗的形式的看法,他提出'若夫四言正体,则雅润为本;五言流调,则清丽居宗。'这里虽没有贬低五言诗的意味,比起《诗品》的特别推重五言,说:'夫四言文约广,取效风骚,便可多得,每苦文繁而意少,故世罕习焉。五言居文词之要,是众作之有滋味者也,故云会于流俗。'认为'岂不以指事造形,穷情写物,最为详切者耶'。显得对诗体发展的认识不及钟嵘的明确。这也跟他受宗经的局限有关。"①其实刘勰和钟嵘的思想是一致的,刘勰非但没有贬抑五言诗,而是抬高五言诗,他在为五言争地位,明确指出四言、五言各有所胜,即使如钟嵘也非常讲究表述的策略,他只是赞美五言是"众作之有滋味者也",其"故云会于流俗"一语,显然是多余的一句,但却隐含了时人对五言的偏见。无论是刘勰还是钟嵘,他们为

---

① 周振甫编:《文心雕龙注释》,人民文学出版社 1981 年版,第 62—63 页。

了给五言诗正名，都在努力搜寻五言诗出身的名分。

《诗品》一名，当为各种诗体的评论，但其内容只是评五言之诗，确实名实不符，尽管《诗品序》中作了一点提示："夫四言文约意广，取效风骚，便可多得，每苦文繁而意少，故世罕习焉。五言居文词之要，是众作之有滋味者也，故云会于流俗。"我们一再强调钟嵘的话语策略，就是说钟嵘在推重五言诗时，也顾及到时俗和传统，作了富有意味的表述。其实，钟嵘的观点和表述存在无法解决的矛盾，他就采用自说自话的方式，从"动天地感鬼神莫近于诗"之"诗"直接将五言诗衔接上来，先言"五言之滥觞"，再言"始著五言之目"，接着论述五言诗的生成和发展，从逻辑关系上来看，钟嵘之论漏洞显明，实欠严谨，而又难以弥合，《诗品》中"诗"的内涵是狭义的，这也是时人观念的体现。《诗品》的出现，至少隐含着这样的事实：五言诗已成为文人写作的主要诗歌样式，而人们意识中的诗的概念就是五言诗。无论如何，钟嵘《诗品》一出，完全能稳固五言诗的地位，并预示"有滋味"之五言诗将成为诗歌体式的主流。

六、小结

"诗言志"和"诗缘情"是中国古代文论中带有经典性的命题，关于它们之间关系的讨论，成为学术界关注的热点，在讨论中虽然见仁见智，观点间相互冲突，而讨论的过程无疑是有意义的：其一，"志"和"情"的本义得到进一步的澄清；其二，诗歌创作中主观情感部分的审美特征描述得到进一步深化；其三，相关的诗论范畴的研究也得到进一步拓展。从理论角度看，"诗言志"之《诗》和"诗缘情"之"诗"的分野，文论史上的"志""情"的内涵之争可以使人不断明晰诗的本质和功能。

这样的争论有一先天的缺陷,"志"和"情"在汉语中并不是两个绝对排斥的范畴,两个字皆从"心",它不可能如客观和主观、精神和物质那样具有比较清晰的对应关系。《孔子诗论》云:"诗亡隐志,乐亡隐情,文亡隐意。"①诗乐一体,这里已将"志""情"并举。《孔子诗论》中第10简说《燕燕》、第18简说《杕杜》都用了"情"字。因此讨论诗论中"情""志"出现的阶段性意义以及"情""志"内涵的同异,随着文献出土更显得困难。而诗体上《诗》和诗之辨,容易把握,诗体之不明谈何诗之用。从"诗言志"到"诗缘情"的意义在于:由前者主《诗经》阅读之"《诗》"而过渡到后者主创作之"诗"和文体之"诗",其"志"到"情"变化的意义倒相对小一些。如果将"言志""缘情"诗论中内容的探讨转换为诗论发生时的情境研究,即将"诗言志"置于阅读背景下,而将"诗缘情"置于创作背景下,以及将"欲丽""绮靡"置于文体背景下来关注其性质;我们可以在多重视角中重新审视从"诗言志"到"诗缘情"原初意义,进一步发现其在运行过程中所展现的不断被阐释的性质呈现,有些文学史上相关性的问题也许在此获得最贴近事物历史状态的解释。

本文主要有这样的思路:其一,阅读诗论强调的是诗之"用",创作诗论强调的是诗之"体"。"言志"的诗论在发育之初代表的是阅读《诗》的理论,故孔子只讲学诗、用诗和评诗。"缘情"的诗论在发育之初代表的是创作"诗"的理论,"欲丽"、"绮靡"则先后相续由创作诗论进而表述为文体诗论。《诗》转换为"诗",阅读诗论转换为创作诗论才有可能,也才有可能关注文体诗论。

其二,《诗》、歌诗(赋)、诗的关系,呈现的是中国诗歌演变的历史过程。汉代文士先论证楚骚汉赋予《诗》的关系,认定赋是古诗(《诗》)之流,楚辞是依《诗》人讽谏之义,"赋"堂而皇之地和《诗》并称。而汉魏之间,人们想提高文人创作之诗的地位,将文人之诗和已得到地位确认

---

① "隐"字从李学勤说,《〈战国楚竹书·孔子诗论〉与先秦诗学》,《文艺研究》2002年2期。

的赋攀亲家,提出"诗赋欲丽"的口号,联系扬雄"诗人之赋丽以则,辞人之赋丽以淫"的赋评,其中"丽"最先是赋的特征,而在"诗赋欲丽"中成了诗和赋的共同写作要求。

其三,五言诗的形成论,这是文学史上的重大命题,因为魏晋以后五言诗体成为占绝对优势的主流诗体。文人五言诗的成熟为何迟至东汉末年?过去的研究一般爱从诗句演进来探讨,《文心雕龙》、《诗品》都是如此,这一模式一直延续到今天①。本文则认为五言诗成熟晚不在于形式技能,而在于观念的落后。

其四,只有五言诗成熟以后并有相当规模的创作,才有创作诗论和文体诗论探讨的可能,魏晋人的创作诗论和文体诗论大都是针对五言诗的。先秦诗论只讨论诗的功能,易模糊不同文体之间的界线,而魏晋诗论讨论诗之为诗的本质属性,使诗的本质彰显于各种文体之中,而区别于其他文体。曹丕《典论·论文》的诗论和陆机《文赋》中诗论都是回归诗之体式的讨论,有先后相续的关系。诗"缘情"是过程,是手段,是方式,达到"绮靡"才是作诗的目的,在这一层面上,它和"欲丽"是对应的关系。

(《中国社会科学》2005 年第 6 期)

---

① 罗根泽:《五言诗起源说评录》汇集晋挚虞而下至近人李步霄说十三种,以及罗氏自己的说法,都是从文字形式考察的思路来探讨五言诗的起源。《罗根泽古典文学论文集》,上海古籍出版社 1985 年版,第 136—166 页。

论两汉的"歌诗"与"诗"

内容提要　汉代诗歌的发展明确显示出从"歌诗"到"诗"的演进轨迹,文人五言诗是脱离音乐独立存在的文学样式。因此本文有如下观点:一、汉代人有作歌言志言情的传统,歌是汉代歌诗的早期形式,其后则为乐府歌诗。二、西汉和东汉前期可称四言诗为"诗",因四言是《诗经》的主要形式,而五言诗及其他诗式不能称为"诗"。三、五言诗的起源与新声杂曲关联,故称五言为杂诗,南朝王融、江淹杂体诗也是指五言诗。四、文学史认为第一首文人五言诗是班固《咏史》诗,其实此诗初无题名,只是"歌诗"。五、文人五言诗大约起源于东汉桓灵之际。

关键词:汉代　歌诗　诗　咏史

现在描述中国诗歌发展史,"诗"和"歌诗"并不需要细分,但在考察中国诗歌在某一历史时段存在状态时,"诗"和"歌诗"的区分却是非常必要的。汉代诗歌的发展明确显示出从"歌诗"到"诗歌"的演进轨迹,而由此讨论文人五言诗的起源成了至关重要的途径。简言之,"歌诗"是一艺术品种,它配合音乐或一定旋律、声腔歌唱,而"诗(诗歌)"是脱离音乐独立存在的文学样式。

　　拙文《论五言诗的起源》①认为：“诗言志”是阅读理论的总结，核心为赋诗以言志，其“诗”指《诗经》；“诗缘情”是创作理论的总结，其“诗”指诗体之诗，“诗言志”和“诗缘情”中的“诗”的内涵并不相同。由此可以看到，文人五言诗的写作不会发生在诗歌阅读理论阶段，“诗缘情”的诗歌创作理论时代才有文人五言诗产生的可能。诗歌的发展经历了“《诗》——歌诗——诗”三个阶段，诗歌写作脱离音乐而独立存在，才有文人创作的五言诗，文人五言诗的写作只能发生在上述三阶段中的“诗”的阶段，而“诗缘情”理论的提出和五言诗体写作兴盛同步，并且是针对五言诗的。五言诗发育不是传统的字句演进的过程，而是文人观念的自我突破。五言诗初始阶段作者疑伪或佚名，五言诗以杂诗为名，都是五言诗不入正体的表现。

　　事实上，五言诗起源的关键时间在汉代，五言诗起源的本质在于文人对传统观念的突破，而这一过程可简单表述为：从“歌诗”到“诗歌”。以下对相关问题作一梳理，证明其观点：一、汉代人有作歌言志言情的传统；二、西汉和东汉前期可称四言诗为“诗”，而不称五言诗为“诗”；三、五言诗的起源与新声关联，并称五言为杂诗；四、班固《咏史》为“歌诗”；五、文人五言诗起源于东汉桓灵之际。

一、文人作歌的传统

　　汉代文士的文学才能表现在赋的创作上，另一方面又即兴作歌。二者互为补充，形成汉代文坛的一大特点。二者之间在风格上有较大差

①　《中国社会科学》2005 年 6 期。

异,赋雅歌俗,一是书面写作,一是口头创作。

帝王和上层人物作歌风气较盛,例一,"(高祖)发沛中儿得百二十人,教之歌,酒酣,上击筑自歌曰:'大风起兮云飞扬,威加海内兮归故乡,安得猛士兮守四方。'"(《汉书》卷一下)例二,"(项羽)乃悲歌慷慨,自为歌诗曰:'力拔山兮气盖世,时不利兮骓不逝,骓不逝兮可奈何,虞兮虞兮奈若何。'歌数曲,美人和之。"(《汉书》卷三一)例三,"戚夫人舂且歌曰:'子为王,母为虏,终日舂薄暮,常与死为伍,相离三千里,当谁使告女。'"(《汉书》卷九七上)其他如赵王刘友"诸吕用事兮刘氏微"、城阳王刘章《耕田歌》、汉武帝刘彻《瓠子歌》《秋风辞》《天马歌》等;以及所载广陵王刘胥歌、乌孙公主细君歌等①,因为有作歌本事记载,上述作品是"歌",而不用称为"诗"。偶有例外,如《李夫人歌》,《汉书》卷九七上载:"(武帝)愈益相思悲感,为作诗曰:'是邪非邪,立而望之,偏何姗姗其来迟。'令乐府诸音家弦歌之。"很明显,"是邪非邪"是为歌唱而作,并付之弦歌。疑"为作诗曰"一语中"诗"前阙一"歌"字。

文士和武士都有作歌的记载,文士作歌之例,《玉台新咏》载,相如鼓琴歌挑之:"凤兮凤兮归故乡,遨游四海求其皇。"《史记》载,东方朔酒酣据地歌曰:"陆沉于俗,避世金马门。宫殿中可以避世全身,何必深山之中蒿庐之下。"

武士作歌之例,《汉书》载,李陵因起舞而歌:"径万里兮度沙漠,为君将兮奋匈奴,路穷绝兮矢刃摧,士众灭兮名已隤,老母已死虽欲报恩将安归。"马援有"滔滔五溪一何深",据《古今注》云此为"援作歌和之"。

上引诸例,除东汉初马援之歌外皆为西汉歌诗。东汉文人时有歌诗,如《后汉书》卷一一三载,"(梁鸿)因东出关,过京师,作五噫之歌:'陟彼北芒兮噫,顾览帝京兮噫,宫室崔巍兮噫,人之劬劳兮噫,辽辽未

---

① 逯钦立辑校:《先秦汉魏晋南北朝诗》,中华书局1983年版,第87—103、105—117页。

央兮噫。'……有顷又去适吴,将行作诗曰'逝旧邦兮遐征,将遥集兮东南……'遂至吴……及鸿东游,思恢作诗曰:'鸟嘤嘤兮友之期,念高子兮仆怀思,想念恢兮爱集兹。'"

文人偶有作赋而附歌的,将歌置于赋篇中间,如枚乘《七发》:"使师堂操畅,伯子牙为之歌,歌曰:'麦秀蓱兮雉朝飞,向虚壑兮背槁槐,依绝区兮临回溪。'飞鸟闻之翕翼而不能去……"司马相如《美人赋》云:"抚弦而为幽兰之曲,女乃歌曰:'独处室兮廓无依,思佳人兮情伤悲,彼君子兮来何迟,日既暮兮华色衰。'"(《太平御览》卷五七三)

在文人诗歌未盛行之前,汉代文人作赋以驰骋才华,作歌以抒发情感。歌辞随兴而作,日常生活化,异于书面语言文学,具口语特征,因是吟唱的需要。

二、诗之四言者称"诗"

东汉中叶以前称诗者大致有三种情况,一指《诗经》,二是楚辞中以自己抒发情感的言辞为诗,三是指文人创作的四言诗。汉代歌诗和先秦以来的诗乐一体的传统是对应的,《诗经》而后,诗经过了承袭《诗经》诗乐一体的"歌诗"的时代,《汉书·艺文志》中"歌诗"的著录即证明了这一点。四言诗可称为"诗"是因为它是模仿《诗经》的。

关于这一点在《汉书》中表述明晰。四言一般径称诗,比如《汉书》卷七三:"(韦)孟作诗风谏后,遂去位,徙家于邹,又作一篇。其谏诗曰:'肃肃我祖,国自豕韦……'其在邹诗曰'微微小子,既耇且陋……'"韦孟,汉初人。《汉书》云"或曰其子孙好事,述先人之志而作是诗也",即或为其子孙所作,也是西汉时的诗歌。《汉书》卷七三《韦玄成传》:"叹曰'吾何面目以奉祭祀。'作诗自劾责曰：'赫矣我祖，侯于豕韦，赐命建伯，有殷以绥……威仪车服，惟肃是履。'……玄成复作诗，自著复玷缺之艰难，因以戒示子孙曰：'于肃君子，既令厥德……无忝显祖，以蕃汉室。'"《后汉书》卷一一〇上："（傅毅）永平中于平陵习章句，因作迪志诗曰：'咨尔庶士，迨时斯勖。日月逾迈，岂云旋复……'"因有《诗经》四言形式的正宗地位，故文人可效仿而作诗，并称作品为诗。

汉代也有可歌的四言，《汉书》卷四〇《张良传》："戚夫人泣涕，上曰：'为我楚舞，我为若楚歌。'歌曰：'鸿鹄高飞，一举千里。羽翼以就，横绝四海。横绝四海，又可奈何。虽有矰缴，尚安所施。'歌数阕，戚夫人歔欷流涕。"

在这里可以比较《史记》和《汉书》对项羽"垓下歌"的微小差异，印证西汉和东汉前期"诗"之所指明确而严格。《史记》云："乃悲歌忼慨，自为诗曰：'力拔山兮气盖世，时不利兮骓不逝，骓不逝兮可奈何，虞兮虞兮奈若何。'歌数阕，美人和之。"①《汉书》云："乃悲歌忼慨，自为歌诗曰：'力拔山兮气盖世，时不利兮骓不逝，骓不逝兮可奈何，虞兮虞兮奈若何。'歌数曲，美人和之。"②班固改《史记》之"自为诗"成"自为歌诗"，显然是不同意司马迁称项羽所歌为"诗"，可以进一步推测班固时代"诗"和"歌诗"分得很清楚，今天我们因时代遥远而混淆不清了。联系《汉书·艺文志》"诗赋略"中"诗"皆指"歌诗"，班固加一"歌"为"歌诗"非常重要（《汉书·艺文志》"诗赋略"按照其所著录内容当为"歌诗赋略"，此处应是省略的指称）。司马迁作"自为诗"可能是一疏忽，《史记》卷八载"高祖击筑自为歌诗曰：'大风起兮云飞扬……'"就是正确的用例。乐府机关何时而设说法不一，但武帝时设有乐府并有了乐府歌诗是一不容置疑的事实，有了"歌诗"，方有"诗"、"歌诗"之辨。上引《汉书》"李夫人歌"云"为作诗曰"，理应是班固一时疏忽，"诗"前阙一

① 《史记》卷七《项羽本纪》，中华书局1982年版，第333页。
② 《汉书》卷三一《陈胜项籍传》，中华书局1983年版，第1817页。

"歌"字。

诗可泛称的时间因史料不详不能确定,班固生活的时期是不能混称的,班固以后可能就不太严格了,因为《后汉书》中也可称四言以外的作品为诗,如《后汉书》卷一一三载,"(梁鸿)有顷又去适吴,将行作诗曰'逝旧邦兮遐征,将遥集兮东南……'遂至吴……及鸿东游,思恢作诗曰:'鸟嘤嘤兮友之期,念高子兮仆怀思,想念恢兮爰集兹。'"这里就把"逝旧邦兮遐征"和"鸟嘤嘤兮友之期"称为"诗"。但班固以后泛用"诗"名是事实,还是《后汉书》作者不明而误书,值得进一步探讨。

我们说西汉和东汉前期称为诗的作品,除《诗经》、《楚辞》及个别用例外,只能指四言诗,不会有多大问题。

三、新声与五言诗

拙文《论五言诗起源》分析过杂诗和五言诗的关系,最初杂诗一名就是专指五言诗的。应璩作有《百一诗》若干首,据逯注:"然考各书多引应氏新诗,此新诗即百一诗也。而他书所引《杂诗》,亦往往又名《新诗》,则《诗纪》所载《杂诗》实亦原出百一。"如"散骑常师友"一首,逯注云:"《类聚》四十五、《诗纪》十七并作《杂诗》。又《书钞》五十八作《新诗》。"联系"杂曲"来自"新声"的说法,一组五言诗,或曰《杂诗》、或曰《新诗》,至少隐含这样的意思:五言诗初以杂诗视之,同时它又是诗歌中出现的新品种。缘杂诗之名,始当与"杂曲歌辞"有关,《乐府诗集》"杂曲歌辞"引《宋书·乐志》云:"所谓烦手淫声,争新怨衰,此又新声之弊也。杂曲者,历代有之,或心志之所存,或情思之所感,或宴游欢乐之所发,或忧愁愤怨之所兴,或叙离别悲伤之怀,或言征战行役之苦,或缘于佛老,或出自夷虏。兼收备载,故总谓之杂曲。""杂曲"来自"新声",乐府之"杂曲"是对应其新声和内容,而诗之"杂诗"是五言之专名,五言也是新体,皆有杂而不雅之意。

新声是指新的音乐曲调,它的出现带动了五言歌诗的产生。先看下列材料:

《史记·佞幸列传》载:"李延年,中山人也。父母及身兄弟及女,皆故倡也。延年坐法腐,给事狗中。而平阳公主言延年女弟善舞,上见,心说之,及入永巷,而召贵延年。延年善歌,为变新声,而上方兴天地祠,欲造乐诗歌弦之。延年善承意,弦次初诗。其女弟亦幸,有子男。延年佩二千石印,号协声律。与上卧起,甚贵幸。"《汉书·佞幸传》"李延年,中山人,身及父母兄弟皆故倡也。延年坐法腐刑,给事狗监中。女弟得幸于上,号李夫人,列《外戚传》。延年善歌,为新变声。是时,上方兴天地祠,欲造乐,令司马相如等作诗颂。延年辄承意弦歌所造诗,为之新声曲。而李夫人产昌邑王,延年由是贵为协律都尉,佩二千石印绶,而与上卧起,其爱幸埒韩嫣。"《汉书·外戚传》:"孝武李夫人,本以倡进。初,夫人兄延年性知音,善歌舞,武帝爱之。每为新声变曲,闻者莫不感动。延年侍上起舞,歌曰:'北方有佳人,绝世而独立,一顾倾人城,再顾倾人国。宁不知倾城与倾国,佳人难再得!'上叹息曰:'善!世岂有此人乎?'"

"延年善歌,为变新声。""延年善歌,为新变声。""延年辄承意弦歌所造诗,为之新声曲。""每为新声变曲,闻者莫不感动。"李延年所作新声变曲不详,但《汉书》保留了"北方有佳人"一歌,如去掉"宁不知"三字,这就成了一首五言歌诗。由此可以进一步认为,李延年之新声曲辞以五言为主,这一记载较早的五言歌诗也佐证了五言源于新声的观点。①

---

① 惠帝时戚夫人《春歌》始为三言两句,余三句皆为五言,虽无"新声"背景记载,也应是"新声"。

五言诗称为杂诗,也可称为"杂体诗",①王融《杂体报范通直诗》"和璧荆山下",为五言诗。著名者如江淹《杂体诗》,其序云:"然五言之兴,谅非复古。但关西邺下,既已罕同;河外江南,颇为异法。故玄黄经纬之辨,金碧浮沉之殊,仆以为亦合其美,并善而已。今作三十首诗,敩其文体。虽不足品藻渊流,庶亦无乖商榷云尔。"显然"杂体诗"是作为"文体"名存在的,江淹之意,"杂体"就是五言。《杂体诗》序中云"世之诸贤,各滞所迷,莫不论甘而忌辛,好丹而非素";又云"贵远贱近,人之常情;重耳轻目,俗之恒蔽",那也是为"杂体"诗的名分在作辩护。梁陈之际,杂体之专名五言,或不为人所谙熟,使用也就脱离本意,如梁简文帝萧纲有《伤离新体诗》,一作《伤离杂体诗》,此诗以五言为主,偶杂七言,"杂体"始有杂言之意,这一样式,被认为是"新体",这一"新体"的概念已不是汉魏应璩时的"新诗"概念了。又如江淹《杂体诗》三十首,《文选》卷31置于"杂拟"类。其实拟诗不应作一类,其拟诗在体式上当和所效仿之诗式为同一类,并不能因为学习而改变体式性质。那么《文选》诗分二十三目,有"杂诗"一目,其中录有非五言诗,卷29杂诗上有张衡《四愁诗》"我所思兮在太山",仿骚体,曹植《朔风诗》四言,嵇康《杂诗》"微风清扇"四言,卷30杂诗下有张孟阳《拟四愁诗》"我所思兮在营州",仿张衡《四愁诗》。五言诗外,其中以"杂诗"为题名的只有嵇康"微风清扇"一首,但据逯钦立注:"《文选》二十九作杂诗。本集一、《诗纪》十八,又《白帖》四作嵇康《灯诗》。""微风清扇"四言诗应从本集等作《灯诗》。《文选》对诗的分类是有问题的,姑且不论,对杂诗的录入尤其无章法,李善注虽曲为之辩,"杂者,不拘流例,遇物即言,故云杂也"不足以概括所录"杂诗"的全部内容,故将原题名非"杂诗"的四、七言放入"杂诗"类,尤为不妥。胡大雷《中古诗人抒情方式的演进》注

---

① 鄢化志:《中国古代杂体诗通论》,北京大学出版社2001年版,其定义杂体诗为"传统正宗诗体之外各种体裁因素驳杂规范样式细屑繁多的诗体总称",此与本文有异。

意到"杂诗"名称，认为杂诗"咏怀"而异"言志"①。其实"咏怀"与"言志"本不易分开，以抒情方式和内容来界定"杂诗"，也难以符合《文选》所录之诗的实际。《文选》博大，对"杂诗"理解不若江淹专一而精确。

四、班固"咏史"为"歌诗"

文学史一般列"五言诗起源"一章（或以重点篇幅）讨论文人五言诗之始。通常表述为："现存东汉文人最早的完整五言诗是班固的《咏史》……秦嘉的《赠妇诗》三首，是东汉文人五言抒情诗成熟的标志……从班固到秦嘉，经过一个世纪左右的发展，东汉文人五言诗的创作进入繁荣期。"②"一个世纪"在时间上不免夸大了，应该在半个世纪以上。这里暂不讨论此段内容的准确性如何，但问题是班固的第一首五言诗到秦嘉第二首五言诗间隔有半个世纪多，这实在有违文学形式发展的规律。

事实上班固所作是"歌诗"而非"诗歌"。首先，班固时代无"诗歌"，只有"歌诗"。证据之一，班固所撰《汉书·艺文志》"诗赋略"中之"诗"，从著录看单指"歌诗"。证据之二，班固《汉书》记载项羽所歌，改《史记》之"诗"为"歌诗"。

其次，今云班固《咏史》一诗，今见全诗最早载录定性为"歌诗"。《文选》王融《永明九年策秀才文五首》"歌鸡鸣于阙下，称仁汉牍"李善注云："班固歌诗曰：'三王德弥薄，惟后用肉刑。……'"③李善，显庆三

---

① 中华书局 2003 年版，第 36—39 页。
② 袁行霈主编：《中国文学史》第一卷，高等教育出版社 1999 年版，第 267—270 页。
③ 萧统编，李善注：《文选》中册，卷 36，中华书局 1981 年版，第 508—509 页。

年(658)九月上《文选注表》,载初元年(689)以老病卒。班固"三王德弥薄",因为是歌诗,初无题名,《文选》卷21"咏史"类,列王仲宣咏史诗一首、曹子建三良诗一首、左太冲咏史诗八首等,无班固《咏史》,也是明证。南朝人提到班固"咏史"大概只是对歌诗内容的界定,而非题名,如《南齐书·文学传》载陆厥与沈约书云:"孟坚精正,《咏史》无亏于东主。"班固《西都赋》有西都宾问于东都主人。《诗品》云:"东京二百载中,惟有班固咏史,质木无文。"又云"孟坚才流,而老于掌故。观其咏史,有感叹之词。"唐代未见有录班固全诗而题名《咏史》的,故张守节《史记正义》录班固全诗,并不冠以《咏史》之名,《史记》卷一百五《扁鹊仓公列传》"少女缇萦伤父之言,乃随父西……上悲其意,此岁中亦除肉刑法。"正义云:"班固诗曰:'三王德弥薄,惟后用肉刑。……'"①开元二十四年张守节《史记正义》书成献上。

给班固诗题名为《咏史》的时代较晚,可能要晚到明代。明嘉靖十六年刻本刘节撰《广文选》卷8"咏史"首录班固《咏史诗》一首,次录魏阮瑀《咏史诗》二首,等等。《广文选》刘节《序》撰写时间为"嘉靖十有六年秋八月望"。② 冯惟讷《古诗纪》著录时题下注引《诗品》语,曹学佺《石仓历代诗选》、张溥《汉魏六朝百三家集》皆作班固《咏史》。

班固的"三王德弥薄"是歌诗,文学史上常常列出的张衡《同声歌》无疑也是歌诗。

汉代的"歌"或"歌诗"在流传过程中,不断给原本无题的作品加一题名,如高祖歌"大风起兮云飞扬",后人遂依首句题为《大风歌》,冯舒《诗纪匡谬》云:"此等虽无伤大义,然今人习而不察,遂谓古实有此题,临文引用,亦所不安。"由于古人无意,却给后人认识作品的原初面貌带来困难,班固歌诗也是一例。冯舒的话给我们很多启发,引全文如下,他在"大风歌鸿鹄歌"下按语云:"《文选》云汉高帝歌一首,《汉艺文志》

---

①　《史记》,中华书局1982年版,第2795页。

②　《四库全书存目丛书》集部第296册,齐鲁书社1997年版,第628页。

云高帝歌诗二篇,则此二篇但当云高帝歌二首,不得增《大风》《鸿鹄》之
名也。《初学记》云汉歌曲有'大风',《文中子》云:'大风安不忘危。'并
是以章首二字为义。如《论语》之学而为政,《诗》之'关雎''葛覃'耳。
又按《汉书》名大风为三侯之章,又曰作风起之诗,《琴操》又名'大风
起',其曰'大风歌'者,《艺文类聚》始也。《乐府诗集》因'吾为若楚
歌'之文,名《鸿鹄篇》为楚歌,其曰'鸿鹄歌'者,《楚辞后语》始也。此
等虽无伤大义,然今人习而不察,遂谓古实有此题,临文引用,亦所不
安。即如宋人《窃愤录》一书,记徽钦北狩事,《容斋》极辨其妄。万历末
年,郡中人从严氏钞本鬻之,本无撰人,余邑有吴君平者妄增辛弃疾三
字于卷首,余谓之曰:'此从何来?'君平曰:'世人不知书,若无姓氏,便
尔见忽,故借重稼轩,此仅可欺不知者,如公自不必怪也。'近有一友作
《心史》序,首句便云余尝读辛稼轩《窃愤录》,不觉失笑。故作文者苟不
原所始,趁笔便用《大风》《鸿鹄》等题,当与辛稼轩之纰缪同类而共笑之
矣。"①在歌诗背景下考察五言诗起源尤其要重视诗歌原初的存在状态,
确定班固"三王德弥薄"本为歌诗就是一个例证。

五、文人五言诗形成于东汉后期

　　在考察诗歌形式发展时,必须依靠文献的记载,汉代歌诗创作数量
应远远大于今日所见之汉代歌诗,能流传下来的大致依靠本事记载。
故可考察有本事记载的诗或歌诗,去推断五言诗写作的起始。
　　文人五言诗早期作品为秦嘉、郦炎和赵壹的五言诗。秦嘉《赠妇

① 《丛书集成初编》第171册,商务印书馆1937年版,第3页。

诗》三首,本事或有可疑,但早于郦炎、赵壹诗,诗见《玉台新咏》著录。郦炎和赵壹诗见于《后汉书》载录。《后汉书》卷一一〇下《郦炎传》:"灵帝时,州郡辟命皆不就,有志气,作诗二篇曰:'大道夷且长,窘路狭且促……德音流千载,功名重山岳。''灵芝生河洲,动摇因洪波……安得孔仲尼,为世陈四科。'"熹平六年死狱中,年二十八。《后汉书》卷一一〇下《赵壹传》引《刺世疾邪赋》:"有秦客者乃为诗曰'河清不可俟,……抗脏倚门边。'鲁生闻此辞而作歌曰:'势家多所宜……此是命矣哉。'"此赋当赵壹早年之作,据《后汉书》本传,赋后有"光和元年举郡上计到京师"之语,则《刺世疾邪赋》作于灵帝熹平间,和郦炎作五言诗二首时间正合。

秦嘉《留郡赠妇诗》五言三篇,以五言述伉俪情好,其妻徐淑有《答秦嘉诗》,徐淑诗之诗式并没有用秦嘉诗之五言诗体式以相呼应,而是用句句带"兮"的歌诗体,实际为在句中加了"兮"的四言诗,这一对赠答诗形式的差异,说明五言诗式还在尝试阶段。赵壹赋一云"乃为诗",一云"而作歌",意义有二,一为我们了解早期文人五言诗"诗""歌"相杂的原生状态;二是五言诗脱离音乐而存在的创作已在文人笔下得到了实现。

大致说,有主名的文人五言诗始于东汉桓、灵之世,这和无名氏的文人五言诗《古诗十九首》产生的时代基本一致,而诗歌史上所云五言诗创作兴盛局面的到来尚有一段时间。

本文所述各点,意在解决文人五言诗起源问题。有些结论大致无疑,如班固时代是歌诗时代,班固"咏史"是"歌诗";西汉和东汉前期"诗"称四言,而不称其他诸诗体式;文人五言诗始于东汉桓灵之际。有些论述还有疑点,如班固《汉书》记述的歌诗,偶有称"诗"的,定为班固误书是否可行;秦嘉诗,《后汉书》不载,《玉台新咏》始录,《后汉书》虽为南朝宋范晔所著,却是集前人华峤、袁宏等后汉史籍删订而成。从诗的传播看,秦嘉赠妇诗是夫妻间的私情诗,于世流传恐怕很晚,不见载

《后汉书》理所当然。这样，秦诗为人所知势必晚于郦、赵二人之五言诗。郦、赵二人五言诗作同在灵帝熹平间，可否视此为文人五言诗起始的时间。这些问题都可作进一步的研究。

文学史上和文论史上有一些问题貌似解决，其实离解决还很远，只是暂时还没有能找到解决问题途径和方法，面对文学史的重构或重写，面对文学史的现代审视，我们深感任重而道远。缘此，又有了如下对文学史或诗学史研究的思考和认识：

其一，寻找事物彼此间的联系。历史上有许多问题因为时间的阻隔和记载的残缺，变得模糊不清，但我们面临的似乎杂乱无章的材料，恰恰是事物在一定空间和时间中呈现其本质的载体，当把许多材料依一定规则汇集到一起时，就会发现其彼此间联系，那些司空见惯的材料又被赋予了重新阐释的意义。作为曾经存在于某一历史时空的事物，不管它隐藏得如何巧妙，总会留下蛛丝马迹。

其二，我们的研究对象因时间和文献的关系，其呈现状态各不相同，有些问题很清晰，而有些问题却很模糊。其实，时至今日，对某一问题的了解，文献资料也大致不成问题，特别是唐宋以前的文学研究。检索一下我们的成果，对某一问题的探讨所面对的材料大致相同，加上当代大量文献的整理印行，找到资料也变得非常容易；大量数据文献不断面世，也成为人们搜集材料的便捷工具，如《国学宝典》、《四库全书》、《四部丛刊》等数据光盘，可能已成为文史工作者须臾不能离开的法器。而我们所面临的最艰巨的任务是在共享的资源中做出成绩，真正解决文学史问题。其实陈寅恪等前辈学者早已说过并使用过，用常见书解决问题，其潜在意义于：要求研究者有敏锐的学术眼光，要探幽索隐去揭示隐含在材料背后的意义。因此靠光盘来检索是不能出好文章的，还需要坐下来慢慢读书，一边读书一边思考，使原本模糊的问题不断清晰起来。学术界不断强调研究中"问题"意识，读原著和在原始材料基础上进行思考是加强问题意识的必由之路。

　　其三,文学史观有待更新。我们的文学史观还是受到传统制约的,《汉书》、《文心雕龙》、《诗品》等,阐述诗歌形式发展时,都是考虑句中字数、句式,而缺少新体式产生的文化对应关系。对于文学史上许多重大问题,应该寻求解决问题的最佳途径,而那最佳途径事实上是事物性质呈现的状态和接近这一状态并能解释的方法和角度。比如词的起源,从结构形成(句式长短、句段的组合)来探讨显然不能作出完美的解释,因为文人在中唐以前并不缺乏作长短句的能力,而作为一种新兴的文学样式,只能在燕乐配合下才能出现,因此在音乐背景下来阐释音乐歌辞的发生,才算寻找到最佳途径。同样,"诗言志""诗缘情"的差异,如果仅仅在"志""情"的内涵上去寻求其本质联系,很难找到答案。如果换一个角度,事物本质的呈现要明朗得许多,它是由阅读之《诗》转变为创作之"诗",在这一前提下再来审视"诗言志""诗缘情"二者的关系就会深入而有可能触摸事物运行的规律和对其本质作出表述。又如五言诗的起源问题,如果循着古人的思路去找五言"滥觞"的形式,很难有令人信服的答案,本文则在文化观念形态中探求五言诗的形成过程,认为:文人五言诗成熟较晚,并不是技巧问题,而是观念问题。这样换一个角度来思考问题,其结果至少可以丰富人们对这一问题的研究,并推动这一研究向前发展。

　　其四,从学术史角度看,任何一个问题要解决到尽善尽美,实属不易。将一个问题不断细化,使之精细饱满,固然重要,但它的负面影响也是显而易见的,容易在思路和方法,甚至在观念和材料的阐释上,不断重复而繁琐起来,结论趋于雷同,使本该充满生机的学术研究变得单调和乏味,这不能不引起我们的警惕;学术的生命在于创新,创新才是有价值的创造性的充溢着智能的劳动。也许因其为创新而出现一些不能尽如人意的地方,如表述的立场和方法上的夸张,观点和资料的局部误接,但这不并妨碍创新精神而引发的对某一问题深入探讨的可能性和启发性,而理性的研究技术和工具的提供,有可能让人们重新审视那些似乎已被认识的事物,为学术研究拓开一条新路。

(《学术研究》2008 年第 2 期)

孔稚圭《游太平山诗》补

　　孔稚圭(公元448-501)字德璋,会稽山阴人。齐代曾任太子詹事等职。有辑本《孔詹事集》一卷。其《北山移文》为南北朝散文名篇,也是骈文中风格独异的佳作,钱钟书先生在《管锥编》中赞叹道:"按此文传诵,以风物刻画之工,佐人事讥嘲之切,山水之清音与滑稽之雅谑,相得而益彰。"(见《全齐文》卷十九)孔稚圭也是一位诗人,只是诗名被《北山移文》的盛名所掩。

　　孔稚圭存诗不多,逯钦立《先秦汉魏晋南北朝诗·齐诗》卷二载录其作:《白马篇》、《游太平山诗》、《旦发青林诗》、残句《白纻歌》、《酬张长史诗》。《游太平山诗》逯编只录四句:"石险天貌分,林交日容缺。(注云:《舆地纪胜》作"阙")阴涧落春荣,寒岩留夏雪。"及读元人《至正四明续志》,始知《艺文类聚》、《舆地纪胜》、《诗纪》诸书所载《游太平山诗》为残篇。

　　《至正四明续志》卷二十(中华书局影印《宋元方志丛刊》第6648页):"集古考"下孔稚圭《游太平山诗》注云:"本志(笔者按:指《延祐四明志》)山川考太平山条云,孔稚圭亦有诗详见题咏,而集古考下卷仅录四句,疑阙文也,今补。按《宝庆慈溪县志》亦只载四句,然彼在叙山条中偶然采用,不妨摘录,例与此异,特怪历来选齐梁诗者无不只此四句,岂皆未见其全耶。"查元《延祐四明志》卷七所记仅"又孔稚圭亦有诗"

数字,下有小字注云:"详见题咏",其卷二十"集古考"下录有《游太平山》四句,"林交月容缺"中"缺"作"阙",此或本于《舆地纪胜》。《至正四明续志》卷二十《游太平山诗》全文如下:

> 逸访追幽踪,寻奇赴远辙。
> 制芰度飞泉,援萝上危岊。
> 万壑左右奔,千峰表里绝。
> 曲栈临风听,奇檐倚云穴。
> 石险天貌分,林交日容缺。
> 阴涧落春荣,寒岩留夏雪。
> 昔闻尚平心,今见幽人节。
> 志入青松高,情投白云洁。
> 泛酒乘月还,闲谈迫霞灭。
> 接赏聊淹留,方今桂枝发。

全诗注明出于《四明山志》,据《至正四明续志》校勘记九"余考"载《四明山志》有三种,前两种似是单篇记文,而第三种《四明山志》一卷,注云:"不知撰人名氏,目见《通志·艺文略》及《宋史·艺文志》,并不知作者。"著录孔稚圭全诗者当为第三种。

《游太平山诗》一韵到底,一气贯注。以往著录孔稚圭四句《游太平山诗》者,其诗主名皆无疑义,因此,此全诗二十句俱为孔稚圭所作应是确信无疑的。孔稚圭会稽人,据《嘉泰会稽志》(本文所引方志皆据中华书局影印《宋元方志丛刊》)卷九载:"尚书邬在县东南三十三里,《寰宇记》云孔稚圭之山园也。"孔稚圭家居县东南,而太平山即在县东南七十八里,孔作太平山之游极为便利。况且,诗中所使用尚平之典、制芰之语亦为孔氏所习用,《北山移文》有"尚生不存,仲氏既往,山阿寂寥,千载谁赏"和"焚芰制而裂荷衣"之语,可与诗对读。

浙东有太平山三处,孔稚圭所游乃会稽太平山,此需作一些辨析。

据《嘉泰会稽志》记载，太平山有三处：一在会稽，一在上虞，一在余姚。其卷九云："余姚太平山在县东南七十里。《舆地志》云：余姚有太平山，山势似伞，四角各生一种木，不杂他木。……有道士旧筑居山上，秽身者来辄飞倒，自非洁斋不敢至焉。《艺文类聚》：余姚江源出太平山，东至陕江口入于海。孔稚圭诗云'阴涧落春荣，寒岩留夏雪'即此。"此文下有小字注云："太平山有三，一在会稽，一在上虞，一在余姚。而余姚山最著，谢敷居太平山不著何所，但云会稽人，故系之会稽，然敷所居或恐即此。梁杜京产居日门山，陶弘景有太平山日门馆碑云，吴郡杜征君拓宇太平之东，菁山之北，爰以幽奇别就基址，栖集有道，多历世年。盖京产所居日门亦太平山之别名也。"又云会稽太平山，"在县东南七十八里，晋谢敷隐居太平山中十余年，以母老还南山若耶中。"其下有小字注云："谢敷所隐属会稽或上虞未详，今系于此，从旧经也。"又云："上虞伞山，在县南五里，一名太平山，旧经云形如伞也，吴道士干吉筑馆于此山巅，平衍有良畴数十顷，横塘溉之，无水旱。"按，太平山三处记载，于史实互有牵合。从孔稚圭诗所写内容看，余姚太平山、上虞太平山似非孔氏所游之太平山，二山形貌殊异，此不见孔诗有纤毫所记，孔稚圭所游乃会稽太平山，除前面已提到的孔家离他很近便于游观外，此点可算又一有力说明。

那么，孔稚圭游太平山寻访的幽人高士是谁呢？从诗中可以看出，幽人是隐居于太平山的一名隐士。诗云："昔闻尚平心，今见幽人节。"尚平，《高士传》云："尚平，字子平，河内朝歌人也。隐居不仕，性尚中和，好通《老》、《易》。"诗将幽人与尚子平并提，可见孔稚圭对他的敬佩。幽人当是杜京产，杜京产是齐梁大隐士，与孔稚圭有联系，据《南齐书》卷五四《高逸传·杜京产》记载："孔稚圭，周颙、谢瀹并致书以通殷勤。永明十年，稚圭及光禄大夫陆澄、祠部尚书虞悰、太子右率沈约、司徒右长史张融表荐京产曰：'窃见吴郡杜京产，洁净为心，谦虚成性，通和发于天挺，敏达表于自然。学遍玄、儒，博通史、子，流连文艺，沉吟道奥。泰始之朝,挂冠辞世,遁舍家业,隐于太平。茸宇穷岩,采芝幽涧,耦耕自足,薪歌有余。确尔不群,淡然寡欲,麻衣藿食,二十余载。虽古之志士,何以加之。谓宜释巾幽谷,结组登朝,则岩谷令欢,薜萝起抃矣。'不报。"可知,杜京产确实是"遁舍家业,隐于太平"的,诗中对幽人赞赏备至,以为"志人青松高,情投白云洁",这和孔稚圭表荐京产"洁净为心,谦虚成性"是一致的。据《北齐书》的记载,可以推断出这首诗写作的大致时间。孔稚圭崇尚隐居,早对杜京产有企羡之意,"致书以通殷勤",从诗句"昔闻尚平心,今见幽人节"看,在孔游太平山之前似未曾与杜京产见过面,旧慕高名,故有十分的喜悦。这次游太平山能与杜京产相会,其心情很好,两人饮酒赏月、高谈阔论,彼此悠然心会。孔稚圭和他人联名表荐杜京产,很可能就在这次游太平山后不久。如此,则此诗大约作于永明十年。

此诗不仅可以帮助我们更具体、更全面地了解孔稚圭其人其文,也可以帮助我们去深入理解他的名篇《北山移文》。

(《文学遗产》1993 年第 2 期)

唐代春秋左传学别论

内容提要 《春秋》及《左氏传》在唐代首先是一部经学著作,但同时也是一部史学、文学和兵学著作。唐人有以《春秋左氏传》为史者,并尝试以经传证史,以经典的行为来推阐经典的意义,以此来修正当代人的思想和行动。《左传》文学意义在于叙事和言辞,韩愈评《左氏》"浮夸",准确指出其文学特征。一批新读者将《左传》和兵学结合起来考察,赋予《左传》以兵学意义,杜牧注《孙子》的实践与合文武为一途的思想是唐人对学术史的贡献。

关键词:《春秋左氏传》 史学 文学 兵学

《春秋》和《春秋左氏传》在唐代经学中有其特殊性,唐太宗时诏孔颖达等编定的《五经正义》,为科举考试的必修经典,《左传》即在其中。而且科举考试中以《礼记》和《春秋左氏传》为大经,"凡《礼记》、《春秋左氏传》为大经,《诗》、《周礼》、《仪礼》为中经,《易》、《尚书》、《春秋公羊传》、《谷梁传》为小经。通二经者,大经、小经各一,若中经二。通三经者,大经、中经、小经各一。通五经者,大经皆通,余经各一,《孝经》、《论语》皆兼通之。""凡治《孝经》、《论语》共限一岁,《尚书》、《公羊传》、《谷梁传》各一岁半,《易》、《诗》、《周礼》、《仪礼》各二岁,《礼记》、《左氏传》各三岁。"①大、中、小经之分是由字数的多寡决定的。因此学习时间也有不同，如大经《礼记》和《左氏传》需要学习三年。但同一等经中字数不可能相同，殷侑《请试三传奏》云："谨按《春秋》二百四十二年行事，王道之正，人伦之纪备矣。故先师仲尼称志在《春秋》，历代立学，莫不崇尚其教。伏以《左传》卷轴文字，比《礼记》多较一倍，《公羊》《谷梁》比《尚书》《周易》多较五倍。是以国朝旧制，明经若大经、中经能习一传，即放冬集。然明经为学者，犹十不二。今明经一例冬集，人之常情，趋少就易，三传无复学者。伏恐周公之微旨，仲尼之新意，史官之旧章，将坠于地。伏请置三传科，以劝学者。《左传》问大义五十条，《公羊》《谷梁》各问大义三十条，策三道。义通七以上、策通二以上与及第。其自身应者，请同五经例处分。其先有出身及前资官应者，请准学究一经例别处分。"②同是大经的《左传》文字比《礼记》多一倍，而同是小经的《公羊》《谷梁》比《尚书》《周易》多了五倍。从举子习业的角度看，《春秋》三传都很有难度，这就造成了如殷侑所指出的那样："人之常情，趋少就易，三传无复学者。"其实，中唐权德舆就为"趋末流而弃夷道"而担心，其《韩洄行状》云："复除兵部侍郎，累岁改国子祭酒。自兵兴以来，多趋末流而弃夷道，故学者不振，而《子衿》之诗作焉。公曰：'崇化励贤，本于六籍，不学将落，吾其忧乎！'乃表名儒袁颐、韦渠牟列于学官，讲《左氏春秋》、《小戴礼》，抠衣鼓箧之徒，溢于国庠，讲诵之声，如在洙泗。"③从这一叙述中可以探知一消息，《左传》、《小戴礼》不被士子重视，而研习《春秋左氏传》的学者则更少，此种情形和韩愈所

---

① ［宋］欧阳修、宋祁等撰：《新唐书·选举志上》卷44，中华书局1975年版，第1160页。此文本《大唐六典·尚书吏部》和《大唐六典·国子监》，三秦出版社1991年版，第48、396页。

② ［清］董诰等编：《全唐文》卷757，中华书局1983年版，第7856页，又见《唐会要》卷76《三传·三史附》。

③ ［清］董诰等编：《全唐文》卷507，中华书局1983年版，第5158页。

云"春秋三传束高阁"是一致的。①

可以推测，科举教育中选《春秋》三传作为习业和考试科目者只是少数。但《春秋左传》学在唐代经学史中却有其重要位置，②在有关唐宋思想转型和韩柳古文运动思想的阐释中，都会涉及于此。

本文则尽量避开已有的研究，而讨论《春秋左氏传》和史学、文学和子学之间的关系，从《春秋左氏传》成书性质看，它介于经、史之间；从其描写手法和语言看，它又近于文学；从其主要描述对象为战争看，它又近于兵书，即近于子学。

一

《春秋》和《左氏传》在经学著作中，性质较为特殊，对之进行讨论也颇多分歧。以《春秋》和《左氏传》为经，这是一常识，唐人修《五经正

---

① ［唐］韩愈：《寄卢仝（宪宗元和六年河南令时作）》，《全唐诗》卷 340，上海古籍出版社 1986 年版，第 841 页。

② 参见沈玉成、刘宁《春秋左传学史稿》，江苏古籍出版社 2001 年版，其章节和主要观点如下，第七章《从总结到转变——隋唐》，第一节《刘炫述义对杜注的疏通补证》："刘炫不盲目宗杜，与杜注违异的意见在《正义》里被当作反面例子来引用，所以对刘炫的原文常常只是撮叙大意。即使如此，也仍还可以看出刘炫治学中所具有的清通简要的特色。"（第 173 页）"主要继承了汉代古文经学重实证的学风，遍稽群籍，对杜注作疏通和补证。"（第 172 页）第二节《孔颖达〈春秋左传正义〉》："《正义》的编撰，客观上对前代的注疏带有总结的意义，主观上则在于证成所选定传注的合理可靠，并在不违背这一前提的原则下对传注作疏通发挥。"（第 179 页）第三节《史通中的"惑经""申左"》："敢于把五经中的《尚书》、《春秋》和解经的《左传》、不解经的《国语》以及《史》、《汉》并列，这本身就是把'经'降而为史。"（第 184 页）第四节《开宋学先河的舍传求经之风》："啖、赵、陆这一学派的主张，并非全无积极意义。至少，他们摒弃了过去治三传者的互相攻讦，意在彻底清除从东汉以来的门户之见，事实上致力于兼取三传之长，以期融为一家之学。同时，唐初以杜注孔疏为官学，他们敢于冲破束缚，解放思想，在某种程度上也是宋人高谈性理和疑古之风的滥觞。"（第 196 页）

义》,《春秋左氏传》在其中,科举考试《春秋左氏传》列为"大经"。但另一方面的意见也不断发生,认为《春秋左氏传》是史而不是经,推其本意,并非有意挑战经典,而是还原《春秋左氏传》的真实身份和真实的历史面貌。

(一)《春秋左传》为史的观念

无论是《春秋》,还是《左氏传》,就其体例和内容而言,都属史书范畴,《史通·惑经》:"案夫子所修之史,是曰《春秋》。"浦起龙释云"《惑经》专主《春秋》。"①唐代视《春秋》为史的还有司马贞、陆龟蒙、范摅等,司马贞《史记索隐序》云:"又其属稿,先据《左氏》、《国语》、《系本》、《战国策》、《楚汉春秋》及诸子百家之书,而后贯穿经传,驰骋古今,错综隐括,各使成一国一家之事,故其意难究详矣。"②陆龟蒙《与友生论文书》:"史近《春秋》,《春秋》则记事之史也。六籍中独诗书易象与鲁春秋经圣人之手耳。《礼》《乐》二记,虽载圣人之法,近出二戴,未能通一纯实,故时有龃龉不安者。盖汉代诸儒争撰而献之,求购金耳。记言记事,参错前后,曰经曰史,未可定其体也。按经解则悉谓之经,区而别之,则《诗》《易》为经,《书》与《春秋》实史耳,学者不当浑而言之。""岂须班马而后言史哉?以《诗》《易》为经,以《书》《春秋》为史足矣,无待于外也。""经不纯微,史不纯浅。"③陆龟蒙对《春秋》性质的界定,有细言和浑言之别,细言之则"《诗》《易》为经,《书》与《春秋》实史"有别,浑言之则"悉谓之经"。尤为可贵的是陆龟蒙提出一种评判经、史价值的思路,即要分别考察对待,"经不纯微,史不纯浅",破除一元论,有助于认识经史各自价值。另一意见也很特别,范摅《云溪友议·序》云:

---

①　[唐]刘知几撰、[清]浦起龙释:《史通通释》卷14,上海古籍出版社1978年版,第398页。

②　[清]董诰等编:《全唐文》卷402,中华书局1983年版,第4107页。

③　[清]董诰等编:《全唐文》卷800,中华书局1983年版,第8403—8404页。

"野老之言，圣人采择，孔子聚万国风谣，以成其《春秋》也。"①这虽不符合《春秋》成书之本义，却启发人们认识和思考晚唐人灵活的经学阐释思想和方法。

本来就有一种意见认为，《春秋》是《春秋》，《左传》是《左传》，经是经，史是史，《左传》不主经发，自立为史。现在刘知几认为《春秋》是史，那么《左传》更是史了。皮锡瑞非常赞同《左传》是史的意见，但他认为"《春秋》是经，《左氏》是史"。皮氏将《左传》和司马迁《史记》、班固《汉书》并论，《论春秋是经左氏是史必欲强合为一反致信传疑经》："左氏叙事之工，文采之富，即以史论，亦当在司马迁班固之上，不必依傍圣经，可以独有千古。史记汉书后世不废，岂得废左氏乎。且其书比史汉近古，三代故实，名臣言行，多赖以存。"②指出《左传》"不必依傍圣经，可以独有千古"。

皮氏直言"左氏传本是史籍"，其《论杜预专主左氏似乎春秋全无关系无用处不如啖赵陆胡说春秋尚有见解》云："啖助在唐时，已云习左氏者，皆遗经存传，谈其事迹，玩其文采，如览史籍，不复知有春秋微旨。盖左氏传本是史籍，并无春秋微旨在内，止有事实文采可玩。自汉以后，六朝及唐皆好尚文辞，不重经术，故左氏传专行于世，春秋经义，委之榛芜。啖赵陆始兼采三传，不专主左氏，推明孔子褒贬之例，不以凡例属周公，虽未能上窥微言，而视杜预孔颖达以春秋为录成文而无关系者，所见固已卓矣。"③啖助所言"习左氏者，皆遗经存传，谈其事迹，玩其文采，如览史籍，不复知有春秋微旨"，④正是上承刘知几以来的唐人阅读《左传》的倾向。

皮氏盛赞晚唐陈商视左丘明为"太史氏之流"，"陈商在唐代不以经

---

① ［清］董诰等编：《全唐文》卷804，中华书局1983年版，第8459页。
② ［清］皮锡瑞：《春秋》（四），《经学通论》，中华书局2003年版，第49页。
③ ［清］皮锡瑞：《春秋》（四），《经学通论》，中华书局2003年版，第73—74页。
④ 见《春秋啖赵集传纂例》卷1（《啖氏集传集注义第三》），四库全书本。

学名,乃能分别夫子修经与诗书周易等列,邱明作史与史记汉书等列,以杜预参贯经传为非,是可谓卓识。"①皮氏征引令狐澄《大中遗事》云:"大中时工部尚书陈商《立汉文帝废丧议》《立春秋左传学议》以孔圣修经,褒贬善恶,类例分明,法家流也;左丘明为鲁史载述时政,惜忠贤之泯灭,恐善恶之失坠,以日系月,修其职官,本非扶助圣言,缘饰经旨,盖太史氏之流也。举其春秋,则明白而有实,合之左氏,则丛杂而无征。"②皮氏在《论公谷传义左氏传事其事亦有不可据者不得以亲见国史而尽信之》引朱子云:"左氏是史学,公谷是经学。史学者记得事却详,于道理上便差;经学者于义理上有功,然记事多误。"③

(二)以经传证史

引用《左传》,当然不排除经典的合理性,但从引例看,更注重史实,也就是说重视历史的真实性及其存在意义。这是发挥经典另一层面的功用,经典中的行事,必然是经典的体现,故以经典的行为来推阐经典的意义,以此来修正当代人的礼制。这里的方法本质上是把经典中发生的历史事实视为经典思想的体现,因此归纳经典中史实就足以来验证当代行为的合理与否,可谓之"以经传证史"。

吕才有一组文章即采用以经传证史的方法。(1)《叙禄命》云:"按《春秋》:鲁桓公六年七月,鲁庄公生。今检《长历》,庄公生当乙亥之岁,建申之月,以此推之,庄公乃当禄之空亡。依《禄命书》,法合贫贱,又犯句绞六害,背驿马生,身克驿马,驿马三刑,当此生者,并无官爵。火命,七月生,当病乡,为人尫弱,身合矬陋。今按《齐诗》讥庄公'猗嗟昌兮,颀而长兮。美目扬兮,巧趋跄兮。'唯有向命一条,法当长命。依

---

① [清]皮锡瑞:《春秋》,《经学通论》(四),中华书局2003年版,第50页。
② 《说郛》,四库全书本,卷49。
③ [清]皮锡瑞:《春秋》,《经学通论》(四),中华书局2003年版,第60页。朱子语见《朱子语类》卷83,四库全书本。

检《春秋》,庄公薨时,计年四十五矣,此则禄命不验一也。"①(2)吕才《叙葬书》:"《春秋》又云:'丁巳,葬定公,雨,不克葬。至于戊午襄事。'礼经善之。《礼记》云:卜葬先还日者,盖选月终之日,所以避不怀也。今检《葬书》,以巳亥之日,用葬最凶。谨桉春秋之际,此日葬者凡有二十余件。此则葬不择日,其义二也。"②(3)吕才《叙葬书》:"《礼记》又云:'周尚赤,大事用日出;殷尚白,大事用日中;夏尚黑,大事用昏时。'郑玄注云:'大事者何?谓丧葬也。'此则直取当代所尚,不择时之早晚。《春秋》又云:郑卿子产及子太叔葬郑简公,于时司墓大夫室当葬路,若坏其室,即日出而堋;不坏其室,即日中而堋。子产不欲坏室,欲待日中。子太叔云:'若至日中而堋,恐久劳诸侯大夫来会葬者。'然子产既云博物君子,太叔乃为诸侯之选。国之大事,无过丧葬,必是义有吉凶,斯等岂得不用?今乃不问时之得失,唯论人事可否。《曾子》问云:'葬逢日蚀,舍于路左,待明而行,所以备非常也。'若依葬书,多用干、艮二时,并是近夜半,此则交与礼违。今检《礼传》,葬不择时,其义三也。"③例(1)用《春秋》记事考证"禄命不验",文章用了综合考证的方法,《春秋》载鲁庄公七月生,而依《禄命书》则七月生者"七月生,当病乡,为人尪弱,身合矬陋",《齐诗》则赞美庄公"颀而长、美目扬",可见《禄命书》之非。例(2)以《春秋》葬例证驳《葬书》之非,论证"葬不择日"。例(3)以《春秋》葬例考证"葬不择时"。

又贾公彦《周礼正义序》以《春秋左氏传》和杜《注》考证上古官名之由,接下去论证"高辛氏之官,唯有重犁及春之木正等",其云:"颛顼及尧官数,虽无明说,可略而言之矣。按《昭二十九年》魏献子曰:'社稷五祀,谁氏之五官?'蔡墨对曰:'少暤氏有四叔,曰重、曰该、曰修、曰熙。实能金木及水,使重为勾芒,该为蓐收,修及熙为元冥,世不失职,遂济

---

① [清]董诰等编:《全唐文》卷160,中华书局1983年版,第1640页。
② [清]董诰等编:《全唐文》卷160,中华书局1983年版,第1642页。
③

穷桑,此其三祀也。'注云:'穷桑,帝少暤之号也。'颛顼氏有子曰犁,为
祝融;共工氏有子曰勾龙,为后土,此其二祀也。后土为社稷,田正也。
有烈山氏之子曰柱,为稷,自夏以上祀之。周弃亦为稷,自商以来祀之,
故外传犁为高辛氏之火正,此皆颛顼时之官也。按郑语云:'重犁为高
辛氏火正。'故《尧典》注:'高辛氏之世,命重为南正司天,犁为火正司
地。以高辛与颛顼相继无隔,故重犁事颛顼,又事高辛。若稷契与禹事
尧又事舜。'是以《昭十七年》服注'颛顼'之下云:'春官为木正,夏官为
火正,秋官为金正,冬官为水正,中官为土正。'高辛氏因之,故《传》云:
'遂济穷桑。'穷桑颛顼所居,是度颛顼至高辛也。若然,高辛氏之官,唯
有重犁及春之木正等,不见更有余官也。"①以《左传》所记为史,皮锡瑞
《经学历史·经学统一时代》云:"而据《隋经籍志》,郑注《易》、《书》,
服注《左氏》,在隋已浸微将绝,则在唐初已成'广陵散'矣。"②周予同注
云:"盖以《广陵散》之绝调喻郑、服著作之佚亡也。"据贾《序》则服虔注
《左氏》在唐初实未佚亡。

又如张柬之《驳王元感丧服论》③疑经而推重《左传》杜注考校,尽管
是礼制的考证,但是以事实的考辨为基础;王綝《明堂告朔议》以《左氏
传》"闰月不告朔,非礼也"考证"天子闰月亦告朔"。④

《春秋左氏传》在唐代既有经学的意义,也有史学的观念,人们引用
《春秋左氏传》,除经典意义外,尚有史实的功用,引经传证史是唐人运
用《春秋左氏传》的方法之一。

---

① [清]董诰等编:《全唐文》卷164,中华书局1983年版,第1671—1672页。
② [清]皮锡瑞《经学历史》(七),中华书局1981年版,第198页。
③ [清]董诰等编:《全唐文》卷175,中华书局1983年版,第1787—1788页。
④ [清]董诰等编:《全唐文》卷169,中华书局1983年版,第1730页。

二

　　《春秋左氏传》是经学,是史学,也是文学。抛开《左传》被阐释过程中不断添加的意义和内容,《左传》自身就是优秀的文学读物。今天的文学史教科书,列《左传》一章,并无例外。但我们在这里所要讨论的是唐人如何从文学角度来欣赏《春秋左氏传》的。

(一)《左传》文学论

　　《左传》因其是史,故有叙事记言,而有文学因素。但因《左传》为经,经的意义在于有微言大义,而不在于文学性。

　　唐以前就有学者文士从文学角度去关注《左传》,《经义考》卷169《春秋》二云:"王接曰:'左氏辞义赡富,自是一家书,不主经发。'""荀崧曰:'其书善礼,多膏腴美辞,张本继末以发明经意,信多奇伟,学者好之。'""范宁曰:'左氏艳而富,其失也巫。'""巫",《经义考》卷209引作"其失也诬",当作"诬"。"诬"有"夸说不实"的意思。《北堂书钞》卷95《春秋》五载:"贺子云:'左氏之传,史之极也,文采若云月,高深若山海。'"王接,荀崧,范宁,晋学者。贺子,贺循,南朝陈文人。以上诸家所言,"辞义赡富"、"多膏腴美辞"、"艳而富"、"文采若云月",实际上都是就《左传》的文学性而言的。文士中有极喜读《左传》者,也应该是《左传》有文学性所致,《册府元龟》卷768载:"庾信尤善《春秋左氏传》。"

　　刘知几《史通》对前代人评《左氏》文学性有所继承,特别是自幼讽读加深了对《左传》艺术的体会,他在《自叙》中云:"予幼奉庭训,早游文学,年在纨绮,便受古文《尚书》。每苦其辞艰琐。难为讽读,虽屡逢捶挞,而其业不成。尝闻家君为诸兄讲《春秋左氏传》,每废《书》而听,逮讲毕,即为诸兄说之。因窃叹曰:'若使书皆如此,吾不复怠矣!'先君奇其意,于是始授以《左氏》,期年而讲诵都毕,于时年甫十有二矣。所讲虽未能深解,而大义略举。"①他在评《左传》文学性时注意到两个方面,即言语和叙事,其《载言》云:"逮《左传》为书,不遵古法,言之于事,同在传中。然而言事相兼,烦省合理,故使读者寻绎不倦,览讽忘疲。"②因《左传》"言事相兼"达到"使读者寻绎不倦,览讽忘疲"的效果,这也就是刘知几少时读《左氏传》感叹的"若使书皆如此,吾不复怠矣"的原因。《春秋》三传,各有特点,《左传》以文胜,应是读者的共识,萧颖士撰《历代通典》,云:"于《左氏》取其文,《谷梁》师其简,《公羊》得其核,综三传之能事,标一字以举凡。"③那么,《左传》的文学性在"言事相兼"上有哪些特点呢?刘知几《史通》虽未集中论述,但在很多篇章中多有阐述:

1. 言语

其《言语》云:"大夫、行人,尤重词命,语微婉而多切,言流靡而不淫,若《春秋》载吕相绝秦,子产献捷,臧孙谏君纳鼎,魏绛对戮杨干是也。"④其中所举"吕相绝秦"等,即文学史上所阐述的《春秋左氏传》的辞令之美。《申左》:"寻《左氏》载诸大夫词令,行人应答,其文典而美,其语博而奥,述远古则委曲如存,征近代则循环可覆。必料其功用厚薄,指意深浅,谅非经营草创,出自一时,琢磨润色,独成一手。"《公》

---

① 〔唐〕刘知几撰,〔清〕浦起龙释:《史通通释》卷10,上海古籍出版社1978年版,第288页。

② 〔唐〕刘知几撰,〔清〕浦起龙释:《史通通释》卷2,上海古籍出版社1978年版,第34页。

③ 〔清〕董诰等编:《全唐文》卷323,中华书局1983年版,第3278页。

④ 〔唐〕刘知几撰,〔清〕浦起龙释:《史通通释》卷6,上海古籍出版社1978年版,第149页。

《谷》二传"记言载事","比诸《左氏》,不可同年。"①另外,刘氏认为《左传》能将当时谣谚载入,亦有特点,"寻夫战国以前,其言皆可讽咏,非但笔削所致,良由体质素美。何以核诸?至如'鸲鹆'、'鹳鹆',童竖之谣也;'山木'、'辅车',时俗之谚也;'皤腹弃甲',城者之讴也;'原田是谋',舆人之诵也。斯皆刍词鄙句,犹能温润若此,况乎束带立朝之士,加以多闻博古之识者哉!则知时人出言,史官入记,虽有讨论润色,终不失其梗概者也。"此所举例皆讽咏之谣谚讴诵,这样的原始歌谣进入叙事当中,不仅保持了民间歌谣的原初面貌,增强叙事的真实性,而且也让人有如聆歌唱的身临其境之感受。不过,刘知几此处的"言语"是指史载之"口语",不是叙述之辞,浦起龙释云:"此节虽专举《左》文,却是统证首幅,用以形起后史所载口语,皆由倩饰也。"②其《杂说上》云:"《左氏》之叙事也,述行师则簿领盈视,唬咙沸腾;论备火则区分在目,修饰峻整;言胜捷则收获都尽;记奔败,则披靡横前;申盟誓则慷慨有余;称谲诈则欺诬可见;谈恩惠则煦如春日;纪严切则凛若秋霜;叙兴邦则滋味无量;陈亡国则凄凉可悯。或腴辞润简牍,或美句入咏歌,跌宕而不群,纵横而自得。若斯才者,殆将工侔造化,思涉鬼神,著述罕闻,古今卓绝。如二《传》之叙事也,榛芜溢句,疣赘满行,华多而少实,言拙而寡味。若必方于《左氏》也,非唯不可为鲁、卫之政,差肩雁行,亦有云泥路阻,君臣礼隔者矣。"浦起龙释:"此亦《申左》之余也。《申左》多论载事之离合,此条乃论文字之工拙。"③即指叙事之文字"或腴辞润简牍,或美句入咏歌,跌宕而不群,纵横而自得"。

---

① [唐]刘知几撰,[清]浦起龙释:《史通通释》卷14,上海古籍出版社1978年版,第419—420页。
② [唐]刘知几撰,[清]浦起龙释:《史通通释》卷6,上海古籍出版社1978年版,第150页。
③ [唐]刘知几撰,[清]浦起龙释:《史通通释》卷16,上海古籍出版社1978年版,第451—452页。

2. 叙事

这是刘知几在《史通》中论述最多的地方。刘氏极其推许《左传》叙事,《仿真》云:"盖《左氏》为书,叙事之最。自晋已降,景慕者多,有类效颦,弥益其丑。然求诸偶中,亦可言焉。""盖文虽缺略,理甚昭著,此丘明之体也。至如叙晋败于邲,先济者赏,而云:'上军、下军争舟,舟中之指可掬。'夫不言攀舟乱,以刃断指,而但曰'舟指可掬',则读者自睹其事矣。"①因细节描写具体细微,栩栩如生,而使"读者自睹其事"。总之,《左传》叙事成就突出,并影响了后世的写作,"夫史之称美者,以叙事为先。""其款曲而言人事也,则有犀革裹之,比及宋,手足皆见;三军之士,皆如挟纩。斯皆言近而旨远,辞浅而义深,虽发语已殚,而含义未尽。使夫读者望表而知里,扪毛而辨骨,睹一事于句中,反三隅于字外。"②

(二)韩柳与《春秋左氏传》

唐代韩愈、柳宗元散文创作无疑也受到《春秋左氏传》影响,但在韩柳文章中对此并没有多少阐述。

1. 韩柳正面提到《左传》

韩、柳正面提到《左传》的有三则材料:

(1)韩愈《施先生墓铭》云:"先生明《毛郑诗》,通《春秋左氏传》,善讲说,朝之贤士大夫从而执经考疑者继于门,太学生习《毛郑诗》《春秋左氏传》者,皆其弟子。贵游之子弟,时先生之说二经,来太学,帖帖坐诸生下,恐不卒得闻。先生死,二经生丧其师,仕于学者亡其朋。故自

----

① [唐]刘知几撰,[清]浦起龙释:《史通通释》卷8,上海古籍出版社1978年版,第222、224页。
② [唐]刘知几撰,[清]浦起龙释:《史通通释》卷6,上海古籍出版社1978年版,第165、174页。

贤士大夫,老师宿儒,新进小生,闻先生之死,哭泣相吊。"①贞元十八年韩愈为四门博士,施士丐卒于太学博士任,据《旧唐书·职官志》,太学博士,正六品上。太学博士掌教文武五品已上及郡县公子孙,从三品曾孙之为生者。四门博士,正七品上。四门博士掌教文武七品已上及侯伯子男子之为生者,若庶人子为俊士生者。无论从阶品还是执教对象看,太学博士均高于四门博士,施士丐大历时以《诗》名其学,《韩昌黎文集校注》引《刘公嘉话拾遗》云:"予尝与柳八韩十八诣施士丐听《毛诗》。"

（2）柳宗元《先侍御史府君神道表》:"先君之道,得《诗》之群,《书》之政,《易》之直方大,《春秋》之惩劝,以植于内而文于外,垂声当时。天宝末,经术高第。遇乱,奉德清君夫人载家书隐王屋山。间行以求食,深处以修业,作《避暑赋》。合群从弟子侄讲《春秋左氏》《易王氏》,衎衎无倦,以忘其忧。"②其父柳镇,精《春秋左氏传》。

（3）柳宗元《万年县丞柳君（元方）墓志》,自称"从弟宗元,受族属之教",《墓志》云:"少孤,季父建抚字训道,通《左氏春秋》,贯历代史,旨画罗列,接在视听,嗜为文章,辞富理精。"③

以上三则材料,是说明与韩柳有较亲密关系的人中确有通《左氏春秋》者,他们当对韩柳产生影响。

2. 对《左传》评价的共性

韩愈《进学解》:"沉浸醲郁,含英咀华,作为文章,其书满家。上规姚姒,浑浑无涯;《周诰》《殷盘》,佶屈聱牙;《春秋》谨严,《左氏》浮夸,《易》奇而法,《诗》正而葩。下逮《庄》、《骚》,太史所录,子云相如,同

① ［唐］韩愈撰,马其昶校注:《韩昌黎文集校注》卷6,上海古籍出版社1998年版,第351页。

② ［清］董诰等编:《全唐文》卷588,中华书局1983年版,第5942页。

③ ［清］董诰等编:《全唐文》卷590,中华书局1983年版,第5961页。

工异曲。先生之于文，可谓闳其中而肆其外矣。"①要弄清楚这段话，先引如下两则材料：（1）张说《唐赠丹州刺史先府君碑》："过四十始阅六籍：观《诗》得之厚，观《书》得之恒，观《乐》得之和，观《礼》得之别，观《春秋》得之正，观《易》得之元。"②（2）柳宗元《答韦中立论师道书》："本之《书》以求其质，本之《诗》以求其恒，本之《礼》以求其宜，本之《春秋》以求其断，本之《易》以求其动，此吾所以取道之原也。"③

以上三说略有不同，韩之于"文"，张之于"经"，柳之于"文"而兼及"经"。这里所要说的是，韩文中讲"文"涉及到"经"，和张说"六籍"比较，韩文没有提及的是《乐》和《礼》，此二经似与文学无关。而"上规"为经，"下逮"者则非经。韩愈从文学角度评经书是有区别的，《书》经文字难懂，"佶屈聱牙"，这和刘知几"其辞艰琐、难为讽读"看法一致。当《春秋》和《左传》在一起比较时，则一"谨严"，一"浮夸"。韩愈以"浮夸"评《左传》，"浮夸"一词具体内涵颇难解释，而晋范宁曰"左氏艳而富，其失也巫"当是"浮夸"的最好注释，"艳而富"难免夸大失实之弊。

《进学解》告诉人们，《左传》也是韩愈"沉浸""含咀"之对象，只是认为其特点是"浮夸"，这一点和柳宗元的整体思路及判断一致。柳宗元没有对《左传》文学性的直接评价，但综合其不同场合不同文章的意见，可以理清柳宗元的《左传》文学观点。其一，柳宗元在一篇较为作系统论师道的文章中，论述其取道之原和作文之道，并没有提到《左传》，《答韦中立论师道书》："本之《书》以求其质，本之《诗》以求其恒，本之《礼》以求其宜，本之《春秋》以求其断，本之《易》以求其动，此吾所以取道之原也。参之谷梁氏以厉其气，参之《孟》《荀》以畅其支，参之《庄》《老》以肆其端，参之《国语》以博其趣，参之《离骚》以致其幽，参之太史

---

① ［唐］韩愈撰，马其昶校注：《韩昌黎文集校注》卷1，上海古籍出版社1998年版，第46页。

② ［清］董诰等编：《全唐文》卷228，中华书局1983年版，第2301页。

③ ［唐］柳宗元撰：《柳宗元集》卷34，中华书局1979年版，第873页。

公以著其洁,此吾所以旁推交通而以为之文也。"①这里论述的意义可以和韩愈《进学解》相关内容等同,文中提到《春秋谷梁传》,提到《国语》。其二,将《春秋左氏传》置于"经言"之外,《报袁君陈秀才避师名》:"大都文以行为本,在先诚其中。其外者,当先读六经,次论语孟轲书,皆经言;左氏国语庄周屈原之辞,稍采取之;谷梁子太史公甚峻洁,可以出入。"②文中《左氏》即《春秋左氏传》,它是和《国语》、《庄子》、屈骚同等,属"稍采取之"一类。其三,柳宗元并不否认《春秋左氏传》和《国语》是同一作者,柳宗元《先侍御史府君神道表》云"合群从弟子侄讲《春秋左氏》《易王氏》",《非国语序》云"左氏《国语》",二文中左氏当指同一人。其四,对左氏《国语》持批判态度,《与吕道州温论非国语书》:"尝读《国语》,病其文胜而言尨,好诡以反伦,其道舛逆。而学者以其文也,咸嗜悦焉,伏膺呻吟者至比六经,则溺其文,必信其实,是圣人之道翳也。"③《非国语序》:"左氏《国语》,其文深闳杰异,固世之所耽嗜而不已也。而其说多诬淫,不概于圣。余惧世之学者溺其文采而沦于是非,是不得由中庸以入尧舜之道。本诸理,作《非国语》。"④柳宗元的论述在客观上承认《国语》的文学性,承认其"文胜而言尨"、"深闳杰异"。其五,柳宗元虽未正面评价《春秋左氏传》的文学性,但他认为《春秋左氏传》和《国语》是同一作者。可以这样说,柳宗元对《国语》文学性的评价事实上就隐含了对《春秋左氏传》的文学性评价,《报袁君陈秀才避师名》云"左氏国语庄周屈原之辞稍采取之",左氏即指《左氏传》,它和《国语》排列在一起。《答韦中立论师道书》中云"参之《国语》以博其趣",而参之《左氏传》亦有"博其趣"的功用。尤其是《非国语序》中云《国语》"其说多诬淫","诬淫"者,言过其实也,即范宁所云:"左氏艳

①　[唐]柳宗元撰:《柳宗元集》卷34,中华书局1979年版,第873页。
②　[唐]柳宗元撰:《柳宗元集》卷34,中华书局1979年版,第880页。
③　[唐]柳宗元撰:《柳宗元集》卷31,中华书局1979年版,第822页。
④　[唐]柳宗元撰:《柳宗元集》卷44,中华书局1979年版,第1265页。

而富,其失也巫",联系到《与吕道州温论非国语书》中"病其文胜而言
庞,好诡以反伦",这些观点和韩愈的"《左氏》浮夸"正相同。因此,韩
柳评价《左传》文学性的观点是趋向于一致的。

3. 韩柳创作受《左传》影响

韩愈、柳宗元在唐代是读书甚勤、涉猎甚广的两位优秀作家,韩愈置
《左传》在"上规"之列(《进学解》),柳宗元云"左氏国语庄周屈原之辞
稍采取之"(《报袁君陈秀才避师名》)。韩愈《上兵部李侍郎书》云:"性
于好文学,因困厄悲愁无所告语,遂得究穷于经传史记百家之说,沉潜
乎训义,反复乎句读,砻磨乎事业,而奋发乎文章。凡自唐虞已来,编简
所存,大之为河海,高之为山岳,明之为日月,幽之为鬼神,纤之为珠玑
华实,变之为雷霆风雨,奇辞奥旨,靡不通达。"①其文中"齐桓举以相国,
叔向携手以上"一语则化用《左传·昭公二十八年》典。值得注意的是,
韩愈的同僚、学术前辈施士丐精通《春秋左氏传》;柳宗元的父亲精通
《春秋左氏传》,"合群从弟子侄讲《春秋左氏》《易王氏》"。在中晚唐专
精《左传》的学者太少了,而这两位《左传》专家却与韩柳有特殊关系。

那么,韩柳创作是如何接受或借鉴《左传》的写作经验呢?这并不
是一个易于表述的话题。但韩愈"之于文,可谓闳其中而肆其外矣",文
能闳肆,少不了"左氏浮夸"的影响,柳宗元"参之《国语》以博其趣",
"左氏国语庄周屈原之辞稍采取之",其创作也少不了受《左传》文采意
趣的影响。《左传》毕竟长于叙事,精于言语,韩柳文中这两点也是明显
的。举例来说,《左传》叙事精于细节描写,如《晋公子重耳之亡》中,写
重耳"过卫",受野人块;"及齐",姜氏杀蚕妾,重耳以戈逐子犯;"及
曹",曹共公近观重耳裸浴。这些细节描写生动,对韩柳就有影响,如韩
愈的一些文章也以细节描写而传神,《祭十二郎文》云:"吾与汝俱幼,从
嫂归葬河阳,既又与汝就食江南,零丁孤苦,未尝一日相离也。吾上有

---

① [唐]韩愈撰,马其昶校注:《韩昌黎文集校注》卷2,上海古籍出版社 1998 年版,第
143 页。

三兄,皆不幸早世。承先人后者,在孙惟汝,在子惟吾。两世一身,形单影只。嫂尝抚汝指吾而言曰:'韩氏两世,惟此而已。'汝时犹小,当不复记忆;吾时虽能记忆,亦未知其言之悲也。"①《张中丞传后叙》云:"愈尝从事于汴、徐二府,屡道于两府间,亲祭于其所谓双庙者。其老人往往说巡、远时事,云:南霁云之乞救于贺兰也,贺兰嫉巡、远之声威功绩出己上,不肯出师救。爱霁云之勇且壮,不听其语,强留之,具食与乐,延霁云坐。霁云慷慨语曰:'云来时,睢阳之人不食月余日矣。云虽欲独食,义不忍,虽食,且不下咽。'因拔所佩刀断一指,血淋漓,以示贺兰。一座大惊,皆感激为云泣下。云知贺兰终无为云出师意,即驰去,将出城,抽矢射佛寺浮图,矢著其上砖半箭,曰:'吾归破贼,必灭贺兰,此矢所以志也!'愈贞元中过泗州,船上人犹指以相语。城陷,贼以刃胁降巡,巡不屈。即牵去,将斩之;又降霁云,云未应,巡呼云曰:'南八,男儿死耳,不可为不义屈!'云笑曰:'欲将以有为也,公有言,云敢不死!'即不屈。"②研究古文与传奇小说的关系,应关注其与《左传》叙事的联系。

三

《春秋左氏传》大量描写战争,这一因素也影响了唐人读《左传》的兴趣,因此《左传》和兵法有了联系。

---

① [唐]韩愈撰,马其昶校注:《韩昌黎文集校注》卷5,上海古籍出版社1998年版,第337页。
② [唐]韩愈撰,马其昶校注:《韩昌黎文集校注》卷2,上海古籍出版社1998年版,第76页。

(一)《左传》新读者

《春秋左氏传》是唐代科举教育和考试的重要内容,但因其篇幅过大,渐为士子所放弃,所谓"人之常情,趋少就易,三传无复学者",殷侑的说法肯定有些夸大其辞,但《左传》字数最多,读《左传》者人数最少当是事实。按诸常情,社会上也还会有一些士子读《左传》和考《左传》。从家庭教育看,毕竟有像柳镇那样的人在"群从弟子侄"中讲授《左传》;从国家教育看,也有像施士丏那样的太学博士教授"太学生习《毛郑诗》《春秋左氏传》"。还有一些并非为科举考试而有兴趣读《左传》的,如刘知几读《左传》"寻绎不倦,览讽忘疲"。另外,学者为了研究也得读《左传》,如中唐的啖助、陆淳和赵匡,以及受其影响的文士。

但还有一现象值得注意,唐代出现了一批有别于经学、史学和文学的新读者,即一些武人喜欢读《左传》,例如:(1)哥舒翰,《新唐书·哥舒翰传》:"又事王忠嗣,署衙将。翰能读《左氏春秋》、《汉书》,通大义。"①(2)浑瑊,《新唐书·浑瑊传》:"瑊好书,通《春秋》、《汉书》。尝慕《司马迁自叙》,著《行纪》一篇,其辞一不矜大。"②结合《高固传》可以推知浑瑊通《春秋左氏传》。(3)高霞寓,《旧唐书·高霞寓传》:"霞寓少读《左氏春秋》及孙吴兵法,好大言,颇以节概自许。贞元中,徒步造长武城使高崇文,待以犹子之分,擢授军职。"③(4)高固,《旧唐书·高固传》:"固生微贱,为叔父所卖,辗转为浑瑊家奴,号曰黄芩。性敏惠,有膂力,善骑射,好读《左氏春秋》。瑊大爱之,养如己子,以乳母之女妻之,遂以固名,取《左氏传》高固之名也。"④(5)张仲武,《旧唐书·张仲武传》:"范阳人也,仲武少业《左氏春秋》,掷笔为蓟北雄武军使。"⑤

---

① [宋]欧阳修、宋祁等撰:《新唐书》卷135,中华书局1975年版,第4569页。
② [宋]欧阳修、宋祁等撰:《新唐书》卷155,中华书局1975年版,第4894页。
③ [后晋]刘昫等撰:《旧唐书》卷162,中华书局1975年版,第4249页。
④ [后晋]刘昫等撰:《旧唐书》卷152,中华书局1975年版,第4077页。
⑤ [后晋]刘昫等撰:《旧唐书》卷180,中华书局1975年版,第4677页。

（6）田弘正，《新唐书·田弘正传》："弘正性忠孝,好功名,起楼聚书万余卷,通《春秋左氏》,与宾属讲论终日。"①

另有一类是志存高远,深于谋略者,例如:(1)裴炎,参与武则天废中宗,《旧唐书·裴炎传》："有司将荐举,辞以学未笃而止。在馆垂十载,尤晓《春秋左氏传》及《汉书》。"②(2)苏安恒,《新唐书·苏安恒传》："冀州武邑人。博学,尤明《周官》、《春秋左氏》学。武后末年,太子虽还东宫,政事一不与,大臣畏祸无敢言。安恒投匦上书曰……。"③(3)李德裕,《旧唐书·李德裕传》："德裕幼有壮志,苦心力学,尤精《西汉书》、《左氏春秋》。耻与诸生同乡赋,不喜科试……以父遣逐蛮方,随侍左右。"④(4)刘蕡,《旧唐书·刘蕡传》："博学善属文,尤精《左氏春秋》。与朋友交,好谈王霸大略,耿介嫉恶。言及世务,慨然有澄清之志。"⑤

（二）《春秋左氏传》与兵法

在上面的分析中已经看到,高霞寓读《春秋左氏传》和孙吴兵法。其实在唐代有人是把《春秋左氏传》当作兵书来读的,《左传》记录了大量的战例,并对战争成败的原因多有分析,如《曹刿论战》,就是讨论战争过程和取胜原因的。唐以前就有武人读《左传》之例,如《后汉书·冯异传》："好读书,通《左氏春秋》、《孙子兵法》。"《梁书·羊侃传》："雅爱文史,博涉书记,尤好《左氏春秋》及《孙吴兵法》。"⑥但将《左氏春秋》、《孙子兵法》或《孙吴兵法》合观却有其妙处,《孙子兵法》只是在理论上阐述用兵之法,而《左传》有大量战例,理论和战结合起来,相辅相

---

① ［宋］欧阳修、宋祁等撰:《新唐书》卷148,中华书局1975年版,第4784页。
② ［后晋］刘昫等撰:《旧唐书》卷87,中华书局1975年版,第2843页。
③ ［宋］欧阳修、宋祁等撰:《新唐书》卷112,中华书局1975年版,第4167页。
④ ［后晋］刘昫等撰:《旧唐书》卷174,中华书局1975年版,第4509页。
⑤ ［后晋］刘昫等撰:《旧唐书》卷190,《文苑传下》,中华书局1975年版,第5084页。
⑥ 参见沈玉成、刘宁:《春秋左传学史稿》,江苏古籍出版社2001年版,第134页。

成，就更易于理解和操作，以便指导实战。

唐人深明《左传》的用兵之道，于休烈《请不赐吐蕃书籍疏》云："且臣闻吐蕃之性，剽悍果决，敏情特锐，喜学不回。若达于《书》，必能知战。深于《诗》，则知武夫有师干之试；深于《礼》，则知月令有废兴之兵；深于《传》，则知用师多诡诈之计；深于《文》，则知往来有书檄之制。何异借寇兵而资盗粮也！""若陛下虑失蕃情，以备国信，必不得已，请去《春秋》。当周道既衰，诸侯强盛，礼乐自出，战伐交兴，情伪于是乎生，变诈于是乎起，则有以臣召君之事，取威定霸之名。若与此书，国之患也。"①诸书中最利于吐蕃者莫过于《春秋左氏传》，因其有"用师诡诈之计"。有人谓《左传》为"武经"，权德舆《刘公纪功碑》："公姓刘氏，彭城人，少沈毅尚气节，得大《易》之师贞，《春秋》之武经，肇自幼学，揣摩感概。"②弃文从军而想建功立名者，当读《左传》和《兵法》，权德舆《马燧行状》："年十四从师讲学，因辍卷喟然曰：'大丈夫当建功立名，以康济天下，岂能矻矻为章句儒耶？'读《左氏春秋》、孙吴《兵法》，与历代君臣大本，成败大较，忠贤功用，奇正方略，会其归趣，妙指诸掌。"③杜预为《春秋左氏经传集解》，也当与此相关，尽管他自陈"家世吏职，武非其功"（《晋书·杜预传》），但他以武功名是事实。将《左传》和兵法二者关系说得明白的还是苏轼，其《管仲论》云："昔者尝读《左氏春秋》，以为丘明最好兵法。"④其实唐诗中已有这样的表述，张说《奉和圣制送王晙巡边应制》云："礼乐知谋帅，春秋识用兵。"⑤杜甫《八哀诗·赠司空王公思礼》云："晓达兵家流，饱闻春秋癖。"⑥将兵家和《春秋》（即《春秋

---

① ［清］董诰等编：《全唐文》卷365，中华书局1983年版，第3717页，又见《旧唐书·吐蕃上》卷207。
② ［清］董诰等编：《全唐文》卷496，中华书局1983年版，第5060页。
③ ［清］董诰等编：《全唐文》卷507，中华书局1983年版，第5159页。
④ ［宋］苏轼：《苏轼文集》卷3，中华书局1986年版，第88页。
⑤ ［清］彭定求等编：《全唐诗》卷88，上海古籍出版社1986年版，第227页。
⑥ ［清］彭定求等编：《全唐诗》卷222，上海古籍出版社1986年版，第532页。

左氏传》)并举,也隐含了这样的意思,只是没有得到人们的关注而已。也有习《春秋左氏传》而用兵不当者,典型如房琯,《旧唐书·房琯传》载:"十月庚子,师次便桥。辛丑,二军先遇贼于咸阳县之陈涛斜,接战,官军败绩。时琯用春秋车战之法,以车二千乘,马步夹之。既战,贼顺风扬尘鼓噪,牛皆震骇,因缚刍纵火焚之,人畜挠败,为所伤杀者四万余人,存者数千而已。"①看来房琯不能灵活运用古代兵法,《旧唐书》评曰:"琯好宾客,喜谈论,用兵素非所长。"

（三）杜牧注《孙子兵法》多引《春秋左氏传》

如上所述,《春秋左氏传》记事最突出的是描写战争,《左传》一书记录了大小数百次战争,如城濮之战、崤之战、邲之战、鄢之战、鄢陵之战,《左传》除直接写战争过程外,著笔较多的还有对战争缘起及战后结果的叙述和分析,这正是兵书所需要揭示的内容。早期注《孙子兵法》的曹操,偶有一例是引《左传》的,《军争篇》云"故善用兵者,避其锐气,击其惰归,此治气者也⋯⋯",曹操注云:"《左氏》言一鼓作气,再而衰,三而竭。"此见《左传·庄公十年》,即名篇《曹刿论战》。杜牧《注孙子序》所言,"武所著书,凡数十万言,曹魏武帝削其繁剩,笔其精切,凡十三篇,成为一编。曹自为序,因注解之,曰:'吾读兵书战策多矣,孙武深矣。'然其所为注解,十不释一,此者盖非曹不能尽注解也。予寻《魏志》,见曹自作兵书十余万言,诸将征伐,皆以新书从事,从令克捷,违教者负败。意曹自于新书中驰骤其说,自成一家事业,不欲随孙武后尽解其书,不然者,曹岂不能耶! 今新书已亡,不可复知。"②曹操注《孙子兵法》,基本未用《左传》例,是因为简约精切的体例。

但从现存《孙子兵法》注看,有意于用《左传》释兵法的是杜牧。唐代李筌、陈皞、孟氏注《孙子兵法》,偶用《左传》例,而杜牧注孙子兵法,

---

① [后晋]刘昫等撰:《旧唐书》卷111,中华书局1975年版,第3320页。
② [唐]杜牧撰:《樊川文集》,上海古籍出版社1978年版,第151页。

用《左传》例较多，如《计篇》"兵者，国之大事。"杜牧曰："《传》曰：'国之大事，在祀与戎。'"①（页1）又"天者，阴阳、寒暑、时制也。"杜牧曰："《左传》昭公三十二年夏，吴伐越，始用师于越，史墨曰'不及四十年，越其有吴乎？越得岁而吴伐之，必受其凶。'注曰：'存亡之数，不过三纪，岁星三周三十六岁。故曰不及四十年也。'此年岁星在纪，星纪，其分也，岁星所在，其国有福，吴先用兵，故反受其殃。哀二十二年，越灭吴，至此三十八岁也。"（页4）又"将听吾计，用之必胜，留之；将不听吾计，用之必败，去之。"杜牧曰："若彼自备护，不从我计，形势均等，无以相加，用战必败，引而去之。故《春秋传》曰：'允当则归也。'"（页11）又"用而示之不用。"杜牧曰："此乃诡诈藏形。夫形也者，不可使见于敌；敌人见形，必有应。《传》曰：'鸷鸟将击，必藏其形。'如匈奴示羸老于汉使之义也。"（页13）"乱而取之。"杜牧曰："敌有昏乱，可以乘而取之。《传》曰：'兼弱攻昧，取乱侮亡，武之善经也。'"（页14）杜牧引唐前战事释《孙子兵法》，其中亦有直接引用《左传》而不注出处的，如《军争篇》"锐卒勿攻。"杜牧曰："避实也。楚子伐隋。隋臣季良曰：'楚人尚左，君必左，无与王遇。且攻其右，右无良焉，必败。偏败，众乃携矣。'隋少师曰：'不当王，非敌也。'不从，隋师败绩。"（页154）此见《左传·桓公八年》。《地形篇》"大吏怒而不服，遇敌怼而自战，将不知其能，曰崩。"杜牧曰："春秋时，楚子伐郑，晋师救之，伍参言于楚子曰：'晋之从政者新，未能行令。其佐先縠刚愎不仁，未肯用命。其三帅者，专行不获，听而无上，众无适从。此行也，晋师必败。'"（页223）此见《左传·宣公十二年》。可见，熟读《左传》才能如此娴熟引用。杜牧注《孙子兵法》引用《左传》例还不是很多，却将《左传》和兵法的密切关系显示出来。

杜牧《注孙子序》："冉有曰：'即学之于孔子者，大圣兼该，文武并

---

① 孙武撰，曹操等注，杨丙安校理：《十一家注孙子校理》，中华书局2004年版，新编诸子集成本。

用,适闻其战法,犹未之详也.'复不知自何代何人分为二道,曰文曰武,离而俱行。因使缙绅之士,不敢言兵,或耻言之,苟有言者,世以为粗暴异人,人不比数。呜呼! 亡失根本,斯最为甚。"①(150 页)故裴延翰《樊川文集序》云:"尚古两柄,本出儒术,不专任武力者,则注《孙子》而为其序。"②杜、裴之论传达出两个信息:一是时人有文人不论武之习俗;二是为文人论武事正名,所谓文武二道实本于儒术一途。故唐代注《孙子兵法》之李筌、陈皞、孟氏都名位不彰,李筌事迹稍有可采;陈皞,生平不详;孟氏则名号生平皆不详。这也应了杜牧之言,怕担上"粗暴异人"之恶名。

《春秋左传》学在唐代有相当大的影响,初唐《五经正义》修撰为唐代的发展在国家意识形态和教育制度上起到规范作用;中唐啖助、赵匡、陆淳"春秋学"的舍传求经开宋学先河。围绕这些内容展开的唐前后期经学转变、唐宋儒学转型、柳宗元的春秋学等课题的讨论,无疑深化了唐代《春秋左传》学的研究,这一方面成果也比较饱满。本文则避开这些话题,跳出经学的设限,而从史学、文学、兵学的角度对唐代《春秋左传》学进行探讨,相对于传统的论述范围,本文只是从侧面看经学,故谓之"别论"。

本文认为《左传》在经学中有其特殊性,除经学外,它身上还被赋予了史学、文学、兵学(属于子学类)的特质。因此本文有如下思路:

当将《春秋》看成史时,其经典意义仍然存在,只是在实际操作中,《左传》的史实已成为他们论证现实行为合理性的文献资料和有史可循的古典依据;文学视野中的《左传》,因其和经学有割不断的联系,人们对其评价是审慎的,对其吸收也是含蓄的;而人们理解《春秋左氏传》中的兵学要素,更具有实用性。从史学、文学和兵学角度思考和研究《春秋左氏传》,对经学而言,更具有了拓展的现实空间。

①　[唐]杜牧撰:《樊川文集》,上海古籍出版社 1978 年版,第 150 页。
②　[唐]杜牧撰:《樊川文集》(序),上海古籍出版社 1978 年版,第 2 页。

（《隋唐五代经学国际研讨会论文集》，主编蔡长林，台北"中央研究院"中国文哲研究所，2009 年 6 月）

初唐诗赋咏物"兴寄"论

陈子昂《与东方左史虬修竹篇序》中提出"兴寄"以论诗,其云:"仆尝暇时观齐梁间诗,彩丽竞繁而兴寄都绝。每以永叹,思古人,常恐逦逶颓靡,风雅不作,以耿耿也。"兴寄,即比兴寄托,风、雅、颂、赋、比、兴是《诗经》六义,这里讲"兴寄都绝",故恐其"风雅不作"。而结合陈子昂写此序的缘起,还可以看出,这里的"兴寄"实在是指咏物的"兴寄",他在序中极力赞扬东方虬的《孤桐篇》并作《修竹篇》示于知音,一咏孤桐、一赋修竹,同样是借咏物来寄托自己的情志。在风格上当然也就实现着对"汉魏风骨"的"骨气端翔,音情顿挫,光英朗炼,有金石声"的美学追求。"兴寄"在后来的唐代诗人那里内涵上又有了一些变化,已成为"美刺讽喻"的代名词,包含着方法在内的"比兴寄托"基本上成了对内容的要求,如元稹认为自己的诗"稍存兴寄","兴寄"就是要求诗有美刺讽喻的内容,这与陈子昂提出的"兴寄"还不能视为同一意思。

陈子昂在《与东方左史虬修竹篇序》中提出"风骨"和"兴寄",对唐诗的发展有着杰出的意义,"兴寄"和"风骨"的统一成了陈子昂追求的文学理想,而东方虬的《孤桐篇》和他的《修竹篇》无疑是充分地体现了陈子昂的诗学主张。如果我们把"兴寄"解释为比兴寄托或托物言志言情的话,则唐初至陈子昂时文学创作中的"兴寄"未曾间断,他们的创作有感而发、咏物"兴寄",一些作家在他们的诗、赋创作中对此都作过积极的探索,为盛唐诗的繁荣和全面发展积累了许多经验,这在唐代文学的发展中是不能疏略的。

　　各种文学样式在发展中都存在着相互影响、相互渗透的联系,诗和赋在初唐的交叉影响已引起学术界的关注。庾信《春赋》多用五七言句式,此类小赋对唐代歌行体诗有很大影响,许梿评曰:"六朝小赋,每以五七言相杂成文,其品致疏越,自然远俗,初唐四子,颇效此法。"解题又云:"赋中多类有七言诗者,唐王勃、骆宾王亦尝为之,云效庾体。"(《六朝文絜笺注》)唐初赋家多以七言句入赋,而七言歌行则吸收其铺陈手法和句型的形式。作为表现手法,比兴更是不受文体之限,或用之于诗,或用之于赋,皆以寄托情志。讨论诗和赋的"兴寄",同样可以帮助我们审视唐代文学发展的过程。作为陈子昂"风骨"、"兴寄"之一端,比兴寄托在初唐已被许多作家所注意,赋的"兴寄"成了初唐赋很重要的表现手法和抒情形式。

　　赋的咏物兴寄,从全篇考察,当以屈原的《桔颂》为初祖,汉初贾谊的《鹏鸟赋》、曹植的《洛神赋》都是借咏他事他物以托喻己志的。南北朝咏物赋时有,但必须看到是已很少"兴寄",多为极声貌以穷文,刻形镂象,那些优秀赋作一般也是如此,庾信有咏物《镜赋》、《灯赋》,只是如许梿所评:"选声炼色,此造极颠。"《镜赋》中写美人未梳妆之时:"玉花簟上,金莲帐里。始折屏风,新开户扇。朝光晃眼,早风吹面。临桁下而牵衫,就箱边而著钏。宿鬟尚卷,残妆已薄。无复唇珠,才余眉萼。匱上星稀,黄中月落。"写镜高古则云:"镂玉色之盘龙,刻千年之古字。"写美人临镜梳妆打扮云:"鬓齐故略,眉平尤剃。飞花砖子,次第须安。朱开锦蹻,黛蘸油檀。脂和甲煎,泽渍香兰。量髻鬟之长短,度安花之相去。"全赋着力描写镜以及相关的物象,几乎没有"比兴",看不出有何寄托,也可以说"彩丽竞繁"而已。唐初的有些赋予之一比较,明显看出尽管写法上尚不能脱尽雕琢藻饰,但已在逐渐向疏宕活泼上发展,特别是那些咏物赋则以新的面貌、新的姿态登场了。这类赋的特点不是为了咏物而咏物，而是借咏物来抒情言志，将自己的人生感叹、对社会的理解溶入赋中，并以理性的姿态去审视自然物象景观，艺术地重塑自然。客观物象激发作者的心灵，在心灵情绪的颤动中感受外物的自我映照，"兴寄"之"寄"在创作中具有利用表现手法统摄内容的主动作用，推究赋人之心，有异于南朝作家，咏物之赋并非炫博争巧，而是触物生情，有感而发。

魏征《道观内柏树赋》序文向我们叙写了一篇赋产生的情景："玄坛内有柏树焉，封植营护，几乎二纪。枝干扶疏，不过数尺，笼于众草之中，覆乎丛棘之下，虽磊落节目，不改本性。然而翳荟蒙茏，莫能自达也。惜其不生高峰，临绝壑、笼日月、带云霞，而与夫拥肿之徒，杂糅兹地。此岂所谓方以类聚，物以群分者哉。在感于怀，喟然而赋。"作赋之因全在一个"感"字。这不就是陈子昂强调的有为而作吗？这里作者写柏树，写一棵二纪不过数尺柏树，从选题上看，作者就别有一番怀抱，正在从对象中感受到自己的存在，所谓以物写心，正如心理学家阐释的那样，创作一方面要求主体从自己的心理定势、情感格局出发去体验他想表现的对象，而这种体验必须浸透、灌注了主体独特生气；另一方面也要求作家必须遵从表现对象的"内在固有的尺度"，必须使体验的内容符合他所面对的人、事、景的"天性"，咏物作品的产生应该是这样一个过程，在"感"下不能不"言"，又在主体意识的统摄下去进行"物"与"情"的双向流动。柏树不改本性的情操和生非其地的悲怆正是作者自身的写照。这种赋作的出现对恢复汉魏赋比兴寄托的传统和赋的题材拓展及深入上亦具有意义。尽管南朝咏物赋并非全无寄托，但是其大部分应该说是贵族阶层的点缀，其取材多为生活圈里的美人和玩物，灯、烛、镜、台等，本身就充满珠光宝气，很适应当时的文化氛围，足以去表现他们一代人的艺术才华和审美追求。尽管南朝文人笔下也有竹、树的表现，但不重视"感"在人与物之间的联系。而象魏征笔下的松树散发着自然的生机和情韵，至为关键的是玄坛柏树的自然属性已注满了创作者独特的遭际和情感意志。

魏征柏赋的创作无疑是有时代意义的,这种现象并非偶然。结合赋予序文,我们大略可知此赋产生于隋末唐初。天下大乱,中原逐鹿,有志之士不能不忧虑,隋朝虽然统一南北,但由于帝王的荒淫而使天下动荡,人们又在寻找明主企求济世救民,这种情景使人易想起汉末建安,社会动乱,民生疾苦,这些下层文士体会尤深,怀抱大志而又无由申达,黎民涂炭而不能拯救,一旦遭逢明主,则激昂奋发,魏征作品同样表现了建功立业的理想和忧民忧天下的情怀,他的《述怀》诗亦可视为"志深而笔长"、"梗概而多气"。"中原初逐鹿,投笔事戎轩。纵横计不就,慷慨志犹存。杖策谒天子,驱马出关门。请缨系南粤,凭轼下东藩。郁纡陟高岫,出没望平原。古木鸣寒鸟,空山啼夜猿。既伤千里目,还惊九折魂。岂不惮艰险,深怀国士恩。季布无二诺,侯嬴重一言。人生感意气,功名谁复论。"诗歌的格调、气度、潜在的情感流动和慷慨悲怆的内在力度,完全是典型的"建安风骨"!有人说这首诗放在初唐不可思议,有人说这是词坛外的作品,如此说不免搔不着痒处。历史有惊人的相似之处,文学史亦复如此。卢照邻《南阳公集序》云:"虞、李、岑、许之俦,以文章进;王、魏、来、褚之辈以才术显,咸能起自布衣,蔚为卿相。"所进殊术,所自则同,这些人布衣之时,若发为文章,都弹奏出慷慨悲凉的旋律。如虞世南布衣时期即有"轻生殉知己,非是为身谋"(《结客少年场行》)的慷慨悲凉;也有"耿介倚长剑,日落风尘昏"(《出塞》)的纵横豪气。但是隋唐之际的过渡毕竟不长,统一安定很快代替纷争不宁,那些起自布衣的诗人已经走上政治舞台,峨冠博带迈着方步进入宫闱,他们的讴歌多少成了国家升平的点缀、天子英明的颂词。那些随着帝国诞生而诞生的年轻一辈诗人已感受不到先辈的戎马悲吟,他们更多地看到"龙衔宝盖承朝日,凤吐流苏带晚霞"(卢照邻《长安古意》)、"游妓皆秾李,行歌尽落梅"(苏味道《五月十五日夜》)。骆宾王大概武德九年生,卢照邻约贞观十年生,杜审言大概贞观十九年生,王勃、杨炯大概要到高宗永徽元年才出生。就是魏征、虞世南这批过来人都成为了宫廷的达官贵人，也觉得那些悲壮的诗作和唐帝国的雍容富丽相比显得寒惨，也就无兴趣保存微时之作，再说马背上吟成的诗也不易存留，致使后人视《述怀》等如凤毛麟角。尽管这段时间有关文学史的材料已不多见，很难把隋末唐初的文学面貌理清，但有一点应该确信：由六朝到唐，这些慷慨悲凉的文学创作对荡涤六朝粉脂、把诗文创作引向健康向上一路在客观上起到了一定作用。由此我们也看到文学和时代环境的联系，文学是现实生活的反映，《道观内柏树赋》以其独特风格呈现在文坛，包含着多么丰富的时代内容。

魏征《道观内柏树赋并序》激荡着不平之气，慷慨之音。尽管柏树不过数尺，杂厕于众草丛棘之中，然而不改其性。作者紧紧扣住柏和其环境的关系，一方面是杂草短树对柏的遮掩；另一方面则是柏树对其环境的不满，本性不改，常有凌云出俗之希冀。感叹柏不生高峰，借势自举，表明作者不满处于寒素的地位，希望一朝能得其大用。赋中毫无庄子树之于无何有之乡，逍遥于无为之侧的隐遁，只有不为时用的悲愤，形成文章沉郁苍凉的美学风格。赋中极力歌颂柏树的本性："唯旭旭之庭柏，禀自然而醇粹。涉青阳不增其华，历玄英不减其翠。原斯木之攸挺，植新甫之高岑。干霄汉以上秀，绝无地而下临。笼日月以散彩，俯云霞而结阴。迈千祀而逾茂，秉四时而一心。"一旦移植于玄坛之内，则"高节未彰，贞心谁识。既杂沓乎众草，又芜没乎丛棘。匪王孙之见知，志耿介其何极。"尽管这样，柏树高峻贞固，成了人们对理想人格的寄托，他们咏松咏柏已不是简单地诠释孔子岁寒后凋的赞扬，而是选取一个观照角度，这可能受左思《咏史诗》"郁郁涧底松"的启示，但作者因特定而具体的时地感发而作，通篇专咏一柏，又非左思泛咏可比。

崔敦礼的《钟松赋》是以种树之难喻养德之不易。这种反思可能与乱后寻找思想武器的背景相关。赋的形式显然受到扬雄《解嘲》、贾谊《鵩鸟赋》的影响，采用主客问答阐明自己的情志和对生活的理解。赋云"崔子居山间,种松于东冈之上,本舒而平,培土而密筑。其殖之也,若稚秧之插;其忧之也,若婴儿之育。"此写植松之勤勉,下面宕开一笔,设客诘问:"勤矣,子之种松也。吾闻天施地生,雨露则一,草木之长,于松为啬。经年仅益于毫末,再岁尚湮于蓬棘。盖屡补而莫齐,或百枚而得一。形如偃盖兮,待千岁之久;化为伏龟兮,由百岁之积。今子施种艺之功,竭壅培之力,以附土之寸根,待干云于异日,不其迂哉?"客人因主人种松之"勤"发出感叹,认为主人不必如此勤勉,而去栽植必待百岁千年才能成势的松树。主人因客之问引出正面的"答客难",这是《种松赋》的主旨:桃李、榆柳虽极易成熟茂盛,一经飞雪严霜则颠落凋零,而松茂参天,历四时不改其操守;"兹众木之凡姿,与夫百草之弱质者所能比哉!"作者又从种松之难,引申到"殖德者不贵其苟",应该"养其小以成大,蓄诸微而至著"。以平常事物为喻,阐明人生的要义,言近而旨远。在初唐赋中,它独具一格,文字平实自然,构思新颖不落俗套,文势跌宕,寄托深刻,对后代韩柳散文都有一定影响,柳宗元《种树郭橐驼传》写郭橐驼善于种植,顺应自然,由"养树"说到"养人",其旨有异,但手法与《种松赋》多相似。

谢偃《高松赋》当作于出为湘潭令之时。赋中借松作比,"岂兹木之足叹,亦前贤之所规。伊吾生之命舛,怀丹诚而莫披。"于此可见谢偃写松与其命运乖舛有关,赋中明显糅合着人生之感叹、身世之悲慨。以一系列意象写松之挺茂孤直。众木凋零之时,唯松"独洁固而不渝,常猗猗而结翠。始见贞而表洁,乃以丛而辨类"。作者创作《高松赋》旨在说明松元性高洁,即使不为所知,仍然贞固自守,这实际上是其遭逢贬谪、明其无辜的夫子自道,那"收高节而自珍"的感叹自有无可奈何的宽慰和激愤不平的怨恨。

魏征、谢偃、崔敦礼三赋同为咏松柏,但各有其观照角度,而这正是受各自遭遇、情怀、人生价值取向的制约,因特殊情境的感受成为各自咏叹的思想内涵。魏征慨叹怕树囿于玄坛不能申达,谢偃悲伤松树不为人了解,而崔敦礼则从种松角度斥责善走捷径的庸夫俗子。这三篇赋都是托物喻志、借物抒情,用"兴寄"而不尚隐晦,用赋法而不尚藻饰。这些赋不是学习汉大赋的"劝百讽一",而是彰扬屈贾以来借咏物通篇见意的表现手法。

初唐四杰在以"赋"来"兴寄"方面也作过积极的尝试。他们的赋作较多,多数赋仍然在文词上下功夫,一些咏物赋却因感而发,有比较深刻的内涵。卢照邻《穷鱼赋》是一短赋,据《序》云:"余曾有横事被拘,为群小所使,将致之深议,友人救护得免。窃感赵壹穷鸟之事,遂作《穷鱼赋》。"此赋创作动机是感恩,但其中对"群小"作了尖刻的鞭挞。这样的赋已不是驰骋言辞、徒作呻吟,而是带有强烈的感情去创作,抒发不可抑止的内心愤慨。他的《病梨树赋》虽是自我安慰之词,同样是触物动情的作品,借"病树"以"兴寄"。他久卧病榻,因庭中唯有的一棵病梨树而引起生命之悲,赋中夹杂着比较浓的悲愁。尽管如此,作者是从生命意识来审视自然人生的,在形式上重表现,把南朝赋崇尚的以华丽的藻饰再现物象的形体放在很次要的位置。

王勃在赋中常常流露的是"时运不济,命运多舛"的人生喟叹,他旅游蜀地,至一人迹罕到之处,见一松树冒霜带雪,苍然百丈,遂叹息此松"托非其所",感作《涧底寒松赋》。赋中直抒胸臆:"徒志远而心屈,遂才高而位下。"借松"兴寄"自己身居下位而心比天高的情怀。《序》云:"物有类而合情,士因感而成兴。"就是说主体在客体中找到情感的对应物,正可寄托自己的感情志操,故写成咏物赋。这句话也差不多包含了陈子昂"兴寄"说的基本内容。《青苔赋》也是"爱憎从而生遂作"的,青苔本是寻常物,却引起作者注意,这种感发不是缘于苔之形,而是缘于苔之所处的变更产生不同的观感。《慈竹赋》虽写"思归",却感于"好事君子,止为阶庭之玩",不解竹之"不背仁以贪地,不藏节以遁时。故其贞不自炫,用不见疑"。可知不仅是乡关之思。《江曲孤凫赋》是抒发"甘辞稻粱之惠焉,而全饮啄之志也",天地之大,何必处于华池之内,其激情溢于字里行间。

骆宾王的《萤火赋》与《在狱咏蝉》是同期作品,赋序云:"余猥以明时,久遭幽絷,见一叶之已落,知四运之将终。凄然客之为心乎,悲哉秋之为气也。光阴无几,时事如何。大块是劳生之机,小智非周身之务。嗟乎,绨袍非旧,白首如新。谁明公冶之非,孰辨臧仓之愬。是用中宵而作,达旦不瞑。睹兹流萤之自明,哀此覆盆之难照……事有沿情而动兴,因物而多怀,感而赋之,聊以自广。"作者身囚狱中,终日面对着一个固定的环境,只有天地运转带来四季的交替,对自然界的细微变化特别敏感,见一叶陨落,知四运将终,闻蝉声鸣叫,而起凄凉之情。见萤火而生感伤,萤火尚能自明,可自己无法陈冤,其悲痛之极,忧思之深,全托于蝉、萤而出之。作者百感交集,对区区萤火报以羡慕之意,萤火自由自在,应变自然,自己则不能"随隐显而动息,候昏明以进退"。

杨炯的咏物赋有多篇,如《浮沤赋》、《卧读书架赋》、《幽兰赋》,结合其生平,有些还是有"兴寄"的,多数尚为泛泛咏物,如《庭菊赋》还是和同僚的应命之作。

初唐赋"有类而合情"、"因感而成兴",咏物之作已不独是形体的刻镂,表现为对内在精神的个性化的挖掘塑造,注重情、物的融和。随着科举试赋的日趋程序化限制了艺术主体的创作,依题作文,为文造情,赋又失去了初唐人艰辛探索的触物兴感的创作契机,盛唐咏物既少又不太佳与此有关。中晚唐社会矛盾尖锐,赋多讽喻,特别是古文运动兴起,托物言情说理又多让于散文了。

诗赋体异而用同,骆宾王《萤火赋》和《在狱咏蝉》都是咏物佳作。但细加分析,初唐咏物"兴寄"诗反不及赋那样普遍被人用来"兴寄"情怀。初唐咏物赋有一特点就是虽用"兴寄"而不隐晦其义,既有《序》文记叙其作赋用心,又在赋文中直接点明。诗则不然,很少有序,短小篇幅很难详参出咏物有无寓意,应该看到咏物在题材上颇多因袭,经过历代人的吟唱,已抽象出许多象征性品格,如竹之节、松之贞,仅仅是泛咏它们的品格还不能皆指为有寄托，主要应推求其写作动机以及主体是否赋予客体一种特定的性格、感情。比如骆宾王有《秋晨同淄川毛司马秋九咏·秋蝉》，其他则是咏风、云、月、露、水、萤、菊、雁诸物象，大致是泛咏，虽不能排除有"微讽"之意，但看不出有特殊的寄托。咏蝉诗只是借用典故写秋蝉的清寒。而他的《在狱咏蝉》则不然，就如其《萤火赋》一样是"兴寄"之作，其诗序已明示其意，这首诗因蝉而起兴，抒写自己高洁之情而身陷囹圄无由陈说的苦恼悲哀，"露重飞难进，风多响易沉"完全是囚徒式的自况和群小陷人于非地的写照。诗的格调苍凉，一扫南朝以来宫廷诗人咏物的无病呻吟，开辟了融汉魏兴寄于咏物之中的新境界。张戒《岁寒堂诗话》卷上论及："潘陆之后，专意咏物，雕琢刻镂之工日以增，而诗人之本旨扫地尽矣。"用这概括南朝咏物诗大体得之。

咏物本是文人写作常用的题材，诗人相聚，各赋一物，这也就造成文人咏物诗题材的雷同。如苏味道《咏雾》、《咏虹》、《咏霜》，董思恭《咏日》、《咏月》、《咏云》、《咏风》、《咏雾》、《咏露》，现存咏物诗最多的当数李峤，大致不出风、云、水、石，这些诗基本上是承南朝咏物诗的题材和表现技巧。有一些人不满于这种毫无生气的状况，尽管是诗歌唱和，也写进自己的身世之悲，力图改变这种专意咏物的艳丽柔弱的诗风。如卢照邻和温县明府的《失群雁》，就寄托着个人的感慨，他此时卧疾，此诗命意和《病梨树赋》是一致的，"毛翎频顿"、"羽翮摧颓"的失群孤雁也就象征着诗人的自我处境和自身状况。

无论怎么说，骆宾王、卢照邻的咏物诗虽已突破六朝专意咏物的藩篱，但其格局气象毕竟还比较褊狭。郭震的《古剑篇》以全新的姿态出现于诗坛，古剑焕发出新生命的光彩，已微微散发出盛唐诗那种昂扬奋发、气势恢宏的浪漫情调，辉映着唐人"任侠使气"的风采。诗起得突兀，结语出人意想：

　　　　君不见昆吾铁冶飞炎烟，红光紫气俱赫然。
　　　　良工锻炼凡几年，铸得宝剑名龙泉。

　　龙泉颜色如霜雪，良工咨嗟叹奇绝。

　　琉璃玉匣吐莲花，错镂金环映明月。

　　正逢天下无风尘，幸得周防君子身。

　　精光黯黯青蛇色，文章片片绿龟鳞。

　　非直结交游侠子，亦曾亲近英雄人。

　　何言中路遭弃捐，零落漂沦古狱边。

　　虽复尘埋无所用，犹能夜夜气冲天。

　　诗首言造剑之磨炼，次写龙泉之奇绝，接着宕开一笔，写龙泉生逢明时，无用武之地，又作转折，说龙泉古剑亦曾为豪侠英雄所赏爱，结语则以抑为扬，古剑虽埋地，夜光尚冲天。诗一气流注，起落无端，一种天生我材必有用的自信、不甘沉沦的豪情、与社会抗争的勇气洋溢于诗中。这种兴寄无痕、吐属洒脱、音韵铿锵、健康爽朗的情调已开了盛唐气象的先河，特别是用歌行体咏物大大提高了咏物诗的表现力，读诵之下自然令人想起李白的一些诗章。值得注意的是武则天极赏其诗，"令写数十本遍赐学士李峤、阎朝隐等。"(张说《郭公行状》)大概是武则天也不满李峤等人的咏物诗才有此举，李学士见此《古剑篇》会作何感想。有武则天的赏爱，诸学士应该有所震动，如此看来，《古剑篇》的影响其范围、效果当不会在《孤桐篇》、《修竹篇》及《修竹篇序》以下。郭震《古剑篇》正呼唤着盛唐气象的来临。

　　应该说研究初唐诗赋的"兴寄"不仅是对咏物诗赋自身的检查，由此可窥见唐代文学发展的曲折进程和发展大势。诗赋"兴寄"，其体异，其用同，如骆宾王《在狱咏蝉》之于《萤火赋》，卢照邻《失群雁》之于《病梨树赋》。初唐诗赋"兴寄"对荡涤六朝萎弱文风，丰富文学作品的内容，反对现实人生，有感而作，使诗歌创作向着健康方面方向都起了一定作用。尽管陈子昂《修竹篇》和东方虬《孤桐篇》以具体物象托喻自己情志，在当时并没有引起很大的反响，但陈子昂提出的"兴寄"却成了唐诗学的一个涵盖很广的范畴。从融汉魏风骨和兴寄为一体以铸成唐诗魂这一点出发,郭震的《古剑篇》的出现,已预示着健康向上、生气勃勃的新诗潮的诞生。盛唐诗歌呈现出昂扬乐观的基调、阔大恢宏的气象、坚实深刻的情感内涵,是经过初唐作家在各种文学体裁的创作尝试和理论探索中共同完成的,咏物"兴寄"为盛唐诗人在形象中自然兴寄提供了借鉴。

(《文学遗产》1992 年第 2 期)

附记:

　　文章发表后,在一次唐代文学会议上,西北大学韩理洲先生见告,崔敦礼《种松赋》实为宋代同名人的作品,《全唐文》误收,并在一篇文章中提到此事。韩先生在 1999 年第一期《西北大学学报》发表题为《新建"隋唐文化研究基础资料库"的学术价值》一文,其中特别指出《种松赋》的作者是宋人崔敦礼,《全唐文》编者误将《种松赋》系于唐人崔敦礼名下。韩先生知道一般研究者据《全唐文》来讨论文学现象无可厚非,故其文中考订《种松赋》并未联系拙文。本想找机会订正拙文之误,以表示对韩先生的敬意。现在将此文收入,附言如上,正好了却多年心愿。近见《文学遗产》2010 年第 1 期发表了《指瑕一则》短文,认为唐、宋代各有一人名崔敦礼,《种松赋》乃是宋代崔敦礼的作品,进而怀疑文章的整体观点。需要说明的是,当年韩先生做《全唐文》的整理,或我在做《唐方镇文职僚佐考》时,全靠人工翻查资料,阅读古籍。待古籍数据库普及之今日,解决《种松赋》作者归属也极容易了,只要在《四库全书》数据库中输入"种松赋"三字,即可知《种松赋》为宋人之作。文中可删去《种松赋》相关内容,所论初唐诗赋咏物兴寄的观点仍能成立。

　　在考察一种文学现象时,部分作品或一部作品都有很高的认识价值,如张若虚的一首《春江花月夜》,闻一多给以极高评价,并撰写《宫体诗的自赎》一文,认为:"这是诗中的诗,顶峰上的顶峰。从这边回头一望,连刘希夷都是过程了,不用说卢照邻和他的配角骆宾王,更是过程的过程。至于那一百年间梁、陈、隋、唐四代宫廷所遗下了那分最黑暗的罪孽,有了《春江花月夜》这样一首宫体诗,不也就洗净了吗? 向前替宫体诗赎清了百年的罪,因此,向后也就和另一个顶峰陈子昂分工合作,清除了盛唐的路,——张若虚的功绩是无从估计的。"因此,在考察魏征、谢偃赋时,我们仍然发现有了新的气象,确认有数的几篇赋在初唐咏物兴寄中的意义。其实,不仅魏、谢二赋,即便如宋之问在宫廷中写的《秋莲赋》也有了新的变化,据其序云:"天授元年,敕学士杨炯与之问分直于洛城西。入阁,每鸡鸣后,至羽林仗,阍人奏名请龟契,伫命拱立于御桥之西,玉池清泠,红蕖菡萏。谬履扃闼,自春徂秋,见其生,视其长,睹其盛,惜其衰,得终天年而无夭折者,良以隔碍仙禁,人莫由窥。向若生于潇湘洞庭,溱洧淇澳,即有吴姬越客,郑女卫童,芳心未成,采撷都尽。今委以白露,顺以凉风,荣落有期,私分毕矣。斐然愿歌其事,久之乃为《秋莲赋》焉。"据史载,宋之问和杨炯均任教于习艺馆,武则天时,在皇宫内设"习艺馆",旨在教宫女们学习诗文。这一工作大概不会让二人满意,宋之问在序中也未好意思明言,只言"分直"。但聊以自慰的是在宫中。故赋有感而发,其中备言宫中仙禁之秋莲与潇湘洞庭之秋莲的不同结局:前者能"得终天年而无夭折者";后者则"芳心未成,采撷都尽"。可见不是单纯的咏物,而是咏物中有兴寄了。

　　现在看来,将诗赋打通,阐释初唐咏物兴寄之存在状态对认识唐代文学的演变和发展仍有价值。

2010.11.6

唐诗中"杜鹃"内涵辨析

——以"杜鹃啼血"和"望帝春心托杜鹃"为例

内容提要 唐诗中杜鹃一词有多种内涵,李商隐《锦瑟》"望帝春心托杜鹃"并没有"杜鹃啼血"之义,二者性质有异,一为古蜀神话传说,一为自然现象。李贺"杜鹃口血"也不含有杜鹃"不如归去"的唐后摹音之义。

关键词:杜鹃　神话传说　自然现象

杜鹃,又称杜宇、望帝、子规,是唐诗中常见意象,使用时其内涵却不尽相同。大学和中学教材中选入的作品篇目涉及杜鹃者有白居易《琵琶行》、李商隐《锦瑟》、李贺《老人采玉歌》等,从解释中可以看出人们对"杜鹃"等词内涵的理解存在不同程度的差误,因此有必要对唐诗中"杜鹃"的内涵作一梳理和分析。

白居易《琵琶行》中提到杜鹃,诗云:"住近湓江地低湿,黄芦苦竹绕宅生。其间旦暮闻何物,杜鹃啼血猿哀鸣。"李商隐《锦瑟》中提到望帝,诗云:"庄生晓梦迷蝴蝶,望帝春心托杜鹃。"据传说所言望帝的魂魄化为杜鹃。这里的"杜鹃啼血"和"望帝春心托杜鹃"其实是讲的两个最初并不相关的事物,二者来源不同。

一、望帝化为杜鹃来源于古蜀国的神话传说

　　古蜀传说在华夏文化中有其独特性。那些古蜀文明在今天已无法想象,但在出土文物中却得到印证。李白《蜀道难》云:"蚕丛及鱼凫,开国何茫然。"《华阳国志》云:"蜀侯蚕丛,其目纵,始称王。"李白感叹蜀国古远的历史非常茫然。但《华阳国志》记载的"蚕丛纵目"在三星堆出土的青铜器上得到印证,结合青铜人像和青铜兽面具,可以大致知道"纵目"的意思是指眼眶睁大而眼睛突出,青铜兽面具双目成圆柱状从眼眶中伸展出去,可能是对"纵目"夸张的艺术表现,过去解释"纵目"为"竖生之目"仅是据字面意思的推测。古蜀与中原隔绝,"纵目"形象反映了古蜀先人对外部世界探索的心理状态。据《文选·蜀都赋》"盖兆基于上世,开国于中古"注引扬雄《蜀王本纪》云:"蜀王之先,名蚕丛、拍濩、鱼凫、蒲泽、开明。是时人萌,椎髻左言,不晓文字,未有礼乐,从开明上到蚕丛,积三万四千岁。"可见这些人名都是口耳相传无文字记载的。而这些命名又都是和动植物等自然物象有关,唯至"开明"则预示着古文明的开始。据文献和三星堆出土文物,蚕丛目纵,当名为蚕纵,口传为"丛",故称蚕丛。称古蜀先民为蚕,当出于对蚕的崇拜,蚕能吐丝,丝可织布作衣,而且蚕吃桑叶吐丝的过程,对先民来说充满神奇。"鱼凫","鱼"和"凫"是两种不同的动物,二者似乎隐含一个变化过程,即水中之鱼变化为能飞之禽鸟,《庄子·逍遥游》云:"北冥有鱼,其名为鲲。鲲之大,不知其几千里也,化而为鸟,其名为鹏。怒而飞,其翼若垂天之云。是鸟也,海运则将徙于南冥,南冥者,天池也。"鲲化为鹏,这应该是初民想象突破自身限制飞越空间、飞向天际的结果。作为古蜀先

民不能想象鱼化为鹏,但可以想象鱼化为凫,凫不仅善游水,亦能飞。因此理解古蜀传说不能视为无稽之谈,而是有现实基础的想象。人类自古以来都会寻求途径去实现超越自身的梦想,故人与物之间的变化或互化的形式也是人类不同阶段智慧的表现。这样来理解蜀帝化为杜鹃就不足为奇了。

杜鹃,又称子鹃、望帝、杜宇,因其记载不同而内容微有差异,为了理解方便和全面,这里还是尽量详引各书载录并作归类。

其一,望帝隐于西山,正值二月子鹃鸟鸣,故蜀人悲之。《华阳国志》卷3:"有周之世,限以秦巴,虽奉王职,不得与春秋盟会,君长莫同书轨。周失纲纪,蜀先称王。有蜀侯蚕丛,其目纵,始称王。死,作石棺石椁,国人从之,故俗以石棺椁为纵目人冢也。次王曰柏灌,次王曰鱼凫,鱼凫王田于湔山,忽得仙道,蜀人思之为立祠。后有王曰杜宇,教民务农,一号杜主。时朱提有梁氏女利游江源,宇悦之,纳以为妃,移治郫邑,或治瞿上,七国称王,杜宇称帝,号曰望帝,更名蒲卑,自以功德高诸王,乃以褒斜为前门,熊耳灵关为后户,玉垒峨眉为城郭,江潜绵洛为池泽,以汶山为畜牧,南中为园苑。会有水灾,其相开明决玉垒山以除水害,帝遂委以政事,法尧舜禅授之义,遂禅位于开明,帝升西山隐焉。时适二月,子鹃鸟鸣,故蜀人悲子鹃鸟鸣也,巴亦化其教而力农务,迄今巴蜀民农时先祀杜主君。"[①]

还有一种与之相类似的说法,二月鸣叫之鸟本名田鹃,为了记住蜀帝杜宇归隐的时间,改田鹃名为杜鹃,《路史》卷38:"按诸《蜀记》,杜宇末年逊位鳖令。鳖令者,荆人也。旧说鱼凫畋于湔山,仙去后,有男子从天堕曰杜宇,为西海君,自立为蜀王,号望帝。徙都于郫或瞿上,自恃功高诸王,……时鳖令死尸随水上,荆人求之不得,至蜀,起见望帝,望帝以之为相。后禅以国,去之,隐于西山,民俗思之。时适二月田鹃方

---

①　常璩撰、刘琳校注:《华阳国志校注》,巴蜀书社1984版,第181、182页。

鸣,因号杜鹃,以志其隐去之期。一云宇禅之,而淫其妻,耻之死,为子雟,故蜀人闻之,皆起曰我望帝也。"

其二,杜宇之魄化为杜鹃。从发生学看,这一说法当后于第一说。由望帝归隐时值子鹃鸣叫,演变为杜宇之魂魄化为子鹃,这一说法充满神秘色彩,使杜宇传说发生了质的变化。《华阳国志》卷12:"又云荆人鳖灵死,尸化西上,后为蜀帝。周苌弘之血变成碧珠,杜宇之魄化为子鹃。"[1]望帝化为子鹃鸟,故蜀人闻子鹃鸣,曰:"是我望帝也。"《太平寰宇记》卷72:"蜀之先肇于人皇之际,至黄帝子昌意娶蜀山氏女,生帝喾,后封其支庶于蜀。历夏商周始称王者纵目,名蚕丛,次曰鱼凫,其后有王曰杜宇,已称帝,号望帝。……时有荆人鳖冷死,其尸随水上,荆人求之不得,鳖冷至汶山下,忽复生,见望帝,立以为相,时巫山雍江蜀地洪水,望帝使鳖冷凿巫山,蜀得陆处,望帝自以德不相同,禅位于鳖冷,号开明,遂自亡去,化为子鹃鸟,故蜀人闻子鹃鸣,曰是我望帝也。"[2]鳖冷,即鳖令。

二、"杜鹃啼血"属于自然现象

《禽经注》"鹈鴂周子规也,啼必北向"注云:"尔雅曰巂周,瓯越间曰怨鸟,夜啼达旦,血渍草木,凡鸣皆北向也。"又"江介曰子规"注云:"啼苦则倒悬于树,自呼曰谢豹。"《禽经注》旧题春秋师旷撰、西晋张华注,是书实为后人伪托。南宋罗愿《尔雅翼》卷14"子雟":"子雟出蜀中,今所在有之,其大如鸠,以春分先鸣,至夏尤甚。日夜号深林中,口

---

① 常璩撰、刘琳校注:《华阳国志校注》,巴蜀书社1984年版,第896页。
② 乐史撰:《太平寰宇记》史部27,四库全书本,第468页。

为流血,至章(案,或作商)陆子熟乃止,农家候之。"有人认为杜鹃嘴角红色,遂附会出啼血之说。杜鹃与血相关的传言往往附会人事,南朝宋刘敬叔《异苑》卷3云:"杜鹃始阳相催而鸣,先鸣者吐血死。常有人山行,见一群寂然,聊学其声,便呕血死。"故习俗以学杜鹃叫声为大忌。

"杜鹃啼血"和"望帝春心托杜鹃"二者不同,一为古蜀传说,一为自然现象。除此而外,尚有两点值得注意:第一,其性质不同,"杜鹃啼血"在诗文中表现凄苦,啼声悲苦,人在路上,值春夏之交,听到杜鹃"夜啼达旦"更添离别思乡之情,故又引伸出离别之苦。而"望帝春心"则表现冤屈,引伸出悲伤。杜宇冤在何处?至今尚未能作出令人满意的解答。左思《蜀都赋》云:"碧出苌弘之血,鸟生杜宇之魄。"苌弘和杜宇并列,苌弘其人在《庄子·外物》中是作为屈死的人物提及的:"人主莫不欲其臣之忠,而忠未必信,故伍员流于江,苌弘死于蜀,藏其血三年,而化为碧。"那么杜宇为何称冤屈,据上引文献记载,杜宇化鹃是在隐去之时,隐去是为了让贤,但接下去的事情说法就大不一样,一种说法是人民想念他;一种说法是杜宇让贤给鳖灵(或作鳖令、或作鳖泠),但却淫其妻,耻之死。就其事情本身言,真不明白杜宇冤由何生,据说杜宇的后任也是一位贤人,而杜宇却淫其妻,后自责而死,此事《蜀王本纪》云"望帝与其妻通",《说文》云"蜀王望帝淫其相妻",望帝以鳖灵为相。常璩是蜀中世家大族,就羞于提此事,故在《华阳国志》中省略之。淫人妻而羞愧至死,谈不上有冤。唐人于此也疑惑不解,杜牧《杜鹃》云:"杜宇竟何冤,年年叫蜀门。至今衔积恨,终古吊残魂。芳草迷肠结,红花染血痕。山川尽春色,呜咽复谁论。"罗邺《闻子规》:"蜀魄千年尚怨谁,声声啼血向花枝。"李山甫在《闻子规》诗中感叹说:"冤禽名杜宇,此事更难知。"不过搞不清楚杜宇何冤,并不妨碍人们视杜鹃为冤禽,顾况《子规》:"杜宇冤亡积有时,年年啼血动人悲。"蔡京《咏子规》:"千年冤魄化为禽,永逐悲风叫远林。"

第二,语典来源区域有异,其文化呈现也有差异。望帝化鹃是古蜀神话传说,发生在长江上游。为什么蜀人如此思念望帝,"闻子鹃鸣,曰是我望帝也。"有一原因未被人道破,据《华阳国志》载,鳖灵贤明,且有除水患之功,望帝才禅位给他的,但国人还是怀思"我望帝",这是一种本土认同,因鳖灵是外来人,来自于长江中游的荆,他逆水而上,历经艰辛,由荆至蜀,帮蜀凿山治水,但蜀人却去怀念望帝。从这一传说及其演变本身可以看到,蜀人接纳外来文明(用鳖灵为相)而又有所排外(怀我望帝)的矛盾心态;还可以看到蜀人的对外扩张的要求(淫荆人之妻)和自省精神(耻之至死)。在古文明冲突中这一现象值得关注。

"杜鹃啼血",是一区域广泛的自然现象,蜀地杜鹃为甚,但早期的望帝传闻中并没有和啼血一事联系起来。唐前鲍照《拟行路难》只是说杜鹃是蜀帝魂魄所化,声音哀苦啼叫不停。杜鹃啼血在诗歌中出现大致和长江中下游(湘楚、闽越)联系较多,白居易《琵琶行》写于九江,诗云:"杜鹃啼血猿哀鸣。"另一首《山石榴寄元九》(山石榴一名山踯躅,一名杜鹃花):"九江三月杜鹃来,一声催得一枝开……日射血珠将滴地,风翻焰火欲烧人。"李群玉《题二妃庙》:"黄陵庙前春已空,子规啼血滴松风。"白居易的诗是写在贬江州司马任上。当然任何具有区域性文化意义的事物一旦进入诗歌写作中,就会泛用而不再具有最初的狭小区间使用的特点。因此,这里讲"望帝化鹃"和"杜鹃啼血"的所谓区域性,只是从发生学的角度来阐述的,古蜀望帝传说中没沾"啼血"的边,却是古蜀望帝化为鹃与啼血并无联系的一个辅证。二者各有所指,本不相同。

但诗作中将自然之杜鹃和神话传说之蜀帝化鹃相混,却比较自然,因为杜鹃是两者共有角色;而将杜鹃啼血和蜀帝化鹃相合,有可能是受左思《蜀都赋》影响,《文选·蜀都赋》云:"碧出苌弘之血,鸟生杜宇之魄。"粗心的读者有可能会由此将两者混合。《文选》注云:"庄周曰:'苌弘死于蜀,藏其血,三年化为碧。'《蜀记》曰:'昔有人姓杜,名宇,王蜀,号曰望帝。宇死,俗说云:宇化为子规。子规,鸟名也。蜀人闻子规鸣,皆曰望帝也。'"①《庄子·外物》讲到人主都希望大臣忠于自己,但大臣忠心却未必能得到信任,"故伍员流于江,苌弘死于蜀,藏其血三年,而化为碧。"伍员、苌弘皆为屈死。但由此牵强出杜宇屈死,恐有不妥。李商隐《锦瑟》中"望帝春心托杜鹃"是用杜宇化鹃典故,但人们在分析时一不小心就会带进"杜鹃啼血"的意思。周汝昌分析李商隐《锦瑟》云:"本联下句(案,指'望帝春心托杜鹃')中的望帝,是传说中周朝末年蜀地的君主,名叫杜宇。后来禅位退隐,不幸国亡身死,死后魂化为鸟,暮春啼苦,至于口中流血,其声哀怨凄悲,动人心腑,名为杜鹃。"周汝昌所云,也是平时习闻的书面或口头的解释,但其中是有问题的,《锦瑟》诗中用典并不包含"杜鹃啼血"义,就不必添加"暮春啼苦,至于口中流血",又说"不幸国亡身死",望帝之死,有何不幸。而"身死"并没有"国亡"。刘学锴、余恕诚《李商隐诗歌集解》按语云:"此诗底蕴,遗山《论诗绝句》实首发之。'望帝春心托杜鹃,佳人锦瑟怨华年'二语,人但以转述义山诗语视之,不知其实借以发明诗旨也。'望帝''佳人'均指义山。二语盖谓:义山一生心事均托之于如杜鹃啼血之哀惋悲凄诗作,而此《锦瑟》一首,又正抒写其美人迟暮之情者也。"②这里同样没有必要添加"杜鹃啼血"的话。为什么《集解》中注释准确,那是因为原始资料自身提供的信息是无法改变的。而离开注释的阐释或作按语串讲时,会添加一些内容,这说明在我们的知识结构中已无意识地混合了相关的其他内容。另一本《中国古代文学作品选·隋唐五代宋金元卷》李商隐《锦瑟》注[4]同朱东润《中国历代文学作品选》,另加"子规,杜鹃的别称,其嘴角带红似血色,鸣声凄楚动人"数语。③ 问题也是如此。

　　唐诗中的"杜鹃"就其使用情况,约略分为五类。

①　萧统:《文选》卷4,中华书局1981版,第81页。
②　刘学锴、余恕诚:《李商隐诗歌集解》,中华书局1998版,第1438页。
③　卞孝萱、黄清泉:《中国古代文学作品选·隋唐五代宋金元卷》,华中师范大学出版社1999年版,第176页。

　　其一,杜鹃或子规啼。杜鹃啼叫,有两个特点。第一,昼夜啼叫。杜甫《客居》诗云"子规昼夜啼",《子规》云"终日子规啼"。王建《夜闻子规》"子规啼不歇,到晓口应穿。况是不眠夜,声声在耳边。"王建诗中表露出对子规日夜啼的不满,特别是夜间听到子规的啼鸣让人心烦意乱。刘学锴、余恕诚《李商隐诗歌集解》编年诗《锦瑟》集注④:"按,望帝事见《华阳国志·蜀志》及《文选·蜀都赋》注引《蜀记》,参《哭萧侍郎》注。崔涂《春夕》:'胡蝶梦中家万里,子规枝上月三更。'"①崔涂《春夕》全诗云:"水流花谢两无情,送尽东风过楚城。胡蝶梦中家万里,子规枝上月三更。故园书动经年绝,华发春唯满镜生。自是不归归便得,五湖烟景有谁争。"崔涂诗中的子规是自然属性的子规,突出其夜鸣不已,故诗云"子规枝上月三更"。解《锦瑟》诗引崔涂诗补证并不恰当。第二,杜鹃啼而众芳衰歇。《离骚》云"恐鹈鴂之先鸣兮,使夫百草为之不芳",鹈鴂据考就是杜鹃,《汉书》颜师古注云:"一名杜鹃,常以立夏鸣,鸣则众芳皆歇。"张衡《思玄赋》云"恃己知而华予兮,鶗鴂鸣而不芳",《注》云:"《临海异物志》曰:'鶗鴂,一名杜鹃,至三月鸣,昼夜不止,夏末乃止。'"杜鹃以初夏鸣之最甚,初夏百花多谢,故陈羽《西蜀送许中庸归秦赴举》云:"旅梦惊蝴蝶,残芳怨子规。"李白《宣城见杜鹃花》就指出三春三月闻子规啼、见杜鹃花令人伤感:"蜀国曾闻子规鸟,宣城还见杜鹃花。一叫一回肠一断,三春三月忆三巴。"因为杜鹃日夜啼,而夜闻杜鹃啼叫就成了唐诗描写的景观。沈佺期《夜宿七盘岭》:"独游千里外,高卧七盘西。晓月临窗近,天河入户低。芳春平仲绿,清夜子规啼。浮客空留听,褒城闻曙鸡。"七盘岭指褒城七盘山,在今陕西勉县。王维《送梓州李使君》:"万壑树参天,千山响杜鹃。山中一夜雨,树杪百重泉。"李白《蜀道难》:"又闻子规啼夜月,愁空山。"由杜鹃啼而众草不芳而引出惜春之意,白居易《送春归(元和十一年三月三十日作)》:"今年杜鹃

---

① 刘学锴、余恕诚:《李商隐诗歌集解》,中华书局1998年版,第11421、1422页。

花落子规啼，送春何处西江西。"写作时间为三月三十日，正是春天结束的时间，可以佐证《离骚》的意思。

其二，杜鹃啼血。此以白居易《琵琶行》"杜鹃啼血猿哀鸣"为代表。李群玉《题二妃庙》："黄陵庙前春已空，子规啼血滴松风。"李中《子规》："暮春滴血一声声，花落年年不忍听。带月莫啼江畔树，酒醒游子在离亭。"杜鹃啼血往往又和杜鹃花合写，人们认为杜鹃花的红艳是杜鹃吐血而成。白居易《山石榴寄元九》："日射血珠将滴地，风翻焰火欲烧人。"成彦雄《杜鹃花》："杜鹃花与鸟，怨艳两何赊，疑是口中血，滴成枝上花。"吴融《子规》："他山叫处花成血，旧苑春来草似烟。"雍陶《闻杜鹃》："高处已应闻滴血，山榴一夜几枝红。"山榴即白居易诗题中之山石榴。

其三，望帝化鹃。唐以前诗中就有，如鲍照《拟行路难》诗之六："中有一鸟名杜鹃，言是古时蜀帝魂。声音哀苦鸣不息，羽毛憔悴似人髡。飞走树间啄虫蚁，岂忆往日天子尊。"此类唐诗用例较多，不一一枚举。

其四，杜鹃啼血和望帝化鹃合用。杜荀鹤《闻子规》："楚天空阔月成轮，蜀魄声声似告人。啼得血流无用处，不如缄口过残春。"诗中既有"蜀魄"，又有"啼得血流"。又如罗邺《闻子规》、杜牧《杜鹃》、蔡京《咏子规》。蔡京诗云："千年冤魄化为禽，永逐悲风叫远林。愁血滴花春艳死，月明飘浪冷光沉。凝成紫塞风前泪，惊破红楼梦里心。肠断楚词归不得，剑门迢递蜀江深。"文学名著《红楼梦》取名可能来源于"惊破红楼梦里心"。杜牧等人的诗就包含望帝化鹃和杜鹃啼血两个方面的内容。

其五，杜鹃寄巢生子。唐诗中此类用例甚少。杜甫《杜鹃行》云："君不见昔日蜀天子，化作杜鹃似老乌。寄巢生子不自啄，群鸟至今与哺雏。……其声哀痛口流血，所诉何事常区区。"杜鹃鸟自己不筑巢，而是产蛋于其它鸟的巢中，还由别的鸟代孵和喂养。杜甫诗中所谓"寄巢生子不自啄，群鸟至今与哺雏"。

这里有必要指出，唐诗中应不存在杜鹃摹音"不如归去"之义。《古今事事类聚·后集》卷47引陶岳《零陵记》云:"思归鸟状如鸠而惨色,三月则鸣,其音云'不如归去'。"陶岳,北宋人,真宗祥符五年成《五代史补》。有人说唐人已有鸟鸣"思归乐"的声音,元稹《思归乐》:"山中思归乐,尽作思归鸣。尔是此山鸟,安得失乡名……微哉满山鸟,叫噪何足听。"白居易《和答诗十首·和思归乐》:"山中不栖鸟,夜半声嘤嘤。似道思归乐,行人掩泣听。皆疑此山路,迁客多南征。忧愤气不散,结化为精灵。我谓此山鸟,本不因人生。人心自怀土,想作思归鸣……任意思归乐,声声啼到明。""思归乐"可能是鸟鸣声的摹音,但"思归乐"是何鸟的摹音待考,至少说其鸟鸣摹音并不是"不如归去",而且在唐诗中"思归乐"这一用例极少,可以说是偶然使用。李贺《老人采玉歌》:"夜雨冈头食蓁子,杜鹃口血老夫泪。"《中国历代文学作品选》中编第一册注[5]"杜鹃句:谓老夫眼里流出的泪,正同杜鹃口中的血。杜鹃的啼声,在人们听来,似乎是在说'不如归去',这更触发了采玉老人欲归不得的悲哀。杜鹃,即子规,嘴是红色因为鸣声甚哀,所以人们说杜鹃啼血。"①奇怪的是该书此前选有白居易《琵琶行》,中有"杜鹃啼血猿哀鸣"句,却无注释。可以看出,李贺诗中"杜鹃口血"同白居易"杜鹃啼血"用例,更没有"不如归去"的含义。那么"不如归去"的杜鹃鸣叫摹音起于何时,已无考。《零陵记》也是北宋人的记载。诗歌写作中"不如归去"的用例应是唐以后的事,如范仲淹《越上闻子规》诗云:"春山无限好,犹道不如归。"梅尧臣《杜鹃》诗云:"不如归去语,亦自古来传。"柳永《安公子》词云:"刚断肠、惹得离情苦。听杜宇声声,劝人不如归去。"

　　本文有感于人们对唐诗"杜鹃"阐释差异的忽视所产生的误解,于此作了比较细致的梳理和辨析,或许能提醒人们对古代作品注释或教学讲解时要更加小心,力求完整和准确,并且注意到语词的不同时代所

---

① 朱东润:《中国历代文学作品选》,上海古籍出版社1980年版,第245页。

具有的含义及其变化。顾炎武说过："读九经自考文始，考文自知音始。"就是"识字审音乃知其义"，本文即属于"识字"之作。而其中有关"蚕<u>丛</u>"或为"蚕纵"的解释，运用了文献和出土文物相印证的方法；有关"鱼凫"一名包含了古人超越自身走向自由的解释，并且与《庄子·逍遥游》互证；对望帝化鹃隐含的长江上、中游文明的融合和冲突以及对杜宇之冤的追问，都已超出本文辨析杜鹃诸义的范围，但它有可能引起自己对上古文明研究的兴趣。

　　(《华南师范大学学报》2007年第3期)

高适《燕歌行》新论

内容提要 盛唐边塞诗有两类,一类是入幕文人作品,一类是非入幕文人的作品。前者多关注战斗过程;后者多关注战争性质。高适《燕歌行》是后者的代表之作,它本质上是一篇"和作",内容和形式都受到原作的影响和制约,原作者"客"当为时任张守珪幕府管记的王悔;"感征戍之事"是有感于原作所述"征戍"之事,而非针对张守珪不惜士卒;其形式颇有特色,而非创新。

关键词:高适 燕歌行 和作

最早将高适作为诗人作评价的是《河岳英灵集》,评曰:"适性拓落,不拘小节,耻预常科,隐迹博徒,才名自远。然适诗多胸臆语,兼有气骨,故朝野通赏其文。至如《燕歌行》等篇,甚有奇句,且余所爱者,'未知肝胆向谁是,令人却忆平原君。'吟讽不厌矣。"这里已经提到高适的名作《燕歌行》。《燕歌行》是盛唐著名边塞诗人高适的代表作。唐边塞诗人代表作家是高适和岑参,最早将之并称的是杜甫,他在《寄彭州高三十五使君适虢州李二十七长史参三十韵》中云:"高岑殊缓步,沈鲍得同行。"此为杜甫乾元二年寄两位诗友之作,而不是说高、岑是同类诗人。宋代严羽的《沧浪诗话》将二人并称,才指出其诗歌的共同性质:"高岑之诗悲壮,读之使人感慨。"应是针对高、岑的边塞诗。

为了理解《燕歌行》，先弄清楚盛唐边塞诗的写作背景和创作方法，其大要有两途：一是入幕的文士创作，他们直接生活在边塞，耳目所及都是新奇景象，都是充满浪漫激情的战士生活。这种入幕与非入幕造成作品内容的差异在初唐诗人创作中已有一些显现。四杰中唯一亲赴边塞的是骆宾王，他曾从军西域，后又北游幽燕，写有不少边塞作品。因此他的边塞诗较前人富有生活实感：

> 二庭归望断，万里客心愁。山路犹南属，河源自北流。晚风连朔气，新月照边秋。灶火通军壁，烽烟上戍楼。龙庭但苦战，燕颌会封侯。莫作兰山下，空令汉国羞。(《夕次蒲类津》)

> 紫塞流沙北，黄图灞水东。一朝辞俎豆，万里逐沙蓬。候月恒持满，寻源屡凿空。野昏边气合，烽迥戍烟通。賫力风尘倦，疆场岁月穷。河流控积石，山路远崆峒。壮志凌苍兕，精诚贯白虹。君恩如可报，龙剑有雌雄。(《边城落日》)

前首写晚泊蒲类津的所见所感。起首二句"二庭归望断，万里客心愁"，就点明了全篇的中心。明人胡应麟指出："凡排律起句中，极宜冠裳雄浑，不得作小家语。"(《诗薮·内编》卷四)并将骆诗开篇评为此类诗最为得体者，可见其起笔气势宏大。"晚风连朔气"以下四句，借边塞夜景突现军情严峻，形势紧张；结尾"莫作兰山下，空令汉国羞"二句警策豪壮，笔触雄浑。

骆宾王边塞诗中多有悲凉气氛，在雄奇的西域风光中融入个人离国别乡、羁旅边地的愁怨。后一首即通过对遥远、旷阔、荒漠、昏暗之边疆景物的描写，映衬军旅生活的艰苦，突出了忠君报国的情怀。"壮志凌苍兕，精诚贯白虹"，寥寥十字，将诗人豁达之心志，忠直之怀抱展露无遗。全诗语言工致而精警，笔力苍劲而矫健。骆宾王的边塞诗作，不同于王、杨、卢等人多出之以想象之词,而是在真实生活基础上所作的描绘,因而更为真切。可能是骆宾王从军西域时间较短,故愁苦之音多于新奇的感受,和以后的岑参一比较便知。将边地新奇感受和新鲜的情景结合起来,并写入歌行的边塞诗要等到岑参去完成。

另一种是非入幕者写的边塞诗,是间接的,不长于写新奇之景,主要原因是没有如岑参那样扎进遥远的西域。因为是间接的,所以写边塞就会关注战争的性质,而不像在边塞的文人去关注每次战役的胜负、去享受战斗带来的欢乐,鼓舞士气、敬畏长官成了诗中应有之意。高适《燕歌行》成了间接写边塞的代表作品。为什么这样说呢?诗原序云:"开元二十六年,客有从御史大夫张公出塞而还者,作《燕歌行》以示适,感征戍之事,因而和焉。"可知此诗并非入幕履边之作,而是和作。全诗最大的特点就是概括力强,因远观而概括成了可能:

> 汉家烟尘在东北,汉将辞家破残贼。
> 男儿本自重横行,天子非常赐颜色。
> 摐金伐鼓下榆关,旌旆逶迤碣石间。
> 校尉羽书飞瀚海,单于猎火照狼山。
> 山川萧条极边土,胡骑凭陵杂风雨。
> 战士军前半死生,美人帐下犹歌舞!
> 大漠穷秋塞草腓,孤城落日斗兵稀。
> 身当恩遇常轻敌,力尽关山未解围。
> 铁衣远戍辛勤久,玉箸应啼别离后。
> 少妇城南欲断肠,征人蓟北空回首。
> 边庭飘飖那可度,绝域苍茫无所有。
> 杀气三时作阵云,寒声一夜传刁斗。
> 相看白刃血纷纷,死节从来岂顾勋。
> 君不见沙场征战苦,至今犹忆李将军!

高适注重诗歌的思想内容和篇章结构的完整。本诗的内涵极为丰富,概括面相当广泛,边塞的萧飒荒凉,战场的肃杀阴森,敌军的强悍凶猛,战斗的激烈残酷,唐军士卒的英勇献身,主将的腐败轻敌,全体边防战士对和平生活的向往,对朝廷选用良将、保卫边疆的强烈呼吁……作者通过精密的艺术构思,将上述复杂的内容加以巧妙安排。他以时间为顺序,将不同的事件和场面,各种人物的思想和行为,融为一个有机的整体,既写景,又叙事,更抒情,构成完整的艺术情节,随着情节的延伸,展现了纵横跌宕的气势,创造出雄浑悲壮的诗境。从声情效果看,全诗四句一换韵,平仄韵交替,又大量运用律句与对仗,虽充满金戈铁马之声却音节流利酣畅,极具艺术感染力。这首诗对比手法用得最为突出,以对比来表现和深化议论。

高适此诗充满了矛盾,这种矛盾也是高适自己内心矛盾的表现。一方面高适在诗中赞扬了守边将士的英勇顽强,拼命杀敌;一方面又对苦守沙场的将士表示同情,希望有一李将军出现。同时也认为朝廷优宠边将有些过分。对《燕歌行》的解读尚有数点未为人注意,条陈如下:

其一,《燕歌行》并非针对张守珪"不惜士卒"。

朱东润主编的《中国历代文学作品选》中编第一册《燕歌行》解题引《旧唐书·张守珪传》后云:"张守珪是当时镇守北边的名将,但后来恃功骄纵,不惜士卒。"这段话是历史记载,还是编者的推测呢?看来是后者。《旧唐书·张守珪传》原文是这样的:"(开元)二十六年,守珪裨将赵堪、白真陁罗等,假以守珪之命,逼平卢军使乌知义,令率骑邀叛奚余众于湟水之北,将践其禾稼。知义初犹固辞,真陁罗又诈称诏命以迫之,知义不得已而行。及逢贼,初胜后败,守珪隐其败状而妄奏克获之功。事颇泄,上令谒者牛仙童往按之。守珪厚赂仙童,遂附会其事,但归罪于白真陁罗,逼令自缢而死。二十七年,仙童事露伏法,守珪以旧功减罪,左迁括州刺史,到官无几,疽发背而卒。"《中国历代文学作品选》引文"邀叛奚余众于湟水之北"作"邀叛奚烬于潢水之北",那是版本之异。当作"潢水"。《旧传》没有说到张守珪不惜士卒事。保存在张九龄文集中有几篇救张守珪书，大致可知张守珪在镇守北边的杰出贡献。其中有两篇说到张守珪对阵亡将士的关爱："将士阵亡，各须吊祭，应合赠饰，亦已状闻。""所将阵亡之人及战伤之者，并收瘗救吊死问生。"张守珪每次奏表，都会提到安抚阵亡将士事，并且都能得到朝廷恩准。值得注意的是，部下邀击之事在开元二十六年前已有发生，主要指安禄山，所谓"禆将无谋，轻兵遣袭，遂有输失，挫我锐气"；"安禄山等轻我兵威，曾不审料，致今损失"；"安禄山勇而无谋，遂至失利，衣甲资盗，挫我军威"。然赖张守珪保护得戴罪立功，"且停旧官，令白衣将领"，果然"安禄山、杨景晖湔雪前耻，亦云效命，锋镝之下，各致损伤"。安禄山邀击失败，还是得到朝廷宽宥，为何白真陀罗造成的"初胜后败"，张守珪要隐其败状呢？或别有原委。

其二，《燕歌行》原序中"客"当为王悔。

诗序云"客有从御史大夫张公出塞而还者，作《燕歌行》以示适"。"客"者为何？据戴伟华《唐方镇文职僚佐考》，幽州"张守珪"僚佐有王悔，时为管记，此人或即"客"者。高适曾作《赠别王十七管记》："故交吾未测，薄宦空年岁。晚节踪曩贤，雄词冠当世。堂中皆食客，门外多酒债。产业曾未言，衣裘与人敝。飘飘戎幕下，出入关山际。转战轻壮心，立谈有边计。云沙自回合，天海空迢递。星高汉将骄，月盛胡兵锐。沙深冷陉断，雪暗辽阳闭。亦谓扫欃枪，旋惊陷蜂虿。归旌告东捷，斗骑传西败。遥飞绝汉书，已筑长安第。画龙俱在叶，宠鹤先居卫。勿辞部曲勋，不藉将军势。相逢季冬月，怅望穷海裔。折剑留赠人，严装遂云迈。我行将悠缅，及此还羁滞。曾非济代谋，且有临深诫。随波混清浊，与物同丑丽。眇忆青岩栖，宁忘褐衣拜。自言爱水石，本欲亲兰蕙。何意薄松筠，翻然重菅蒯。恒深取与分，孰慢平生契。款曲鸡黍期，酸辛别离袂。逢时愧名节，遇坎悲沦替。适赵非解纷，游燕往无说。浩歌方振荡，逸翮思凌励。倏若异鹏抟，吾当学蝉蜕。"王十七管记就是王悔。这首诗是唯一能了解高适和王悔关系以及王悔其人的材料。诗中传出的信息很多，一是高适游边"羁滞"受到故交王悔的接待；二是高适此时境况很差，尚未能找到安身之处，游边无成，只能"酸辛别离袂"；三是高适对边地战况也有所见闻，而见闻多为表象；四是高适牢骚话很多，或有所指，如"何意薄松筠，翻然重菅蒯"，话说得很重。还有"逢时愧名节，遇坎悲沦替。适赵非解纷，游燕往无说"，既"非解纷"，又"往无说"，那他游边为了什么呢？有些话也不好理解，如"画龙俱在叶，宠鹤先居卫"，前者用叶公好龙典，后者用《左传·闵公二年》事，春秋时，卫懿公喜欢养鹤，外出时连鹤也乘轩。当要和敌人打仗时，兵士们说，平日待鹤那么好，叫鹤去打吧！卫国终于被灭。这里是说皇帝滥赏。这首诗有讽刺性，故有人认为这首诗写于天宝十年高适自封丘送兵至安禄山所辖清夷军时的见闻。诗作系年是不对的。

知客为王悔，分析《燕歌行》时必须参考《赠别王十七管记》诗。

其三，隐去"客"名姓以便从容表达己见。

《燕歌行》序中提到三人，高适和张守珪以及"客"，为何高适在序中要隐去"客"之姓名，当有深意。用"客"隐去真实姓名肯定是不正常的。《赠别王十七管记》诗中，高适对边地将士评价不高，特别说到他们有人已经在长安修筑了宅第，"已筑长安第"，那时在长安有宅第，是富有的象征。又说"宠鹤先居卫"，真让王悔受不了。那么，"客"（王悔）作《燕歌行》篇想说什么呢？因为"客"诗已佚，无从查证，但从高适和作可略知一二。原作应该是歌颂张守珪及其将士的，表达守护北边之不易和将士们付出的沉重代价。但高适不认为这样，而是说如"李将军"在，而不至于"沙场征战苦"；原作则认为无论是谁做统帅，免不了征战苦，只要了解当时边地情况的人都会认同这一观点。文献记载都证实张守珪确实是一位英勇、英明的戍边统帅，他任用和偏袒安禄山也是看重安禄山的才能，安禄山在北方边境稳定中发挥了重要作用也是事实，至于安禄山后来叛乱，又是另一回事了。高适不这样看，故《燕歌行》最后说：

"君不见沙场征战苦,至今犹忆李将军!""君"在一般作品中用于泛指,而这是和作,其"君"就不是泛指,而是指原作的作者,即"客"。因此,可以说高适的和作是有感而发的,所谓"感征戍之事",即感原作中所述"征戍之事",表明高适自己的意见,而这些意见也是和《赠别王十七管记》一脉相承的。我们知道高适是以质朴直率著称的,"多胸臆语,兼有气骨"者,不隐藏己见,又坚持己见。高适隐去"客"的名姓,一是照顾故交王悔的面子,二是便于尽情发表自己的意见。

其四,李将军当为李牧。

诗中的李将军,现在通行的说法是指李广,但据诗歌的内容要求,应指李牧。《围炉诗话》卷二云:"《燕歌行》之主中主,在忆将军李牧善养士而能破敌。"《昭昧詹言·王李高岑》云:"收指李牧以讽。"高适意在要有李将军现世而一举歼敌,不复有沙场征战之苦。李牧其人更切这一意思。《史记·廉颇蔺相如列传》云:"李牧者,赵之北边良将也。常居代雁门,备匈奴。以便宜置吏,市租皆输入莫府,为士卒费。日击数牛飨士,习射骑,谨烽火,多间谍,厚遇战士……李牧多为奇陈,张左右翼击之,大破杀匈奴十余万骑。灭襜褴,破东胡,降林胡,单于奔走。其后十余岁,匈奴不敢近赵边城。"高适《塞上》诗云:"惟昔李将军,按节出皇都。总戎扫大漠,一战擒单于。"擒单于当然是夸张的说法,李将军也是指李牧。

高适对边地征战的残酷性认识不够充分,汉代以来为了边地的稳定付出了沉重的代价。不可能既安定,又无将士死亡,根本不可能两全的,而"和亲"求平安也是非常被动的举措,或者是权宜之计。高适自己也说过"和亲非远图"(《塞上》)高适对边策的判断总体上过于理想化,他认为"转斗岂长策,和亲非远图","斗"不行,"和"也不行,那么有何良策呢?只能寄希望于"李将军"。李将军为何受到高适的敬重,其意思是李将军可以"总戎扫大漠,一战擒单于",以达到"十余岁匈奴不敢近赵边城"的效果。这种理想谁不希望,但实际上是做不到的,连善战之张守珪也不能做到,李牧成功于当时,但未必成功于唐代。高适的认识在理论上是正确的,但在现实中难以实现,这也是他和亲历战斗的管记王悔的差异。如果认同以上分析,就要对《燕歌行》的思想认识价值有一个清晰的判断。这也是我反复强调的:边塞诗的写作由于作者身份的不同,对战争性质的判断是不同的。入幕者关注每次战事的展开,很少介意战争的性质;而游边者或远离边地的文人总爱从整体上去描写战争、并喜欢在对战争性质作大判断的基础上去同情戍边的将士。传统的边塞诗常常表现后者,王昌龄《出塞》、《从军行》也含有此意:"秦时明月汉时关,万里长征人未还。但使龙城飞将在,不教胡马度阴山。""关城榆叶早疏黄,日暮云沙古战场。表请回军掩尘骨,莫教兵士哭龙荒。"

在高适的边塞诗中,对边兵的大量死伤充满人道主义的同情:"边兵若刍狗,战骨成埃尘。"(《答侯少府》)令他肝肠寸断。因此,在分析高适《燕歌行》时,要明白将军与士兵的对立,是高适的感慨之词,是对原作纠偏的激愤之语。此诗有感而发,主要在于有感"客作"而发,不必强调是针对"张守珪隐其败状而妄奏克获之功"事。在分析这首诗的形式上,也要考虑到此诗写作的"和焉"性质,形式多半取决于原作。进一步说,诗中用韵当为原作之韵,所谓用韵之妙、节奏起伏跌宕,是原作规定的,同时这也限制了高适的表达。另外,"身当恩遇常轻敌"中的"轻"不是贬义,是"藐视"义。"战士"一作"壮士"(《围炉诗话》卷二),对于"战士军前半死生,美人帐下犹歌舞"也有不同的理解,《唐诗归》卷一二钟惺评云:"豪壮中写出暇整气象。"王闿运手批《唐诗选》卷九云:"豪语,非刺语。"可备一说。

《燕歌行》是和作,但还是含有高适游边的经历。高适另一些边塞作品虽非入幕之作,而游边或出使边地的作品与《燕歌行》的写作不一样,写出边塞的情景,只是和岑参比,他没有去过西域,因而缺少岑参写西域边塞风光的瑰丽之作。高适边塞之作,大抵不出东北,也有少量河西的作品。如《九曲词》就是在河西幕写的：

> 万骑争歌杨柳春，千场对舞绣骐驎。
>
> 到处尽逢欢洽事，相看总是太平人。
>
> 铁骑横行铁岭头，西看逻逤取封侯。
>
> 青海只今将饮马，黄河不用更防秋。

据说，《九曲词》是为哥舒翰破吐蕃收九曲黄河而作。内容与《燕歌行》不同，幕中文人和居于内地（或游边）文士在对待战争和主帅态度上确有差异，高适还写有《同李员外贺哥舒大夫破九曲之作》："遥传副丞相，昨日破西蕃。作气群山动，扬军大旆翻。奇兵邀转战，连弩绝归奔。泉喷诸戎血，风驱死虏魂。头飞攒万载，面缚聚辕门。鬼哭黄埃暮，天愁白日昏。石城与岩险，铁骑皆云屯。长策一言决，高踪百代存。威棱慑沙漠，忠义感乾坤。老将黯无色，儒生安敢论。解围凭庙算，止杀报君恩。唯有关河渺，苍茫空树墩。"这里不再有将帅与士兵对立关系的描述，也没有关于战争性质的议论，也没有"征战苦"的具体刻画，一切都是"忠义"之举，都是"报君恩"。而远离边地和战场的人才会讨论此战性质，该不该打仗，如传李白作《答王十二寒夜独酌有怀》云："君不能学哥舒横行青海夜带刀，西屠石堡取紫袍。"诗中之意是反对哥舒翰"西屠石堡"的。如用高适作《燕歌行》的态度看，《九曲词》是否在用歌舞升平遮掩了刚刚发生的血腥战斗场面。

（《学术研究》2010 年 12 期）

李白的悲剧与诗

对于唐诗，我们从小就喜欢念诵。唐诗是中国文学、中国文化中最经典、最精华的部分。我们讲诗歌必然要提到唐诗宋词，在我看来，唐诗不仅是中国文学的精华，也是世界文化的宝贵财富，而像李白这样的诗人，不仅属于中国文学史，也属于世界文学史。所以，我今天以李白为例来欣赏和认识唐代的诗歌。

古人说"知人论世"，讲诗歌肯定要讲诗人的生平及活动，只有这样我们才能对他的诗歌有深入的了解。对于唐诗，我觉得每一个读者都有他自己独特的感受，小孩在读"床前明月光"的时候，他的感受和我们今天读"床前明月光"是不一样的。作为学者，研究唐诗又和我们不太一样。台湾著名诗人余光中，他本人是一位诗人，他对唐诗是什么样的感受呢？他对李白是怎样认识的呢？他写过一首诗《寻李白》，因为李白是过去的人物，李白所写的诗歌也不是我们今天的，它是历史的产物，所以余光中怀着非常敬佩景仰的心情写下一首《寻李白》。我觉得，作为一个诗人，他对李白的认识是非常形象生动的，他在读李白的时候是这样感受的，他说："酒入豪肠／七分酿成了月光／余下的三分啸成剑气／绣口一吐就半个盛唐。"这里面提到了三个词。

一是酒。李白很狂放，以饮酒著称。唐代把一些喜欢喝酒的人排列在一起，称他们为"酒中八仙"或"饮中八仙"，李白是其中一个。所以，我们说李白"诗中有酒"。一般说来，人愁就饮酒，饮酒是为了消愁，但余光中不这样理解，他认为：李白喝酒好像和愁没有什么关系，酒是进入他的豪肠而不是愁肠。

二是月光。李白的诗歌中写月光的非常多，我们也非常喜欢。现在可以随口念诵几句有月光的诗："床前明月光，疑是地上霜；举头望明月，低头思故乡。"李白的内心是非常寂寞的，他找不到朋友，就找月亮，他喝酒的时候"举杯邀明月"，想和月亮一起来对饮。当然，李白诗里面的月光确实很多，也很有个性，每一首诗里面的月光差不多都有不同的含义。

三是剑。"七分酿成了月光，余下的三分啸成剑气"，正好反映了李白身上有一种豪侠之气。李白本人也说过，他喜欢学剑。为了学剑，他从四川老家江油来到山东，不远万里来学剑法。根据李白个人所言，他在年轻的时候曾经手刃数人，不过肯定没有杀死，如果杀死了他就要被抓去坐牢。此外，李白也很重情义，有一种豪侠之气。他自己讲了一个例子：有一次，他在路上碰到一个人死了，他把这个人洗干净安葬了，这也体现了李白的豪侠性格。

所以，余光中用酒、月光、剑这三个字来形容李白，我觉得这三个字恰好抓住了李白的性格行为特征。这三个字应该在我们头脑中留下很深刻的印象。只要我们平时留意一下，历代文人在画李白画像的时候，通常都离不开两个道具：一个是酒，还有一把剑，还有，常常以月亮为背景。这三样东西差不多把李白很形象地表现出来了。

李白非常豪放，所以他的诗歌也是豪放的。但是，我今天要和大家讲的不是豪放，也不是通常我们所理解的李白的形象，而是李白的另一个方面，也就是他的悲剧人生。可能有人觉得很奇怪，李白不就是一辈子没有做官嘛，没有做官的人很多，并不是没有做官就是悲剧啊！如果拿做官不做官来衡量，像我和在座的朋友们都是悲剧了。我不这样认为，不能用做不做官来衡量。那用什么来衡量李白呢？我认为，在他的一生中,他的性格,也就是他的为人,和社会环境构成了矛盾,造成了李白的悲剧。

我这样讲,和传统的讲法有什么不同呢? 一般传统的讲法,以及我们一般人去阅读古诗的时候,很容易这样讲:因为他的理想和现实构成了矛盾,也就是说他个人很有理想,很想干一番事业,但是社会不让他去做,没有让他实现理想的环境,这就构成了悲剧。我并不是这样想的。我认为,如果用这一点来解释,每个人都有理想,每个人也不能百分之百地实现他的理想,可能只实现了理想的小部分,可能只实现了理想的百分之四十。一个人如果能实现他理想的百分之四十,他已经是一个成功人士了。

我今天要讲的是李白的个性。我觉得,我们不要总是从政治上、从社会环境来解释一个人一生的悲剧,我们要从他个人和只有在他身上发生的事情来讲他的悲剧性。所以,我今天从两个方面来讲李白的悲剧。这是我最近一二年研究出来的结果,也是我们今天一起来讨论的问题,不把它看成是定论。

一、志趣相异——婚姻之悲

关于李白的婚姻悲剧,是很重要的。我经常想,一个人的悲剧如果是因为政治原因、社会原因,那也是一时的,比如说:在单位和领导闹矛盾了,但回到家感到家庭很温暖,可以用温暖来化解在外面受到的不公,平衡自己的心态。我研究问题有一个出发点,就是关注个人、关注家庭。家庭一定要安定,如果家庭出了问题,那才是真正的悲剧。我是这么想的,也是这么来做研究的。所以,我提出的第一个问题是关于李白的婚姻悲剧。

你怎么知道李白有一个婚姻的悲剧呢？因为我们是做这一行的，我要去研究。我经常和别人讲，实际上我们的职业很平常，说得简单一点我们有一点像警察，为什么？一个案例出来了，我们要去破案。这个破案过程中有的是看得到的，有的看不到，怎么办？我们要从蛛丝马迹中不断地寻找线索。

李白是个历史上的人物，我们现在对他的婚姻悲剧进行"立案侦查"，从哪里找蛛丝马迹呢？这就要求我们读书要仔细，要像警察破案的时候心要细、要果断。李白有一首非常著名的诗歌《南陵别儿童入京》，是这样写的：

> 会稽愚妇轻买臣，余亦辞家西入秦。
> 仰天大笑出门去，我辈岂是蓬蒿人。

这首诗里面两句："仰天大笑出门去，我辈岂是蓬蒿人。"说得很简单，也很痛快。意思是，望着天大笑出门离开家。诗歌和我们讲话不一样，如果用我们今天的话来讲，就是我仰天大笑出门去，因为我高兴，我是一位了不起的人，不是你所说的蓬蒿人。"仰天大笑出门去"是一个动作，"我辈岂是蓬蒿人"是回答别人的。这句话大家都知道，也喜欢引用，当你离家的时候可以这么讲，意味着你要出去干一番大事业。谁都能引用，古今共鸣。

但是，这里面有一个问题，这不是单独的一句话，它是一首诗中的一句话。这首诗前面一句话是："会稽愚妇轻买臣，余亦辞家西入秦。"下面才讲到："仰天大笑出门去，我辈岂是蓬蒿人。"前面一句是引用汉代人朱买臣的一个故事来说话，故事是这样讲的：

朱买臣家里穷，好读书，不治产业，所以落得夫妻两个人打柴为生。他的老婆也是能够同患难的——朱买臣在前面挑一担柴，她背一些柴跟着，并不以为苦。两人的离婚，只是因为发生了一点口角。朱买臣砍柴不忘读书,担着柴还哼哼叽叽地唱个不停,想来古人读书、读诗都是要朗诵或者吟唱出来的。这种"回也不改其乐"的态度,让他老婆在大庭广众之下觉得很难堪,屡次劝告朱买臣不要在外头吟唱,想唱就回家悄悄地唱去!但是,朱买臣只顾自得其乐,不考虑妻子的感受,担柴草去卖时照唱不误,他无非是宣泄一下怀才不遇的情绪。他的妻子认为:这是羞耻的事情,请求离他而去。朱买臣笑着说:"我50岁一定能富贵,现在已经快50了。你辛苦的日子很久,等我富贵之后再报答你。"妻子愤怒地说:"像你这种人,终究要饿死在沟壑中,怎能富贵?"朱买臣不能挽留她,只好任凭她离去。

这个故事很生动,也很有教育意义。现在我们再回头看李白的那首诗,李白说朱买臣的太太很蠢,轻视了朱买臣。下面一句话说"余亦辞家西入秦"。当年朱买臣50岁的时候到长安去做官,现在李白也要离开家到长安去了。这是一件历史上的真实事情,当时的唐玄宗召见李白。李白只是一个文人而已,被皇帝召见是一件了不起的事情。所以,李白在写这一首诗的时候,很容易想到他的境遇和汉代朱买臣的境遇是一模一样的。也就是说,李白和他当时的老婆关系不好。李白一生娶了四个老婆,这个老婆是第三娶,李白在写这首诗的时候,他和老婆的感情已经到了崩溃的边缘。现在我们回头看,朱买臣的妻子骂他:像你这种人最后只能饿死在沟中,怎么能富贵呢?现在我们才知道"蓬蒿人"是骂人的话,是李白妻子常骂李白的话。唐代说人没有出息就说他是"蓬蒿人"。

由此我们可以推论,李白在和山东的这个老婆一起生活的时候,受尽了老婆的气,这个老婆整天在家骂他:你不就是能写诗吗?写诗又不能卖钱。你不就是能喝酒吗?喝酒不仅不能卖钱,而且要花大把大把的钱,像你这种只会喝酒写诗的人,怎么能富贵啊?你只不过是一个"蓬蒿人"而已,一辈子到死也不会有什么出息的。我们回想一下,李白现在为什么这么快乐?他以前为什么没有那么快乐?他现在有了一个皇帝召见的好借口,要逃脱苦海。不幸的婚姻对每个人都是很痛苦的,谁不想逃出来啊?现在有机会逃出来,而且有一个冠冕堂皇的理由,非常的体面。所以,他"仰天大笑出门去",向他的老婆反击。这件事情我说得好像有头有尾的,不知道你们信不信?我讲究一个方法原则,仅仅凭这一条理由是不能够断定他的婚姻不幸,我们还要找不同的证据。还是找这首诗,拿这个题目来说,里面都有深意,为什么?

　　这首诗的题目是《南陵别儿童入京》。李白和山东的这个女人生了一两个小孩,最多两三岁,他在山东住的地方离别儿童,这就很奇怪了:他写这样一首诗给小孩根本没有意义,写诗是要给别人看的,为什么他要写给两三岁的小孩呢?我觉得是借写这一首诗发泄一下。另外,他为什么不写给他老婆呢?按照唐代人的习惯,这里应该写《南陵别妻儿入京》,老婆尽管不识字,但可以讲给她听,可他没有这样写,为什么啊?他恨他老婆。我估计这两个人已经是形式上的婚姻了,他根本不理他老婆,所以题目是《南陵别儿童入京》,而且在诗歌中大骂他老婆,说他老婆是有眼无珠,不能认同他将来的前途。这是另外一个证据。

　　李白到了长安以后很长一段时间,写回家的诗歌仍然不写给老婆,而写给他只有几岁的小孩。下面这首《寄东鲁二稚子》,题目一看就知道。

> 吴地桑叶绿,吴蚕已三眠。
> 我家寄东鲁,谁种龟阴田?
> 春事已不及,江行复茫然。
> 南风吹归心,飞堕酒楼前。
> 楼东一株桃,枝叶拂青烟。
> 此树我所种,别来向三年。
> 桃今与楼齐,我行尚未旋。
> 娇女字平阳,折花倚桃边。
> 折花不见我,泪下如流泉。

小儿名伯禽，与姊亦齐肩。

双行桃树下，抚背复谁怜？

念此失次第，肝肠日忧煎。

裂素写远意，因之汶阳川。

看看这首诗，不能不掉泪啊！在李白的想象当中，山东的那两个小孩过的简直就是孤儿的生活，为什么？你看"双行桃树下，抚背复谁怜？"两个小孩子走在桃树下，有谁能抚摸他们的背可怜他们、爱护他们呢？这首诗从题目到内容都可以看得出来。第一，不写给老婆；第二，可怜他的小孩。

还有一首诗《赠武十七谔》也是这样：

马如一匹练，明日过吴门。

乃是要离客，西来欲报恩。

笑开燕匕首，拂拭竟无言。

狄犬吠清洛，天津成塞垣。

爱子隔东鲁，空悲断肠猿。

林回弃白璧，千里阻同奔。

君为我致之，轻赍涉淮原。

精诚合天道，不愧远游魂。

李白这首诗是赠给一个人的，这个人大概要从长安到山东去。诗里面有一句："爱子隔东鲁，空悲断肠猿。"看得出来他不喜欢山东的这个老婆，但非常喜欢这个老婆生的小孩，因此，他想念儿子觉得很悲伤。

还有一首《送杨燕之东鲁》：

关西杨伯起，汉日旧称贤。

四代三公族，清风播人天。

夫子华阴居，开门对玉莲。

何事历衡霍，云帆今始还。

君坐稍解颜，为君歌此篇。

我固侯门士，谬登圣主筵。

一辞金华殿，蹭蹬长江边。

二子鲁门东，别来已经年。

因君此中去，不觉泪如泉。

这首诗里面也写到"二子鲁门东，别来已经年。因君此中去，不觉泪如泉。"从这些诗我们可以看到，李白从不谈老婆，只可怜自己的小孩，对自己的小孩子是很有感情的。一个大男人，想念家中的孩子总是痛哭流涕，其实别有因由。

再看看《送萧三十一之鲁中，兼问稚子伯禽》：

六月南风吹白沙，吴牛喘月气成霞。

水国郁蒸不可处，时炎道远无行车。

夫子如何涉江路？云帆袅袅金陵去。

高堂倚门望伯鱼，鲁中正是趋庭处。

我家寄在沙丘傍，三年不归空断肠。

君行既识伯禽子，应驾小车骑白羊。

这首诗是送萧三十一到山东，并让萧三十一去看望他的小孩伯禽，"君行既识伯禽子，应驾小车骑白羊。"意思是你这次去不知道能不能认出我的小孩来，说不定他也会驾着小车骑在白羊身上玩了。从这些诗可以看出，李白确实不喜欢他的老婆，这是第二个理由。

可能有些人说，李白不是不喜欢写诗给妻子，而是喜欢妻子不好意思写出来而已。从李白和他后来娶的一个姓宗的女人的感情来看，李白和她的感情可好了。为什么好呢？他们有共同的语言，有共同的爱好——他们共同爱好道教。宗氏非常喜欢道教，李白更喜欢道教。所以，我们打开李白的诗文集可以看到大量的爱情诗，这些爱情诗基本上是写给宗氏的，表达他们两个人怎样相亲相爱，这样一对比不就看出来了吗？他不是不喜欢写给妻子，而是根本没有去写给山东的老婆，最后肯定是离婚了，然后再娶宗氏的。这样就反证了李白确实在开元天宝之间，曾经在山东娶过一个山东的女子，两个人感情不和，有一段婚姻的悲剧。

二、角色错位——仕途之悲

老实讲，李白一生没有做过官。有人可能觉得奇怪了，他不是做过翰林学士的官吗？其实那是假的，他没有做过翰林学士，只做过翰林待诏，这不是官。翰林学士是官职，翰林待诏是把各行各业的人，有和尚、道士、算命先生、棋手等等三教九流的人，把这些人放到翰林院里面，让他们在那儿吃喝玩乐。假如皇帝突然想下棋，就找一个会下棋的翰林待诏来陪他下棋；如果皇帝想写字，就马上找一个会写字的翰林待诏来陪皇帝。李白所从事的就是这样一个行当，而不是一个官。

为什么李白有仕途之悲呢？做官没有做成，实际上是角色错位。刚才讲，李白一生中最荣耀，也是最了不起的一件事情，是唐玄宗召见他了。唐玄宗为什么要召见他？李白做梦都想到长安去，他两次去长安找出路，为什么以前不行现在行？凭什么唐玄宗在天宝元年要召见他？一般的说法是李白的诗写得好，所以唐玄宗召见他。我认为，李白被唐玄宗召见去了长安，不是因为他诗写得好，而是因为他有很深的道教修养，或者说他是以一个道教徒的身份被唐玄宗召见的。为什么这么说呢？我们来找找原因。

第一，李白去长安的时候是天宝元年。天宝元年之前发生了两件大事。首先，在天宝元年之前，国家的考试制度有了变化，古代称之为科举,在这个时候有了改革,在考试的科目当中增加了一门新的科目《四子》,就是我们通常所说的诸子百家的《老子》、《庄子》、《列子》、《文宗子》,并称为"四子科",也叫"四子举"。为什么要考这个科目?大家知道,唐代的皇帝姓李,因为祖上并不出名,所以他研究出自己的祖宗是老子,老子姓李。既然祖上是老子,那就要重视老子。在唐代,佛教很盛行。道教为了和佛教斗法,本来和老子没关系,找祖宗就找到了老子,认为《老子》是他们的经典。如此看来,老子的用途可大了,不仅是道教的祖宗,也是唐代皇帝的祖宗,一个是皇帝,一个是宗教。

到了唐玄宗时期,国泰民安、天下太平,皇帝没有什么事情可干,至少可以做一件让祖宗光荣的事情——把他们认定的祖宗老子地位再一次抬高。所以,他在科举上面做了一个动作,牵动天下人要来学《老子》、《庄子》,这是了不起的"政治行为"。唐玄宗觉得这样还不能让人信服,他想到一个很好的办法。有一天,他睡觉醒来,一大早把大臣们叫来,说夜里他做了一个梦,梦见老子,说明他真正是老子的后代,而且还说老子长什么样子,赶紧把画家找来按他的描述把老子的形象画出来,再把画像派到每个州的道观去,然后请一两个道士来强化道教的地位。在唐代,道教的地位最崇高的时候是唐玄宗时期,他采用了很多非常厉害的手段。一个是舆论上的,说他自己梦见老子了,自己是老子的传人;其次是改革考试制度,加了一科。这是李白进长安的背景。

第二,谁向唐玄宗推荐李白的,这个人很重要。推荐人一定要与被推荐人有共同的知识和才能。推荐人是唐玄宗非常宠爱的妹妹玉真公主。玉真公主对道教最喜欢,所以她有一个法号是"持盈法师"。据说李白去长安并不是孤身一人去的,而是有两个人,这是史书上明确记载的。那个人叫元丹丘,在当时的名声超过了李白,他是天下公认的著名道士。当时有一个著名的官僚文人叫贺知章,他写过一首诗:

> 少小离家老大回,乡音无改鬓毛衰。
> 儿童相见不相识,笑问客从何处来。

　　其实,贺知章是不怎么想做官的,总是向皇帝提出要求回家请求,回家去做道士,这个人名声极大,在知识分子当中地位极高。有一天,他抽出时间来见李白,而李白没有一官半职,受到贺知章的会见是李白很荣耀的事情。这两个人都喜欢喝酒,杜甫把他们几个人写到诗歌当中,称他们为"饮中八仙",其中一个是贺知章,一个是李白。他们两个人最大的相似之处是喝酒。他们两个人相遇的地方好像找错了位,在紫极宫见面。紫极宫是当时长安城著名的道观。这就很奇怪了:两个人不去喝酒,跑到长安城著名的道观来干嘛? 贺知章一见李白就大加赞扬,称李白是"谪仙人"。李白非常高兴,道教修炼成正果后会成仙,"谪仙人"就是说李白是从上天贬谪到下界人间的仙人。

　　刚才我们说了,唐玄宗召见李白是在唐玄宗极力倡导道教的时候,李白进长安是由于"持盈法师"的推荐,而且是和当时著名的道士元丹丘一起进长安的,在长安著名的道观里面得到了贺知章的接见,而且一见面就说他是谪仙人。种种迹相表明,李白在当时是以一个道教徒的身份得到了唐玄宗的召见。这里我还可以补充一个例子来说明。李白平生不喜欢科举考试,可以说与科举考试无缘,但他在长安的这三年当中,写过一首和考试有关的诗《送于十八应四子举落第还嵩山》:

> 吾祖吹橐钥,天人信森罗。
>
> 归根复太素,群动熙元和。
>
> 炎炎四真人,擿辩若涛波。
>
> 交流无时寂,杨墨日成科。
>
> 夫子闻洛诵,夸才才固多。
>
> 为金好踊跃,久客方蹉跎。
>
> 道可束卖之,五宝溢山河。
>
> 劝君还嵩丘,开酌盼庭柯。
>
> 三花如未落,乘兴一来过。

因为考试总有考得上的,有考不上的,大部分是考不上的。在唐代,考不上的要去拜见某人,某人就安慰他一下。从这首诗中可以看出来,考"四子举"的人去拜望李白。这个于十八为什么去找李白?这说明李白和道教、和"四子举"是有关系的。而且可以看出来,这个人和李白一样喜欢在山中学道修炼,这个人住在嵩山,考不上还是让他回嵩山。这就足以证明李白和道教的关系。

上面我们从两个方面论证了李白的悲剧人生,一是个人的婚姻不幸,另一个是仕途之悲。为什么说是仕途之悲呢?唐玄宗召见李白,并不是要他去做官,而是要李白去帮助他研究道教,或者说和他讨论道教方面的问题而已。但李白不这样想,他认为唐玄宗召见他,可以让他大展宏图。所以,李白所想和唐玄宗召见的意图之间是不对应的,这是一个方面。

第二个方面,推而广之,李白所学和当时皇帝想用他的地方也有矛盾。我们通常讲"学成文武艺,货与帝王家。"皇帝需要文的人,你要学文;天下大乱、皇帝需要武的时候,你要学武。李白除学道教以外,还喜欢学纵横家,从小就拜过纵横家为师。李白认为不需要考试,通过游说皇帝就可快速做大官,这是李白的梦想。李白喜欢纵横家,纵横家很厉害。大家知道,在战乱的时候纵横家最吃香,而唐玄宗时代是天下大治,一片太平,他怎么需要纵横家呢?李白总是想把纵横家的东西卖给唐玄宗,他所学与唐玄宗所想用的东西不一致。所以,李白是因为角色错位造成了仕途上的悲剧。

可能有的朋友会想,自己读的李白的诗都很豪放,你怎么说他是悲剧呢?悲剧怎么会豪放?我觉得,李白的悲剧是贯穿一生的,但悲剧的分布有时候重一点,有时候轻一点。比如家庭闹分裂、离婚,这是非常悲惨的事情,这个时候悲剧就严重了。所以,李白喝酒是"借酒消愁",但他喝了酒就发疯,发疯就写诗,并且写的诗还很豪放,这就是他的优点。但是,李白在酒醒的时候就不行,酒醒后会觉得不舒服,他的悲剧真的体现在他的作品当中。所以,如果你不全面地去读他的作品,是看不出来这些的。当你全面的去读李白的作品的时候,就会发现,他的诗里写了大量的"秋天"。我们也熟悉不少,例如《静夜思》:

> 床头明月光,疑是地上霜。
> 举头望明月,低头思故乡。

写的是秋天,他为什么那么伤心想家啊?人在江湖最不痛快、最艰难的时候最想家,想家也是一种痛苦的体现。高兴的时候会想家,但那是另一种想,想的是衣锦还乡。李白的《静夜思》是很典型的悲秋。他有一次照镜子的时候,发现自己的头上长了很多的白发,他于是诗兴大发,写了一首《秋浦歌》:

> 白发三千丈,缘愁似个长。
> 不知明镜里,何处得秋霜?

这也是"悲秋"情结。李白的诗歌里写悲秋的非常多,实际数量超过了杜甫。李白还是有很多悲伤之处,他在作品中已经表现出浓重的悲情,"悲秋"情结是其重要体现。

李白有一个同乡也是从四川走出来,叫陈子昂,他写过"前不见古人,后不见来者。念天地之悠悠,独怆然而涕下"。被后人广为引用。这两个人所住的地方相距很近,陈子昂是李白的长辈,他是初唐人,而李白是盛唐人。从他们走出四川看,李白就显示出了他的弱点,尽管他们所处的时代不同,但走出四川的时候都经过一座山,叫荆门山,越过荆门就到楚地了,在荆门上游全部是崇山峻岭,过了荆门山就是一望无际的平原,所以所有从四川出来的人,到了这个地方后情感的波动特别大。这两个诗人经过荆门山都写下了著名的诗歌,陈子昂写的《度荆门望楚》,是这样的:

> 遥遥去巫峡,望望下章台。
> 巴国山川尽,荆门烟雾开。

城分苍野外，树断白云隈。

今日狂歌客，谁知入楚来。

由此可见，陈子昂充满了自信。李白经过这地方的时候写的《渡荆门送别》：

渡远荆门外，来从楚国游。

山随平野尽，江入大荒流。

月下飞天境，云生结海楼。

仍怜故乡水，万里送行舟。

他们两个人出川的状态是不一样的，陈子昂没有自卑，充满自信，走出了四川，走向了中原；而李白走到这里的时候仍然怀念故乡。把以上两首诗歌一比较，写的情感不一样，所以真正有豪侠之气的是陈子昂而不是李白。从这两个人走出四川的动作也可以看出这两个人的差异，陈子昂出了四川就直奔当时的政治中心洛阳而去，因为当时武则天在洛阳，当时的中央政府搬到洛阳去了，陈子昂直奔洛阳向武则天上书。李白也想出来干一番事业，但他走的是一条回旋曲折的路，他没有敢直接到长安，而是在湖北安陆停留了很长一段时间，到了天宝元年才真正走进了长安。这时候离他当时出川，十五、六年的时间已经过去了。

（2009 年 11 月 11 日在日本早稻田大学演讲稿）

李白自述待诏翰林相关事由辨析

内容提要　李白出京后到他临终前有三次自述过待诏翰林的相关情况,即天宝十三载(754)魏颢"江东访白"时,李白对他的谈论;至德二载(757)请宋中丞推荐的自述;宝应元年(762)十一月李白临终前对李阳冰的口述。由于时代不同、对象不同、目的不同、场景不同,所叙述内容存在较大差异,甚至分歧,比较其差异则能揭示其事实真相,并可描述当事者的心路历程。

关键词:李白　待诏翰林　道教徒

　　关于李白何以入京供奉翰林,其间行为及其后果,以及何以出京等情况还有很多疑点。其实研究李白的翰林生活,最直接的材料都出于其自述,至少在李白出京后到他临终前有三次向人介绍过相关情况,由于时代不同、对象不同、目的不同、场景不同,所叙述内容存在较大差异,甚至分歧。这三次叙述分别为:天宝十三载(754)魏颢"江东访白"时,李白对他的谈论;至德二载(757)请宋中丞推荐的自述;宝应元年(762)十一月李白临终前对李阳冰的口述,分见于魏颢《李翰林集序》、李白《为宋中丞自荐表》和李阳冰《草堂集序》。研究这三次李白对待诏翰林情况的不同叙述,有助于人们探讨出京后李白思想、生存状态及其由此触及到的时代迁变对士人存在方式的影响。本文只是对这三次李白自述作一些考察、梳理和推断,进一步论述李白以道教徒或道教徒兼文学的身份供奉翰林的观点。①

一、天宝十三载(754)魏颢"江东访白"时,对魏颢的谈论

魏颢《李翰林集序》:"白久居峨眉,与丹丘因持盈法师达,白亦因之入翰林,名动京师。《大鹏赋》时家藏一本。故宾客贺知章奇公风骨,呼为谪仙子,由是朝廷作歌数百篇。上皇豫游,召白,白时为贵门邀饮。比至,半醉,令制出师诏,不草而成。许中书舍人,以张垍谗逐,游海岱间。年五十余,尚无禄位。"②其中所言入翰林事当在魏颢"江东访白"时,听到的李白自述,时间在天宝十三载(754)。③ 我们可以理解为李白在和追慕者魏颢相处的日子里断续向其泄密私情,这是彻底的"真",大致实处存真;但也不排除有狂饮后的大言,就又有了夸大或失实的"假",大致虚处生假。综合考察,魏文中有些内容可能是后来作《李翰林集序》时回忆的错误,如说"白久居峨眉"入京;有些内容是真实的,事隔十余年,李白更加迷恋道教,故不再忌讳入京身份了,直接说出能入京的原因:"与丹丘因持盈法师达,白亦因之入翰林,名动京师。《大鹏

---

① 参见戴伟华:《唐代文学综论》,商务印书馆 2006 年版,第 123—127 页。用"道教徒"而不用"道士"称李白,是从实际考虑的,也是袭用李长之先生的用法。实质上李白为道教徒也不能以天宝四年受道箓为界,李白天宝前究道理、炼丹药,齐州高天师授道箓只是给他一个名份而已。至少开元后期李白与胡紫阳高谈混元,受玉诀金书,就炼丹了。罗宗强先生认为李白早在少年时期曾行过入道仪式,且一生中不止一次。参《李白的神仙道教信仰》,见《20世纪李白研究论文精选集》,太白文艺出版社 2000 年版,第 515—530 页。

② 本文所引李白诗文及相关材料均据《李太白全集》,中华书局 1977 年版。

③ 傅璇琮主编:《唐代文学编年史》初盛唐卷,辽海出版社 1998 年版,第 892 页。

赋》时家藏一本。故宾客贺知章奇公风骨,呼为谪仙子,由是朝廷作歌数百篇。"贺知章在紫极宫见李白,呼李白为"谪仙人",见李白《对酒忆贺监序》,文云:"太子宾客贺公,于长安紫极宫一见余,呼余为谪仙人。"李白这两处的自述大致相同。《旧唐书》卷九载,天宝二年"春正月丙辰,……改西京玄元庙为太清宫,东京为太微宫,天下诸郡为紫极宫"。《封氏闻见记》卷一《道教》:"玄宗开元二十一年亲注老子《道德经》,令学者习之,二十九年两京及诸州各置玄元皇帝庙,京师号玄元宫,诸州号紫极宫,寻改西京玄元宫为太清宫。"贺知章见李白的地方应该是太清宫,而不是紫极宫,因各州玄元皇帝庙皆称为紫极宫,李白一时随俗误称而已。但"朝廷作歌数百篇"一语,可能是夸大之词,既然有数百篇咏"谪仙子"的诗,且是在"朝廷"之上,何以无一首留存,实在使人生疑。"上皇豫游,召白,白时为贵门邀饮。比至,半醉,令制出师诏,不草而成。许中书舍人。"大致是妄语。

其中"贵门邀饮"有些夸大,李白在京所作诗中无此迹像。李白在翰林供奉期间,有何社交活动,并无明确记载,李白诗歌中流露的信息表明,他和贵门接触相当有限。主要人物有:1. 杨山人,《驾去温泉宫后赠杨山人》:"少年落魄楚汉间,风尘萧瑟多苦颜。自言管葛竟谁许,长吁莫错还闭关。一朝君王垂拂拭,剖心输丹雪胸臆,忽蒙白日回景光,直上青云生羽翼,幸陪鸾辇出鸿都,身骑飞龙天马驹。王公大人借颜色,金璋紫绶来相趋。当时结交何纷纷,片言道合惟有君。待吾尽节报明主,然后相携卧白云。"2. 故人,《温泉宫侍从归逢故人》:"汉帝长杨苑,夸胡羽猎归。子云叨侍从,献赋有光辉。激赏摇天笔,承恩赐御衣。逢君奏明主,他日共翻飞。"3. 苏秀才,《金门答苏秀才》:"君还石门日,朱火始改木。春草如有情,山中尚含绿。折芳愧遥忆,永路当日勖。远见故人心,平生以此足。巨海纳百川,麟阁多才贤。献书入金阙,酌醴奉琼筵。屡忝白云唱,恭闻黄竹篇。恩光照拙薄,云汉希腾迁。铭鼎倘云遂,扁舟方渺然。我留在金门,君去卧丹壑。未果三山期,遥欣一丘乐。玄珠寄象罔，赤水非寥廓。愿狎东海鸥，共营西山药。栖岩君寂灭，处世余龙蠖。良辰不同赏，永日应闲居。鸟吟檐间树，花落窗下书。缘溪见绿筱，隔岫窥红蕖。采薇行笑歌，眷我情何已。月出石镜间，松鸣风琴里。得心自虚妙，外物空颓靡。身世如两忘，从君老烟水。"4. 卢郎中，《朝下过卢郎中叙旧游》："君登金华省，我入银台门。幸遇圣明主，俱承云雨恩。复此休浣时，闲为畴昔言。却话山海事，宛然林壑存。明湖思晓月，叠嶂忆清猿。何由返初服，田野醉芳樽。"从"闲为畴昔言"一语看出，李白和卢郎中是老朋友，疑《温泉宫侍从归逢故人》之故人即为"卢郎中"，所以和卢郎中的交往是特殊情况。

　　不仅和贵门交游不广，就连和在朝诗人交往也不见有痕迹。李白在待诏翰林期间，应与在京任职或过往的诗人有唱和，比如王维、卢象、孙逖等，李白和王维没有往来，颇多疑问。从王维常奉和应制看，他在京城确有大诗人的地位。他们有两点相同，一是诗，二是隐。后者的不同在于王维是佛徒之隐，富贵之隐，他得宋之问蓝田别墅，颇有经营；而李白是道士之隐，山野之隐。

　　另外，李白和玄宗关系也值得认真思考，李白诗中屡言"侍从"，如《侍从游宿温泉宫作》。就此也不能夸大和玄宗的关系，天子出行规模浩大，李白并非要臣和宠臣，只是以待诏翰林为随行中的一员，虽随行侍从，未必和玄宗有真正的接触。朝中文学近臣还数不到李白，故李白受"令制出师诏"，恐有不实。天宝元年王维在左补阙任，[①]有《三月三日曲江侍宴应制》、《奉和圣制从蓬莱向兴庆阁道中留春雨中春望之作应制》，同时苗晋卿、李憕有应制和作。七月，裴旻献捷京师，玄宗置酒花萼楼，诏旻舞剑，乔潭作《裴将军剑舞赋》，颜真卿有诗赠旻。十月，孙逖扈从骊山，有《奉和登会昌山应制》。王维有和李林甫诗《和仆射晋公扈从温汤》。贺知章自秘书监迁太子宾客，孙逖行制。天宝二年，李林

甫作山水画于中书省壁,孙逖作《奉和李右相中书壁画山水》。李白待从游温泉宫而无应制诗,更无其他行制之文存世。

同样,李白缺席送贺知章归四明的君臣唱和,也可窥见李白在供奉翰林期间文学活动之一斑:

天宝三载正月五日,贺知章因病请度为道士,求归越,玄宗许之,御制诗及序送,又命百官饯送于长乐坡,皇太子以下咸就执别,各有诗作。《旧唐书·玄宗纪下》:天宝三载正月"庚子,遣左右相已下祖别贺知章于长乐坡,上赋诗赠之。"《全唐诗》卷三玄宗《送贺知章归四明·序》:"天宝三年,太子宾客贺知章鉴止足之分,抗归老之疏,解组辞荣,志期入道。朕以其年在迟暮,因循挂冠之事,俾遂赤松之游。正月五日,将归会稽,遂饯东路,乃命六卿庶尹大夫供帐青门,宠行迈也。……乃赋诗赠行。"《会稽掇英总集》卷二载李适之、李林甫、褒信郡王璆、席豫、宋鼎、郭虚己、李岩、韦斌、李慎微、韦坚、齐澣、崔璘、梁涉、王浚、王瑀、康捷、韩宗、郭慎微、于休烈、齐光乂、韦述、韩清、杜昆吾、张绰、陆善经、胡嘉鄢、魏盈、李彦和、张博望、辛替否等应制诗,与玄宗诗同为五言诗。又别载姚鹄、王铎、何千里、严都、严向七言律诗各一首,为晚唐人拟题限韵之作。《李太白全集》卷一七有七律《送贺监归四明应制》,与姚鹄、严都诗同以衣、机、归、微、飞为韵,当亦晚唐人作。详见《李白学刊》第二辑陶敏《送贺监归四明应制诗为伪作》。①

李白出于对贺知章的感激自然十分想参加这次送行活动,但他没有机会,其后李白在昭应县阴盘驿作《送贺宾客归越》诗就是明证。李白并不像人们设想的那样,他不在文学中心。所谓制诏事,包括李白陪玄宗游宴,作《宫中行乐词》和《清平调》等都有待重新考察。而"许中书舍人"的话最多是李白酒醉之时,炫耀给魏颢的张大之词。

有关"以张垍谗逐"一事,近来经学者考证,认为与张垍生平历职不

---

① 傅璇琮主编:《唐代文学编年史》初盛唐卷,辽海出版社 1998 年版,第 778 页。

符。张垍为张说子，开元中为驸马都尉、卫尉卿，李肇《翰林志》云："开元二十六年，刘光谨、张垍乃为学士，始别建学士院于翰林院之南。"韦执谊《翰林院故事》："至二十六年，始以翰林供奉改称学士，由是遂建学士，俾专内命，太常少卿张垍、起居舍人刘光谦等首居之，而集贤所掌于是罢息。"①李《志》中"刘光谨"当即"刘光谦"之误，有关刘、张二人入院时间有不同理解，但魏序明言为"以张垍谗逐"，必亲耳接听于李白自述，其真实性较大。李白叙述中关于事情情节会有所渲染，但其中所言及人名当不会有误。值得提及的是，魏颢拜访李白在天宝十三载，本年张垍受到杨国忠的打击，三月被贬为卢溪郡司马。故李白无所顾忌，直接说出张垍其名。反观李白刚出长安和杜甫相遇时，还是心有余悸的，他并没有提到被谗之事，更不敢提到张垍之名。至魏颢作序时，情形又有了更大发展，张垍兄弟并未随从，而张均做了安禄山的中书令，张垍做了宰相，得到严厉惩处。天宝初李林甫专权，"尤忌文学之士"。天宝元年八月以吏部尚书兼右相加尚书左仆射，而在这一背景下，与其说李白以文学身份入京，还不如说李白以道教徒身份或以道士兼文学身份待诏翰林更合情理。

　　和魏颢面叙的前一年，即天宝十二载春夏间，李白自宋州赴曹南，独孤及作序送之。李白自曹南赴江南，有诗留别。此次李白和独孤及以及其后和曹南群官见面时间可能较短。李白似乎没有和独孤及谈论很多，独孤及《送李白之曹南序》："曩子之入京也，上方览《子虚》之赋，喜相如同时，由是朝谐公车，夕挥宸翰。一旦幪被金马，蓬累而行，出入燕、宋，与白云为伍。"李白有《留别曹南群官之江南》："我昔钓白龙，放龙溪水傍，道成本欲去，挥手凌苍苍。时来不关人，谈笑游轩皇，献纳少成事，归休辞建章。十年罢西笑，览镜如秋霜。闭剑琉璃匣，炼丹紫翠房。身佩豁落图，腰垂虎鞶囊。仙人驾彩凤，志在穷遐荒。""凌苍苍"在

---

①　《翰学三书》，辽宁教育出版社 2003 年版。

李白诗中有得道后升天的含义,李白《酬殷明佐见赠五云裘歌》:"为君持此凌苍苍,上朝三十六玉皇。""不关人"者,王琦注"犹云不由人也",李白诗意谓本已修道成功,但"时来不由人",出京后仍重操旧业,"炼丹紫翠房"。独孤及序谈到李白入京原因并无新意,多为俗套和想象之语。和魏序相比,李白在留别曹南群官诗中没有说出入京的隐私和细节,但他已不回避以"道成"而入京,出京后仍专心于"炼丹"的事实,独孤及见到的李白是"仙药满囊,道书盈箧"。序和诗不是同时同地而作,其所述为人们对一年后魏颢所作序之内容真实性的判断增加了理由和信心。

二、至德二载(757)请宋中丞推荐的自述

至德二载李白在浔阳狱,得崔涣和宋若思之力,脱囚出狱,后遂参谋宋幕,并请求宋若思的推荐,《为宋中丞自荐表》云:"臣伏见前翰林供奉李白,年五十有七。天宝初,五府交辟,不求闻达,亦由子真谷口,名动京师。上皇闻而悦之,召入禁掖。既润色于鸿业,或间草于王言,雍容揄扬,特见褒赏。为贱臣诈诡,遂放归山。"时在至德二载(757)①。因急于功利,这是有选择的叙述,故粉饰之词较多。和魏序比较,最大的改动有四处,第一,提到李白入京供奉翰林的原因和魏颢序大不一样,魏序云"白久居峨眉,与丹丘因持盈法师达,白亦因之入翰林,名动京师",都是"名动京师",但原因不同,《表》中所述"名动京师"的原因是"五府交辟"而又"不求闻达","五府交辟"正是适应了安史乱起各方招

---

① 傅璇琮主编:《唐代文学编年史》中唐卷,辽海出版社 1998 年版,第 30 页。

揽人才的大势;其中提到"亦由子真谷口",由,同"犹",如同也。《华阳国志》卷十下:"郑子真,褒中人也。玄静守道,履至德之行,乃其人也。教曰:忠孝爱敬,天下之至行也;神中五征,帝王之要道也。成帝元舅大将军王凤备礼聘之,不应。家谷口,世号谷口子真。""玄静守道"也隐含了李白隐居学道的事实。第二,省去贺知章赏识之语。第三,将作《大鹏赋》和醉草制书的细节抽象化了,概括为"既润色于鸿业,或间草于王言,雍容揄扬,特见褒赏"。第四,将指名道姓的对手怨家虚化了,换成"贱臣诈诡"。这些改动隐含如下意思:第一点说明用人标准变了,玄宗崇道,用道教修炼功夫深厚,又能故弄玄虚的人。而现在国家动乱正是用贤人君子之时,以收"献可替否,以光朝列,则四海豪俊,引领知归"之效。第二点和第一点有关联,贺知章其人嗜酒好道不适合现在用人标准,而"谪仙人"的李白在玄宗时有魅力,在现在同样不受欢迎。第三点,魏序中的形象描述,难以取信于人,改为抽象概括反而合理。第四点,称玄宗朝有"贱臣诈诡"不影响当今皇上的录用。朝中关系复杂,如指名道姓就有可能牵扯上不知深浅的朝中关系而误了大事。应该说《为宋中丞自荐表》中的言辞颇讲策略,从审慎的态度中可以看出李白是字斟句酌过的。《为宋中丞自荐表》是正式公文和随兴而谈的魏序载录必然有区别。《表》对了解李白待诏翰林事很重要,文本本身传达的信息,包括说出的和未说出的两个方面。说出部分是如何说出的,未说出部分为何不说出,值得深入思考。

三、宝应元年(762)十一月李白临终前对李阳冰的口述

　　李阳冰《草堂集序》:"天宝中,皇祖下诏,征就金马,降辇步迎,如见绮皓。以七宝床赐食,御手调羹以饭之,谓曰:'卿是布衣,名为朕知,非素蓄道义,何以及此。'置于金銮殿,出入翰林中,问以国政,潜草诏诰,人无知者。丑正同列,害能成谤,格言不入,帝用疏之。公及浪迹纵酒,以自昏秽。咏歌之际,屡称东山。又与贺知章、崔宗之等自为八仙之游,谓公谪仙人,朝列赋谪仙之歌凡数百首,多言公之不得意。天子知其不可留,乃赐金归之。"时在宝应元年(762)十一月乙酉。这是李白临终前口述人生经历,李序云:"公遐不弃我,乘扁舟而相顾。临当挂冠,公又疾亟,草稿万卷,手集未修,枕上授简,俾余作序。"李序所述比较严肃,内容和魏序及《为宋中丞自荐表》有些表述不同。其一,写到玄宗初见李白的兴趣,"降辇步迎,如见绮皓",而且"以七宝床赐食,御手调羹以饭之",这就不是迎接一位诗人的态度了,以殊礼相待。绮皓,绮里季,商山四皓之一,汉初隐士。这里用"如见绮皓"取代了魏序中"与丹丘因持盈法师达,白亦因之入翰林"。其二,写到玄宗的赞语,称赞李白"素蓄道义",这里的"道义"不是指儒学,也不可能指佛教,应指道教精义以及付诸实践的修道功夫。玄宗先已听到玉真公主的推荐之词,现在又看到面前的李白一副仙风道骨的神采,就如同魏颢见到李白,为其"眸子炯然,哆如饥虎,或时束带,风流蕴籍"所折服一样,自然喜形于色。其三,简要叙述李白在京的杰出表现:"问以国政,潜草诏诰",正因为和李白实际情况有些不相符,叙述时就技术性地用了"人无知者"巧

妙作了掩饰,禁中之事,谁能作证,玄宗皇帝也已经于宝应元年四月卒。
"人无知者"不仅是本序精彩之笔,也是对李白过去叙述此事的必要交
代和完美补充,也有可能是在回应朝野多年来对李白受命草诏的质疑。
《唐会要》卷五十七兴元四年:"陆贽奏曰:'学士私臣,玄宗初待诏内
廷,主于应和诗赋文章而已,诏诰所出本中书舍人之职。'"学士也不能
草制诏诰,何况只是翰林供奉。其四,在受到谗毁到放逐之间加了一节
作为过渡,即有了玄宗疏远一事。其中没有说到"张垍",而是和《为宋
中丞自荐表》表述相似,"丑正同列,害能成谤",且定性有所改变而减
轻。因为此处谗毁结果只是让玄宗"疏之"而已;如直指张垍,其结果应
是遭至玄宗放逐。其五,保留了魏序中贺知章赏赞其为谪仙人和作歌
数百篇一节,加了"多言公之不得意"的诗歌内容归纳,为李白体面出京
张本。其六,添写了纵酒和酒中八仙之游一事。这是对魏序中"白时为
贵门邀饮,比至,半醉,令制出师诏"更为浪漫传奇的改写。其七,始言
"还山"时有玄宗"赐金"的优待,和杜甫"乞归优诏许"相呼应。

　　总之,天宝十三载(754)魏颢"江东访白"时,李白对魏颢的谈论可
信度最高,如果说李白初识杜甫时因刚离京城心存余悸不敢吐露真言,
现在事隔十余年,远在江湖之上,和一个追慕者可敞开心扉畅所欲言。
第一次道出进京供奉翰林完全是出于玉真公主的推荐,并且是和著名
道士元丹丘同时入京①。而此后的相关自述中不断有了修饰,服从了
"实用"的原则。至德二载(757)请宋中丞推荐的自述最为粉饰,文字
推敲痕迹也最重。宝应元年(762)十一月李白临终前对李阳冰的口述,
最为详尽,多重细节。"咏歌之际,屡称东山……天子知其不可留,乃赐
金归之。"这是"赐金还山"始出之处。除了以上三次自述外,李白还有
两首诗自述在翰林供奉的情形,其一《翰林读书言怀呈集贤诸学士》:

_____

　　① 关于李白和道教关系、和元丹丘等"结神仙交"的情况,可参见李长之《李白求仙学道
的生活之轮廓》。其文收入《想象力的世界——二十世纪"道教与古代文学"论丛》,黑龙江人
民出版社 2006 年版,第 73—89 页。

"晨趋紫禁中,夕待金门诏。观书散遗帙,探古穷至妙。片言苟会心,掩卷忽而笑。青蝇易相点,白雪难同调。本是疏散人,屡贻褊促诮。云天属清朗,林壑忆游眺。或时清风来,闲倚栏下啸。严光桐庐溪,谢客临海峤。功成谢人间,从此一投钓。"其二《东武吟(一作出金门后书怀留别翰林诸公)》:"好古笑流俗,素闻贤达风。方希佐明主,长揖辞成功。白日在高天,回光烛微躬。恭承凤凰诏,欻起云萝中。清切紫霄迥,优游丹禁通。君王赐颜色,声价凌烟虹。乘舆拥翠盖,扈从金城东。宝马丽绝景,锦衣入新丰。依岩望松雪,对酒鸣丝桐。因学扬子云,献赋甘泉宫。天书美片善,清芬播无穷。归来入咸阳,谈笑皆王公。一朝去金马,飘落成飞蓬。宾客日疏散,玉尊亦已空。才力犹可倚,不惭世上雄。闲作东武吟,曲尽情未终。书此谢知己,吾寻黄绮翁。"这两首诗中所反映李白在翰林的心情尚属正常,前首说到被人指责为"褊促",褊促者,心气不宽、性情急躁也。后首说到出金马门后受人冷落,"一朝去金马""宾客日疏散",也是常见的世态炎凉之意。这两首诗中并未夸大李白"被谤"的因素,和杜甫诗中所表达的意思相近。另外,诗中提到"黄、绮翁"和玄宗一见李白"如见绮皓"也相关联和呼应。

李白当以道士或道士兼文学身份入京待诏翰林,这一观点的提出对李白生平和思想研究有较为重要的意义。李白入翰林,正逢玄宗大崇道教之时,玄宗并非以文学之士征召李白。唐代帝王崇重道教,而天宝元年前后玄宗特重道教,并采取了一系列具体而有效的措施,提高其地位,始置崇玄学,令生员习四子。在玄宗重道教的背景之下,李白由玉真公主来推荐,无疑李白入京与道教密切相关。① 李白《送于十八应四子举落第还嵩山》诗云:"吾祖吹橐钥,天人信森罗。归根复太素,群动熙元和。"显然,李白是认老子为自家祖宗的。因此,玄宗召李白入京在道教统绪上也会得到舆论的支持。道教神仙如此受宠,那么道士可否

---

① 戴伟华:《唐代文学综论》,商务印书馆 2006 年版,第 123—127 页。

进入翰林院？傅璇琮先生《玄宗朝翰林学士传·尹愔》作了阐释："《新唐书·百官志》一，只说'乃选文学之士，号翰林供奉'，实际上唐代的翰林供奉，范围是相当广的。司马光《资治通鉴》卷二一七天宝十三载正月有记，谓：'上（指玄宗）即位，始置翰林院，密迩禁廷，延文章之士，下至僧、道、书、画、琴、棋、数术之工皆处之，谓之待诏。'清顾炎武《日知录》卷二四《翰林》条，据两《唐书》，记唐列朝工艺旧画之徒，及僧人、道士、医官、占星等，均入'待诏翰林'之列，而这些人又称之为翰林供奉。尹愔于开元中后期虽为道士，但也入翰林院为供奉，他之编注《五厨经气法》，可能也是受命而作的。《全唐文》卷九二七载丁政观《谢赐天师碑铭状》，中云：'敕内肃明观道士尹愔宣敕，内出御文，赐臣师主。臣跪奉天章，仰瞻宸翰，以惶以喜。'此也正可证尹愔虽为道士，实在宫中任居，即翰林供奉。"[①]

尹愔卒于开元二十八年（740）或稍前，他任翰林学士大约只二年。[②]疑尹愔卒后玄宗拟挑选一人充任尹愔这样的角色，正好有玉真公主的推荐，李白天宝元年入京待诏翰林。事实上李白并未能承担尹愔在玄宗前的相关责任，更不及尹愔"识洞微妙，心游淡泊，祇服玄言，宠敷圣教。虽浑齐万物，独谙于清真；而博通九流，兼达于儒墨"（孙逖《授尹愔谏议大夫制》）的才能和修养。

只要结合时代氛围，可以看出李白在天宝元年以道士或道士兼文学身份入京待诏翰林真是顺理成章。毫不夸张地说，天宝元年前后由于玄宗的喜好和纵容，朝廷上下笼罩在浓厚的崇道求仙的气氛之中，甚至出现荒诞的传奇。《资治通鉴》卷二一四开元二十二年："方士张果自言有神仙术，诳人云尧时为侍中，于今数千岁；多往来恒山中，则天以来，屡征不至。恒州刺史韦济荐之，上遣中书舍人徐峤赍玺书迎之。庚寅，至东都，肩舆入宫，恩礼甚厚。……张果固请归恒山，制以为银青光禄

---

①　傅璇琮主编：《唐翰林学士传论》，辽海出版社2005年版，第193页。
②　傅璇琮主编：《唐翰林学士传论》，辽海出版社2005年版，第195页。

大夫，号通玄先生，厚赐而遣之。后卒，好异者奏以为尸解；上由是颇信神仙。"胡注云："明皇改集仙为集贤殿，是其初心不信神仙也，至是则颇信矣，又至晚年则深信矣。"如果没有宗教的迷妄，稍有常识者都不会相信张果已活数千岁，并且尸解。《资治通鉴》卷二一五天宝元年：

> 甲寅，陈王府参军田同秀上言："见玄元皇帝于丹凤门之空中，告以'我藏灵符，在尹喜故宅。'"上遣使于故函谷关尹喜台旁求得之。……壬辰，群臣上表，以"函谷宝符，潜应年号；先天不违，请于尊号加天宝字"。从之……二月，辛卯，上享玄元皇帝于新庙。……改桃林县曰灵宝。田同秀除朝散大夫。时人皆疑宝符同秀所为。间一岁，清河人崔以清复言："见玄元皇帝于天津桥北，云藏符在武城紫微山。"敕使往掘，亦得之。东京留守王倕知其诈，按问，果首服。奏之。上亦不深罪，流之而已。

投机者皆能明白可以借老子和道教升官牟利。明知其奸，而玄宗宁信其有不信其无。在"时人皆疑宝符同秀所为"的大判断下，地方官吏仍在哄骗皇上，以厌玄宗之欲。《资治通鉴》卷二一五天宝二年："三月，壬子，追尊玄元皇帝父周上御大夫为先天太皇……江、淮南租庸等使韦坚引浐水抵苑东望春楼下为潭，以聚江、淮运船，役夫匠通漕渠，发人丘垄，自江、淮至京城，民间萧然愁怨，二年而成。丙寅，上幸望春楼观新潭。坚以新船数百艘，扁榜郡名，各陈郡中珍货于船背；陕尉崔成甫著锦半臂，缺胯绿衫而襟之，红抹首，居前船唱《得宝歌》，使美妇百人盛饰而和之，连樯数里；坚跪进诸郡轻货，仍上百牙盘食。上置宴，竟日而罢，观者山积。"所谓《得宝歌》，据胡注："先提民间唱俚歌曰：'得体纥那邪。'其后得宝符于桃林，成甫乃更《纥体歌》为《得宝弘农野》，歌曰'得宝弘农野，弘农得宝邪？潭里舟船闹，扬州铜器多。三郎当殿坐，听唱《得宝歌》。'其俚又甚焉。"

时风如此,李白是以真道士,还是沉溺道教的方外隐士,甚或是假道士入京供奉翰林,当年会有人去追问吗? 如以李白两入长安计,李白第一次煞费苦心想入朝,结果无功而返;天宝元年李白得玉真公主推荐能顺利入京待诏翰林:其遇与不遇,真可谓谋事在人,成事在天。

人们总是在回忆中叙述过去,通过回忆的叙述又往往是有目的地选择过去而造成回忆缺陷,伯恩海姆云:"回忆录中每多注重于行为之动机,少叙述事实之处,亦有仅限于动机及感想之记述者。此外则回忆录之用意,在证明作者自身之政治活动或其所属党派之政治活动之合理者,亦屡见不鲜。即使无有此项用意参入于其间,但回忆录既由一己的经验出发,其闻见自有限,偏见处自不能免;且夸耀一己之长,忽于自己之短,此亦人之常情,即此一端,已足发生偏见矣。余如不完全或错误之记忆,亦可杂于其中,则尤为极常见之事。"[1]从方法论意义上说,本文的写作既是受伯恩海姆观点的启发,也是在印证伯恩海姆的观点。

(《文学遗产》2009 年第 4 期)

---

① 转引自杜维运:《史学方法论》,北京大学出版社 2006 年版,第 112 页注②。

北宋文士与兵学关系述略

内容提要 本文避开文学与兵学相关联的学理研究,而是简略勾勒文士与兵学的关系。北宋文士与兵学关系表现为:关心军事,研究兵法;谙熟兵书,论述多引用兵法佐证;关心时势,讨论用兵;碑传行状对兵事记载详实,有异于唐代文人墓志。北宋文士热心于兵学整理,其一评论考订兵书,其二整理和注释兵书。北宋文士与兵学关系密切,有鲜明的时代性:第一、宋代文士注兵法乃缘于形势需要。第二,从宋代的文官制度和文人地位看,兵学成为士大夫所学习的内容是必然的。第三,从宋代文士的知识结构和文人品性看,文士研习兵学成为可能。

关键词: 北宋 文士 兵学

引 论

唐代文士重兵学不如宋代普遍,但有其特点。

第一，唐人喜爱兵法者，将经学的《春秋左氏传》视为兵书。①《春秋左氏传》是唐代科举教育和考试的重要内容，但因其篇幅过大，渐为士子所放弃，所谓"人之常情，趋少就易，三传无复学者"。但还有一些并非为科举考试而有兴趣读《左传》的，其一，学者为了研究读《左传》，如刘知几读《左传》"寻绎不倦，览讽忘疲"。又如中唐的啖助、陆淳和赵匡，以及受其影响的文士。其二，这是最值得关注的，唐代出现了一批有别于经学、史学和文学的新读者，即一些武人喜欢读《左传》，例如哥舒翰、浑瑊、高霞寓、高固、张仲武、田弘正等；另有一类是志存高远，深于谋略者，例如裴炎、苏安恒、李德裕、刘蕡等。他们在《春秋左氏传》中学习军事和谋略。更有人将《左氏春秋》、《孙子兵法》或《孙吴兵法》合观，却有其妙处：《孙子兵法》只是在理论上阐述用兵之法，而《左传》有大量战例，理论和战例结合起来，相辅相成，就更易于理解和操作，以便指导实战。将《左传》和兵法二者关系说得明白的还是苏轼，其《管仲论》云："昔者尝读《左氏春秋》，以为丘明最好兵法，盖三代之制至于列国，犹有存者。"②其实唐诗中已有这样的表述，张说《奉和圣制送王晙巡边应制》云："礼乐知谋帅，春秋识用兵。"③杜甫《八哀诗·赠司空王公思礼》云："晓达兵家流，饱闻春秋癖。"④诗中将兵家和《春秋》（即《春秋左氏传》）并举，也隐含了这样的意思，只是没有得到人们的关注而已。如上所述，《春秋左氏传》记事最突出的是描写战争，《左传》一书记录了大小数百次战争，如城濮之战、崤之战、邲之战、鄢之战、鄢陵之战，《左传》除直接写战争过程外，著笔较多的还有对战争缘起及战后结果的叙述和分析，这正是兵书所需要揭示的内容。早期注《孙子兵法》的曹操，偶有一例是引《左传》的，《军争篇》云"故善用兵者，避其锐气，击其惰

①　参见拙作《唐代〈春秋左传〉学别论》，台湾"中研院""隋唐五代经学国际研讨会论文集"，2009年。

②　《经进东坡文集事略》卷6，四部丛刊初编，集部。

③　彭定求等编：《全唐诗》卷88，上海古籍出版社1986年版。

④　彭定求等编：《全唐诗》卷222，上海古籍出版社1986年版。

归，此治气者也……"，曹操注云："《左氏》言一鼓作气，再而衰，三而竭。"此见《左传·庄公十年》，即名篇《曹刿论战》。但从现存《孙子兵法》注看，有意于用《左传》释兵法的是杜牧，他将《左传》和兵法的密切关系显示出来。

第二，在理论上还原文、武同源的观点。这是晚唐人杜牧对兵学的杰出贡献。杜牧《注孙子序》："冉有曰：'即学之于孔子者，大圣兼该，文武并用，适闻其战法，犹未之详也。'复不知自何代何人分为二道，曰文曰武，离而俱行。因使缙绅之士，不敢言兵，或耻言之，苟有言者，世以为粗暴异人，人不比数。呜呼！亡失根本，斯最为甚。"①《太平御览》卷 308 引《家语》云："冉有曰：'即学于孔子也。孔子者，大圣兼该，文武并用也。适闻其战法，犹未之详也。'"故裴延翰《樊川文集序》云："尚古两柄，本出儒术，不专任武力者，则注《孙子》而为其序。"②如果对唐代注《孙子兵法》的学者作一简单梳理，也会印证杜牧的描述。

据《四库全书总目提要》"孙子"："此书注本极夥，《隋书·经籍志》所载，自曹操外，有王凌、张子尚、贾诩、孟氏、沈友诸家。《唐志》益以李筌、杜牧、陈皞、贾林、孙镐诸家。马端临《经籍考》又有纪燮、梅尧臣、王皙、何氏诸家。欧阳修谓兵以不穷为奇，宜其说者之多，其言最为有理。"③故唐代注《孙子兵法》除杜牧外，其余学者大致名位不彰。李筌事迹稍有可采；陈皞、贾林、孙镐，生平不详。这也应了杜牧之言，谈兵法注兵法者大多态度暧昧，怕担上"粗暴异人"之恶名。在文学史和思想史上有一现象值得注意，凡为社会不重视或鄙视的事，作者或名位不显，或隐其名、或嫁名于他人。

李筌，正史无传，生平事迹不载。《太平广记》卷 14 引《神仙感遇传》云："李筌号达观子，居少室山，好神仙之道，常历名山博采方术，至

---

① 杜牧：《樊川文集》，上海古籍出版社 1978 年版。
② 杜牧：《樊川文集》，上海古籍出版社 1978 年版。
③ 永瑢等撰：《四库全书总目》卷 99，中华书局 1995 年版。

嵩山虎口岩,得《黄帝阴符经》……于是坐于石上,与筌说阴符之义曰:
'此符凡三百言,一百言演道,一百言演术,一百言演法,上有神仙抱一
之道,中有富国安民之法,下有强兵战胜之术,皆内出心机,外合人事。
……筌有将略,作《太白阴符》十卷,……时为李林甫所排,位不显,竟入
名山访道,不知所终。"《云溪友议》卷上谓李筌郎中为荆南节度判官,后
为邓州刺史。

　　由于生平不详,致使生活时代也被人误置。贾林,《十家注孙子兵
法译注》云:"贾林,北宋人,有《孙子兵法》注文传世。余不详。"[1]贾林
实为唐代人。晁以道《景迂生集》卷3称"唐贾林"。《郡斋读书志·后
志》卷2"纪燮集注孙子三卷":"右唐纪燮集唐孟氏、贾林、杜佑三家所
解。"贾林疑即李抱真门客。《旧唐书·李宝臣传》:"李抱真使辩客贾林
诈降武俊……贾林复说武俊曰:'今退军,前辎重,后锐师,人心固一,不
可图也。且胜而得地,则利归魏博;丧师,即成德大伤。大夫本部易、
定、沧、赵四州,何不先复故地。'武俊遂北马首,背田悦约。贾林复说武
俊曰:'大夫冀邦豪族,不合谋据中华。且滔心幽险,王室强即藉大夫援
之,卑即思有并吞。且河朔无冀国,唯赵、魏、燕耳。今朱滔称冀,则窥
大夫冀州,其兆已形矣。若滔力制山东,大夫须整臣礼,不从,即为所攻
夺,此时臣滔乎?'武俊投袂作色曰:'二百年宗社,我尚不能臣,谁能臣
田舍汉!'由此计定,遂南修好抱真,西连盟马燧。"[2]贾林为李抱真门客,
抱真"沉断多智计",《旧唐书·李抱真传》:"抱真乃遣门客贾林以大义
说武俊,合从击朱滔,武俊许之。"[3]贾林有谋略,能巧辩,谙兵理,知形
势,或与其注《孙子兵法》有关。

　　孟氏,名号皆不详。上引纪燮集唐三家所解,有孟氏。

　　杜牧痛斥分文、武为二是"亡失根本"。杜牧和裴延翰的相关论述

①　盛瑞裕等译注,吉林文史出版社1995年版,第7页。
②　刘昫等:《旧唐书》卷142,中华书局1975年版。
③　刘昫等:《旧唐书》卷132,中华书局1975年版。

传达出两个信息:一是唐人有文人不论武事之习俗;二是为文人论武事正名,所谓文武二道实本于儒术一途。因此可以说,由于杜牧的理论提倡和实际努力,从文武分治到文武合一在理论和实践上为宋代文人论武事作了必要准备。宋人并不需要去讨论文人能否论军事和注兵法的话题,宋人认为"士不兼文武不足任大事"。①

本　论

将兵学和文学结合起来研究,吴承学先生有《古代兵法与文学批评》,②据吴文云,首先将兵学与文学联系起来考察文学现象的是饶宗颐先生,他在《释主客——论文学与兵学言》一短文中指出:"兵家主要观念,后世施之于文学,莫切于'气'与'势'二者。"③饶文没有引起大家注意的原因除吴文所指出的因为文章短又未能广泛传播外,可能最重要的是二者之间的关系:我们可以说文学中讲的"气"和"势"和兵学的"气"和"势"二者表面上存在相似点,但很难说明文学中的"气""势"就是来自于兵学的"气""势"。于此,本文则避开文学与兵学相关联的学理研究,而是简略勾勒文士与兵学的关系,以供学者对此问题作进一步研究时的参考。

(一)北宋文士与兵学叙例

① 欧阳修:《翰林侍读学士右谏议大夫杨公墓志铭》,《欧阳文忠公集·居士集》卷29,四部丛刊初编,集部。
② 《文学遗产》1998年6期。
③ 《文辙》,台湾学生书局1991年版。

1.论兵法

宋代文士关心军事,多有研究,苏氏父子皆有文论兵,苏洵《权书》、苏轼《孙武》《策别》、苏辙《私试进士策问二十八首》《私试武学策问二首》等即是。曾巩《元丰类稿》卷49《本朝政要策》有"训兵"、"添兵"、"兵器"、"城垒"、"侦探"、"军赏罚"等篇。①

宋人论兵法因其个人的知识结构和学养,见解有异,风格亦有不同。如秦观论兵之文,长于比喻,富有文采,个人风神尽在其中。《宋史》卷444《秦观传》:"少豪隽慷慨,溢于文词。举进士不中。强志盛气,好大而见奇,读兵家书,与己意合。"

秦观论兵之文,见于元祐年间的《进策》,其有《将帅》、《奇兵》、《谋主》诸篇,其作文目的见于其所著《序篇》,云:"料敌之虚实,若别牛马;应变之仓卒,如数一二,非有道之士不能,作《将帅》。以寡覆众,来如风雨,去如绝弦,作《奇兵》。美言可以市三寸之舌,胜百万之师,作《辨士》。机会之来,间不容髪,匪龟匪镜,其能勿失,作《谋主》。心不治则神扰,气不养则精丧,治心养气,四术自得,作《兵法》。愚民弄兵,依阻山谷,销亡不时,或为大衅,作《盗贼》三篇。党项微种,盗我灵武,逾八十年,天诛不迄,作《边防》三篇。"②诸文或在理论上或在实践上,时有见识,如《谋主》云:"臣闻兵家之所以取胜者,非特将良而士卒劲也,必有精深敏悟之士,料敌合变出奇无穷者,为之谋主焉。"③虽是老生常谈,但在《将帅》、《奇兵》后突出谋主,至为允当。秦观论兵有更多的理想色彩,秦观《奇兵》和李廌《兵法奇正论》比较,可以看出,李廌之论通脱辩正,秦观提出"用奇之法必以正兵为主",秦观《奇兵》云:"臣闻万物莫不有奇,马有骥,犬有卢,畜之奇也。鹰隼将击,必匿其形,虎拟而后动,动而有获,禽兽之奇也。天雄乌喙堇葛之毒,奇于药,繁弱忘归,奇于弓

---

① 曾巩:《南丰先生元丰类稿》卷49,四部丛刊初编,集部。
② 秦观:《淮海集》卷12,四部丛刊初编,集部。
③ 秦观:《淮海集》卷16,四部丛刊初编,集部。

矢,鸬鹚莫邪,奇于刀剑。云为山奇,涛为海奇,阴阳之气怒为风,交为电,乱为雾,薄而为雷,激而为霆,融散而为雨露,凝结而为霜雪,天地之奇也。惟兵亦然,严沟垒,盛辎重,传檄而出,计里而行,克期而战,此兵之正也。提百一之士,力扛鼎而射命中者,缒山航海,依丛薄而昼伏,乘风雨而夜起,恍焉如鬼之无迹,忽焉如水之无制,此兵之奇也。"①比喻层出不穷,铺陈跌宕有致,逞文采,逐文词,以诗为文,以诗情发议论。

李廌有《兵法奇正论》可与秦观之文相比类,《兵法奇正论》云用兵在于变化灵活:"孙子曰:'见胜不过众人之所知,非善之善也。战胜而天下曰善,非善之善也。'知吾有制胜之形,而不知吾所以制胜之形,非善之善,不足以与于此。或曰:'奇正之情何如?'臣曰:兵家之要贵我专而敌分,为奇正者,在我故专;应奇正者,在敌故分,以知吾之有奇正也,则备我。备前则后寡,备左则右寡,备我者所以寡,彼也无所不备者,无所不寡也。我专为一,彼分为十,以十击一者也;我专则安,彼分则扰,以安击扰者也,胜负之理不可言喻。故能正不能奇,守将也;能奇不能正,斗将也。守将可以用奇劫,斗将可以用正老,能奇能正,乃国之辅。今夫以武为业,动累亿万,斗力勇而已,鲜知兵之法;学兵之法,动累数千,分行阵而已,鲜知兵之理;穷兵之理,动累数十,分强弱而已,鲜知奇正。借或有人,但能知奇为奇,知正为正而已,鲜知奇正之变,臣故曰兵法贵胜。胜之所以胜以奇正法可传;而奇正不可传,学兵虽众。不足畏者,以胜之所以胜者,犹在人也。"②以专分论奇正变化,切要实用。《四库全书总目提要》:"史又称喜论古今治乱,尝上忠谏书《忠厚论》,又《兵鉴》二万言,今所存《兵法奇正》、《将才》、《将心》诸篇,盖即所上《兵鉴》中之数首。其议论奇伟,尤多可取,固与促辕下者异焉。"与秦观文比较虽奇伟而条贯实用。其《将才》云:"古之贤将,原兵之意可以为仁术;察武之用可以广德心。故以杀止杀,非所以好杀;以战去战,非所

---

① 秦观:《淮海集》卷16,四部丛刊初编,集部。
② 李廌:《济南集》卷6,四库全书,集部。

以好战。司马法曰：'杀人安人，杀之可也。攻其国，爱其民，攻之可
也。'孙子曰：'全国为上，破国次之；全军为上，破军次之。'何古人终始
以爱存心欤？故君子之将，能师古人之意，以不战屈人兵为心。小人之
将违古人之意，以嗜杀人为事。"发挥前人治军作战原则，具古圣仁人之
心。

2. 论述多引用兵法

不独秦观爱读兵书、喜论兵事，尹洙曾数上疏论兵，"自元昊不庭，
洙未尝不在兵间。故于西事尤练习，其为兵制之说，述战守胜败，尽当
时利害。又欲训土兵代戍卒，以减边费，为御戎长久之策，皆未及施
为。"(《宋史》卷295《尹洙传》)宋人于兵法谙熟超过前人，故作文论事
常引兵书佐证，举例如下：尹洙《论命令恩宠赐与三事疏》："兵法所谓虽
有智者不能善其后。"①田锡《晁错论》："兵法曰：'善战者，无赫赫之
名。'谓决胜于未形未兆之前也。"②《上中书相公书》云："兵书曰：'善战
者，无赫赫之名。'盖制胜于未形未兆之前也。"田锡以《论边事疏》名。③
蔡襄《杭州谢上表》："兵法所谓先于节制，示以庄严。"④苏颂《代提刑王
绰上宰相》云："兵法曰：'卒不可用，是以其将予敌也。'又曰：'卒不习
勒，百以当一；习而用之，一以当百。'"⑤此与唐代又有不同。

3. 论兵事

宋人论兵事，范围较广泛，如论边事，如论用人。

(1)论边事，此类文章甚多。苏舜钦、苏辙《论西事状》，欧阳修《论
御贼四事札子》、张方平《论讨岭南利害九事》，晁补之《上皇帝论北事
书》等，因事而发，忧国之所忧，急国之所急，深存报国之情。

宋代对待周边政策或防守或进攻，各自表述，亦各有理由，并无优劣

---

① 《河南集》卷18，四库全书，集部。
② 《咸平集》卷11，四库全书，集部。
③ 《咸平集》卷3，四库全书，集部。
④ 蔡襄：《端明集》卷24，四库全书，集部。
⑤ 苏颂：《代提刑王绰上宰相》，《苏魏公文集》卷68，四库全书。

之分。仅从文章而论,大致不作空论,入理入情,如胡宿《论边事》:"然今年岁在东井,东井,秦分为关中之福,星家之说镇岁所在,不可加兵,宜敕沿边诸将严兵为待,贼若大举犯顺,我得天道,不宜纵敌。兵法所谓敌加于已不得已而应之者谓之应兵,兵应者胜,彼自守窟穴无所侵轶,不宜提兵深入,自违天道,前所谓朝廷未尝深留意于河朔者,岂非恃盟好,重改作,防虏人之疑乎。方今之计莫若外固欢和之形,内修守御之备。"①

(2)论用人,常有争论,锋芒毕露。如欧阳修论狄青,观点鲜明,认为狄青可以是一名好的将帅,"国家从前难得将帅,经略招讨常用文臣,或不知军情,或不娴训练。自青为将领,既能以勇力服人,又知训练之方,颇以恩信抚士。"但不适宜掌枢密:"武臣掌枢密而为军士所喜,自于事体不便。"(《论狄青札子》)②欧阳修至和三年上书,月余,狄青罢枢密知陈州。又如蔡襄《荐姚光弼状》:"好学有行止,能记前世兵法,及史籍所载名将用兵取胜之术,比于累年取试方略滥进之人不同类。"③"比于累年取试方略滥进之人不同类"之语甚重,视"累年取试方略"者为"滥进之人",否认一大片,得罪一批人。宋人之刚直敢言,可见一斑。

4. 人物传中的兵事

于此,特别注意到宋人碑传行状对兵事的记载,欧阳修《翰林侍读学士右谏议大夫杨公墓志铭》云其"有文集十卷,兵书十五卷",而墓志却不叙其文事,而多叙其兵学,"当四方无事,时数上书言边事。后二十余年,元昊叛河西,契丹举众违约,三边皆警,天下弊于兵。公于此时耗精疲神,日夜思虑,创作兵车阵图,刀楯之属皆有法。天子以步卒五百如公之法试于庭,以为可用。而世多非其刀楯。修尝奉使河东,得边将

---

① 《文恭集》卷8,四库全书,集部。
② 欧阳修:《文忠公集》卷109,四库全书本。
③ 蔡襄:《端明集》卷25,四库全书,集部。

王吉,言元昊出兔毛川为吉所败者,用杨公楷也。盖世未尝用其术尔。"①即使不重点写兵事,对墓主生平记载也不忘其相关内容,如欧阳修《太常博士尹君墓志铭》,墓主尹源,乃尹洙之兄,"其论议文章,博学强记,皆有以过人",叙其兵事云:"赵元昊寇边,围定川堡,大将葛怀敏发泾原兵救之,君遗怀敏书曰:'贼举其国而来,其利不在城堡,而兵法有不得而救者,且吾军畏法,见敌必赴而不计利害,此其所以数败也。宜驻兵瓦亭见利而后动。'怀敏不能用其言,遂以败死。"②

下面二例皆浓笔重彩叙述主人的军谋兵略,例一:《河东集》卷16附张景《柳开行状》:雍熙三年春"大举兵取幽冀,公率民馈粮从军。初王师将之涿州,数与契丹战,有渠帅领万余骑,与我帅米信相持不懈,忽遣使来欲降。公知之,谓人曰:'兵法云,无约而请和者'谋也。彼必有谋,急攻之必胜。时米信迟越二日,约未定,渠帅骤引骑来战。后闻之,盖矢乏征于幽州也,其见机如此。公自涿州还阙下,乃上书乞从边军効死,太宗怜之,复得殿中侍御史使河北,多言边事,太宗颇纳之。又上书曰:'臣以幽州未归,北敌未灭,望陛下于河北用兵之地,赐臣步骑数千,令臣统帅行伍,况臣今年四十,胆气方高,比之武夫粗识机便,如此则得尽臣子忠孝之道。'明年诏文臣中有武略知兵者,公奉诏改崇仪使知宁边军。公至,治以仁爱,士卒专训练,明赏罚。冬十二月沿边州郡相驰告以契丹将犯边,急设备,居数日,连受八十余牒,公独不告。时宣徽使郭公守文主军阵,公驰书陈五事,料契丹必不犯边。契丹果不动,其料敌如此。"③

例二:韩琦《安阳集》卷47《高志宁墓志铭》:"未冠已能通六经,尤深于大易,尝得疾至笃,忽梦神人以兵略授之,寤而疾顿愈。因取诸家

---

① 《欧阳文忠公集·居士集》卷29,四部丛刊初编,集部。
② 欧阳修:《太常博士尹君墓志铭》,《欧阳文忠公集·居士集》卷31,四部丛刊初编,集部。
③ 《河东集》卷16,四库全书,集部。

兵法，读之了如夙习，尽得微奥。""赵元昊初反，公自隰上言，请乘贼未发，选骁将锐兵，分道急趋，覆其巢穴，所谓疾雷不及掩耳。章十数上，不报，徙知贝州。及元昊举兵寇延州，刘平石元孙陷于贼，公叹曰：'前策不可复用矣。'朝廷始思公言，亟召至阙，问今宜何为策。公曰：'今将不达权谋而兵未识法制，故败。'乃请禁兵五百以古阵法教之，既成，上临试之，复下禁卫诸帅议，诸帅皆出行伍，不达古法，乃曰与今所习异，不肯用。公又言：'元昊北与契丹通，宜为备。……敌疑，不若俾兼他职而阴主其事。改授西上合门使知沧州。未几，敌果背约，以书要关南旧地。徙知定州，改镇定路钤辖。公始以得时，自喜曰：'敌果敢先发，吾以术致其师，当一战以破之。'日训饬士众以期立功，会朝廷遣使复通北好，公雅志卒不遂，即上章告老。"①

墓志文字篇幅有限，如上文能以写史的手法在墓志中描写墓主的军事见解和军事经历，在唐人文人墓志中并不多见，这正是北宋文士与兵学关系的一大特点。

（二）北宋文士与兵学整理

1. 论兵书

因为宋代文士关心军事，兵书也受到特别重视，宋人议论常引兵法为证。对兵书及其作者的评述也是宋代文士关注的内容。

其一是对作者和内容关系的考订。苏洵《权书下·孙武》："不知武用兵乃不能必克，与书所言远甚……吴起与武一体之人也，皆著书言兵，世称之曰孙吴。然而吴起之言兵也，轻法制草，略无所统纪，不若武之书词约而义尽，天下之兵说皆归其中矣。然吴起始用于鲁，破齐，及入魏，又能制秦兵。入楚，楚复霸。而武之所为反如是，书之不足信，固矣。"②因孙子生平而怀疑兵书的内容。

---

① 韩琦：《安阳集》卷47，四库全书，集部。
② 苏洵：《嘉祐集》卷3，四部丛刊初编，集部。

　　其二是读兵法的方法。苏轼推崇孙子兵法奇正相生,并提出灵活运用的读书原则,其《孙武论》上:"古之善言兵者无出于孙子矣。利害之相权,奇正之相生,战守攻围之法盖以百数,虽欲加之而不知所以加之矣。然其所短者,智有余而未知其所以用智,此岂非其所大阙欤?夫兵无常形而逆为之形,胜无常处而多为之地。是以其说屡变而不同,纵横委曲期于避害而就利,杂然举之,而听用者之自择也。是故不难于用,而难于择,择之为难者,何也? 锐于西而忘于东,见其利而不见其所穷,得其一说而不知其又有一说也。此岂非用智之难欤?"①苏轼在《管仲论》中,又提出"简略速胜"之观点:"尝读周官司马法,得军旅什伍之数。其后读管夷吾书,又得管子所以变周之制。盖王者之兵出于不得已,而非以求胜敌也。故其为法,要以不可败而已。至于桓文非决胜无以定霸,故其法在必胜。繁而曲者所以为不可败也,简而直者所以为必胜。周之制万二千五百人为军,万之有二千,二千之有五百,其数奇而不齐,唯其奇而不齐,是以知其所以为繁且曲也。今夫天度三百六十,均之十二辰辰(笔者注:四库本作"十二辰",此衍一"辰"字),得三十者,此其正也。五日四分之一者,此其奇也。使天度而无奇,则千载之日,虽妇人孺子皆可以坐而计,唯其奇而不齐,是故巧历有所不能尽也。圣人知其然,故为之章会统元,以尽其数,以极其变。司马法曰……夫以万二千五百人而均之八阵之中,宜其有奇而不齐。是以,多为之曲折以尽其数,以极其变,钩联蟠屈,各有条理。故三代之兴,治其兵农军赋,皆数十百年而得志于天下。自周之亡,秦汉阵法不复三代,……若夫管仲之制,其兵可谓截然而易晓矣,三分其国,以为三军,五人为轨,轨有长,十轨为里,里有司,四里为连,连有长,十连为乡,乡有乡长,人(笔者注:四库本无"人"字,疑衍)五乡一帅(笔者注:四库本作"师",疑是),万人为一军,公将其一,高子国子将其二,三军三万人如贯

　　①　《经进东坡文集事略》卷6,四部丛刊初编,集部。

绳,如画棋局,疏畅洞达,虽有智者无所以施其巧,故其法令简一而民有余力,以致其死。……盖管仲欲以岁月服天下,故变古司马法而为是简略速胜之兵。是以莫得而见其法也。……由此观之,不简而直,不可以决胜。深惟后世不达繁简之宜以取败亡,而三代什伍之数与管子所以治齐之兵者,虽不可尽用。而其近于繁而曲者,以之固守;近于简而直者以之决战:则庶乎其不可败而有所必胜矣。"①这些议论都显示出良好的兵学素养。

2. 整理和注释兵书

北宋文士整理和注释兵法以梅尧臣、曾公亮、丁度、王晳为代表,梅、王二人注孙子兵法,曾、丁二公奉诏编撰《武经总要》。四人中惟王晳生平不详,《四库全书总目》:"《春秋皇纲论》五卷,宋王晳撰,自称太原人,其始末无可考。陈振孙《书录解题》言其官太常博士。考龚鼎臣《东原録》载,真宗天禧中,钱惟演奏留曹利用,丁谓事称晏殊以语翰林学士王晳,则不止太常博士矣。王应麟《玉海》云至和中晳撰《春秋通义》十二卷。"②《续通典》卷84《上书犯帝讳议》:"臣所纂修缮写进本援引他经子史之类,欲乞应犯庙讳不可迁避者,依太常博士王晳所奏。"③此为胡安国绍兴六年札子,文中提到王晳当为北宋之王晳。《关中胜迹图志》卷7:"李光弼祠,《富平县志》:在县治内,宋皇祐元年建。邑令王晳毁赤眉祠为之。明万历间重修。"④则为富平令。《蜀中广记》卷18:"关咏永言王晳微之李仪表臣皇祐壬辰寒食日来。"⑤其字微之,皇祐壬辰,皇祐四年。王晳,北宋太原人,字微之,曾任翰林学士、太常博士、富平县令。著《春秋皇纲论》五卷,《四库全书总目》评曰:"其言多明白平易,无穿凿附会之习。"

---

① 《经进东坡文集事略》卷6,四部丛刊初编,集部。
② 永瑢等撰:《四库全书总目》卷26,中华书局1995年版。
③ 四库全书本。
④ 四库全书本。
⑤ 四库全书本。

　　梅尧臣注《孙子兵法》，他有《依韵和李君读余注孙子》诗，诗云："我世本儒术，所谈圣人篇。圣篇辟乎道，信谓天地根。众贤发蕴奥，授业称专门。传笺与注解，璨璨今犹存。始欲沿其学，陈迹不可言。唯余兵家说，自昔罕所论。因暇聊发箧，故牍尚可温。将为文者备，岂必握武贲。终资仁义师，焉愧道德藩。挥毫试析理，已厌前辈繁。信有一日长，可压千载魂。未涉勿言浅，寻流方见源。庙谋盛夔离，正义灭乌孙。吾徒诚合进，尚念有亲尊。"①诗中所云有三点值得注意，第一梅注尚简，因"厌前辈繁"；第二梅注方法乃"寻流见源"；第三梅注孙子兵法是为了应元昊犯边之急，即为"正义灭乌孙"献用兵之计。有关梅注孙子，欧阳修《孙子后序》言之甚详："后之学者徒见其书，又各牵于已见，是以注者虽多而少当也，独吾友圣俞不然。尝评武之书曰：'此战国相倾之说也，三代王者之师，司马九伐之法，武不及也。'然亦爱其文略而意深，其行师用兵料敌制胜亦皆有法，其言甚有次序，而注者汩之，或失其意，乃自为注。凡胶于偏见者皆抉去，傅以已意而发之。然后武之说不汩而明。吾知此书当与三家并传，而后世取其说者往往于吾圣俞多焉。圣俞为人谨质温恭，衣冠进趋眇然儒者也。后世之视其书者，与太史公疑张子房为壮夫何异。"②

　　王晳注孙子特点见于《郡斋读书志·后志》，其卷2"王晳注孙子三卷"云："右皇朝王晳撰，晳以古本校正阙误，又为之注。"

　　北宋兵学集成之书是《武经总要》，《四库全书总目提要》："宋曾公亮、丁度等奉敕撰。晁公武《读书后志》称康定中朝廷恐群帅昧古今之学，命公亮等采古兵法及本朝计谋方略，凡五年奏御，仁宗御制序文。其书分前后二集，前集制度十五卷，边防五卷，而十六卷十八卷各分上下；后集故事十五卷，占候五卷……然前集备一朝之制度，后集具历代之得失，亦有足资考证者。"

---

①　梅尧臣著、朱东润编年校注：《梅尧臣集编年校注》卷10，上海古籍出版社1980年版。
②　欧阳修：《欧阳文忠公集·居士集》卷42，四部丛刊初编，集部。

除此而外尚有注兵法者,如沈起,《宋史》卷334《沈起传》:"起生平喜谈兵,尝以兵法谒范仲淹,仲淹器其材,注孙武书以自见。"

另有自撰兵书者,欧阳修《翰林侍读学士右谏议大夫杨公墓志铭》云杨偕"有文集十卷,兵书十五卷",并云:临终,"疾革,出其《兵论》一篇示其子。"上述论兵事或论兵法的文章,绝大多数也可视为自撰兵书一类。

余　论

以上所述为北宋文士与兵学的联系,实为资料之分析,其所以然者日后可以进一步探讨。北宋兵学与文士或文学的关系密切,兵学被文士关注的程度远远超出唐代,而且有很鲜明的时代性:

第一,宋代文士注兵法乃缘于形势需要。《郡斋读书志·后志》卷2"王皙注孙子三卷"云:"仁庙时天下久承平,人不习兵,元昊既叛,边将数败,朝廷颇访知兵者,士大夫人人言兵矣。故本朝注解孙武书者,大抵皆当时人也。"这一段话很值得注意,北宋文士言兵成风是在元昊叛变之后,也就是说北宋文士关心兵事,议论兵事是有现实意义的。据《宋史》卷10《仁宗本纪二》,康定元年二月丁酉"诏枢密院同宰臣议边事",三月丙辰"诏大臣条陕西攻守策"。西夏元昊叛逆事,引起朝野关注,言兵事者众,如秦观《边防中》云:"逮宝元、庆历之间,元昊僭逆,兵挐而不解者数年,竟亦不能致其头于北阙下。元丰初,大举吊伐之师五道并进,辄无功而返。"[①]"自元昊不庭,未尝不在兵间。故于西事尤练

_____

[①] 《淮海集》卷18,四部丛刊初编,集部。

习,其为兵制之说,述战守胜败,尽当时利害。又欲训土兵代戍卒,以减边费,为御戎长久之策,皆未及施为。"(《宋史》卷295《尹洙传》)韩琦《高志宁墓志铭》记载元昊初反,高志宁献策议兵事。梅尧臣注孙子也是因元昊犯边事而发,梅尧臣《依韵和李君读余注孙子》"补注"云:"《欧集书简》卷六《与梅圣俞》言:'孙书注说,日夕渴见,石经奏御,敢借示否?'此书题宝元二年(1039)。盖尧臣注《孙子》,随即奏上,其事在宝元二年。西夏之变,起于宝元元年之冬,至二年六月,下诏削元昊爵位、绝互市,战事迫在眉睫,故尧臣注《孙子》进御,因知《襄城对雪》之作,绝非偶然,'吾徒合进'之句,有请缨无路之悲。"①

另一种兵学集成之书《武经总要》也出现在仁宗康定,也是因元昊事而发,据《四库全书总目提要》:"宋曾公亮、丁度等奉勅撰。晁公武《读书后志》称康定中朝廷恐群帅昧古今之学,命公亮等采古兵法及本朝计谋方略,凡五年奏御,仁宗御制序文。其书分前后二集,前集制度十五卷,边防五卷,而十六卷十八卷各分上下;后集故事十五卷,占候五卷……然前集备一朝之制度,后集具历代之得失,亦有足资考证者。"元昊之变引起朝野关注,甚至引发了一场修习兵学的热潮,《武经总要》的出现提升了兵学的社会地位。但这一因特殊事件引发的文化现象,改造了文人的知识结构,其影响是深远的。

第二,从宋代的文官制度和文人地位看,兵学成为士大夫所学习的内容是必然的。文武分开时代,文士可以不研究兵学;但在文士可以带兵征战或参与战事的时代,就不能不研究兵学。有士人直接参加军事行动,如尹洙"自西兵起,凡五六岁,未尝不在其间,故其论议益精密,而于西事尤习其详,其为兵制之说,述战守胜败之要,尽当今之利害。"(欧阳修《尹师鲁墓铭》)尹洙从军,梅尧臣有《闻尹师鲁赴泾州幕》诗,表达了自己急于从军的意志:"军客壮士多,剑艺匹夫衔。贾谊非俗儒,慎无

---

① 梅尧臣著、朱东润编年校注:《梅尧臣集编年校注》卷10,上海古籍出版社1980年版。

轻寡变。"梅尧臣"准备从军,但是找不到道路,想起叔叔梅询和陕西安抚招讨使夏竦有旧,有《寄永兴招讨夏太尉》一首,但是也没有结果"。①他去研究兵法,注《孙子》。文人谈兵事,完全是北宋文士的地位和责任所决定的,"士不兼文武不足任大事。"文士也是以兼通文武而自豪的,苏洵《上韩枢密书》云:"洵著书无他长,及言兵事,论古今形势,至自比贾谊。"

　　第三,从宋代文士的知识结构和文人品性看,文士研习兵学成为可能。宋代文士读书多,见识广,知识结构要求全面。宋代扩大科举取士,贫寒之士也可能进入社会上层,宋代文士和政治关系密切,文士有参与政事的热情,而军事是其政事的重要内容。当然,宋人学识以博称,其专或有可议之处,如文士研习兵法有疏漏,《四库全书总目提要》评《武经总要》云:"仁宗为守成令主,然武事非其所长。公亮等亦但襄赞太平,未娴将略,所言阵法战具,其制弥详,其拘牵弥甚,大抵所谓检谱角抵也,至于诸蕃形势,皆出传闻所言,道里山川以今日考之亦多剌谬。"

　　(《第四届宋代文学国际研讨会论文集》,沈松勤主编,浙江大学出版社 2006)

　　① 梅尧臣著、朱东润编年校注:《梅尧臣集编年校注》,《叙论》一,上海古籍出版社 1980年版。

苏轼《水龙吟》(次韵章质夫杨花词)的写作智慧

　　苏轼才华横溢,自诩其作文"如万斛泉源,不择地皆可出。在平地,滔滔汩汩,虽一日千里无难"。苏轼的文学创作无体不佳,确有天赋之才,但他也偶有力不从心之时。章定《名贤氏族言行类稿》卷二十六载有苏轼《与章质夫》书:"慎静以处忧患,非公爱我之深,何以及此,谨书之座右也。《柳花》词妙绝,使来者何以措辞。本不敢继作,又思公正柳花飞时,远出巡按,坐想四子,闭门愁断,故写其意,次韵一首寄去,亦可勿示人也。"信中提到的柳花词和次韵词,就是章质夫《水龙吟》和苏轼同词牌的《次韵章质夫杨花词》。从这一段话中,至少可以体会两层意思:一、苏轼敬重章质夫。章质夫教导苏轼"慎静以处忧患",苏轼感佩之深且书之座右。不是关系密切或特殊,章质夫也不会讲如此深刻且对东坡有针对性的话语。二、苏轼和作,应经过一段时间酝酿。初读章质夫词,苏轼不敢和。因章词妙绝,使和者无从下笔。大概过了一段时间,苏轼才寄去和作。从第一层意思看,苏轼必以认真严肃的态度和章词,而且要顺从章词的意思措辞;从第二层意思看,初不敢和,终又和之,则必有和之理由,就是需要避开章词的路数,而有创新。即从章词入,又必须从章词出。何其难哉!

　　事实上,苏轼在初读章词时,应心服章词之妙绝,自愧不如,"不敢继作"、"何以措辞"。从苏轼读章词到写成和作,可以看出苏轼的创作心理,在章词面前只有两种选择:一是失败的放弃;一是知难而进,争取胜利。从写作过程看,苏轼是在反复思考,希望找到突破点,如同布鲁姆《影响的焦虑》所描述的那样,诗人在"焦虑"中,企图经过种种尝试去摆脱他人影响而胜过他人。诗人创作的"焦虑"很少得到文献的支持,而人们在品评作品高下时会感受和印证这种"焦虑"的。《词苑丛谈》载:"资政殿学士章楶,字质夫,以功名显,诗词尤见称于世,尝作《水龙吟》咏杨花。东坡与之帖云:'柳花词妙绝,使来者何以措词。'《曲洧纪闻》云,章质夫作《水龙吟》咏杨花,其用事命意,清丽可喜,东坡和之,若豪放不入律吕,徐而观之,声韵谐婉,便觉质夫词有织绣工夫。晁叔用云,东坡如毛嫱西施净洗却面,与天下妇人斗巧;质夫未免膏泽。"晁冲之,字叔用。章质夫"诗词尤见称于世",苏轼要胜过他真的很难。前人在比较两篇作品时,未能搔到痒处。那么,苏轼的和作如何转败为胜的呢?如何找到制胜的武器呢?核心在哪里?先看作品:

原作章质夫《水龙吟》:

　　　　燕忙莺懒花残,正堤上、柳花飘坠。

　　　　轻飞点画青林,谁道全无才思。

　　　　闲趁游丝,静临深院,日长门闭。

　　　　傍珠帘散漫,垂垂欲下,依前被、风扶起。

　　　　兰帐玉人睡觉,怪春衣、雪沾琼缀。

　　　　绣床旋满,香球无数,才圆却碎。

　　　　时见蜂儿,仰粘轻粉,鱼吹池水。

　　　　望章台路杳,金鞍游荡,有盈盈泪。

苏轼《水龙吟》(次韵章质夫杨花词):

　　　　似花还似非花,也无人惜从教坠。

　　　　抛家傍路,思量却是,无情有思。

萦损柔肠，困酣娇眼，欲开还闭。

梦随风万里，寻郎去处，又还被、莺呼起。

不恨此花飞尽，恨西园、落红难缀。

晓来雨过，遗踪何在，一池萍碎。

春色三分，二分尘土，一分流水。

细看来，不是杨花点点，是离人泪。

章质夫《水龙吟》咏杨花词工细委婉，却有他人不能到处，杨花柳絮飘扬无形，写好并不容易，章词中"傍珠帘散漫，垂垂欲下，依前被，风扶起"，杨花飘落过程中又被风吹起，经作者一描写，柔美动人；"时见蜂儿，仰粘轻粉，鱼吹池水"的情景，一经道出，生动传神。黄升《唐宋诸贤绝妙词选》卷五："'傍珠帘散漫'数语，形容尽矣。"魏庆之《诗人玉屑》卷二十一云："所谓'傍珠帘散漫，垂垂欲下，依前被，风扶起'，亦可谓曲尽杨花妙处。东坡所和虽高，恐未能及。"尽管如此，二词还是有高下之分的，章词中写柳絮在风中飘落的状态以及蜂、鱼的表现不仅生动而又贴切，但全篇还是有松散处，不是紧密扣住咏絮的。许昂霄《词综偶评》坚持认为："（东坡）《水龙吟》与原作均是绝唱，不容妄为轩轾。"而王国维《人间词话》云："东坡《水龙吟》咏杨花，和韵而似原唱；章质夫词，原唱而似和韵。才之不可强也如是。"王国维的话已隐含分高下的意思。

苏轼是和章粢词的，章词在前已使苏轼难以下笔。第一，既要合原唱之意，又不可全依原唱。章词写杨花，大致在赋物，苏词借杨花以言情。章词实处大于虚处，苏词虚处大于实处。换句话说，苏词在虚处用力以避开章词的实处之长。如章词写杨花在空中飘转之状，其传神，其韵致，东坡自知不能超过，就在虚处做文章，"似花还似非花"起句避开章词，已将杨花虚化，正如刘熙载《艺概》卷四所言："东坡《水龙吟》起云'似花还是非花'，此句可作全词评语，盖不即不离也。"杨花在似花和非花之间，这一不确定性的两可判断，造成"模糊性"的效果，给全词带来虚空朦胧之美，故其笔下美人描写也是其朦胧美的："萦损柔肠，困酣娇眼,欲开还闭。"而且往虚处写,以梦境入词:"梦随风万里,寻郎去处,又还被、莺呼起。"词的意思跳跃性很大,因梦寻郎,本有希望,可是梦被啼莺呼醒,好梦难成。梦中寻郎,已是虚幻的美丽,可是这虚幻的满足也不能让女主人享有,真是幽怨凄凉。下片仍在虚处用力,"愈出愈奇"(张炎《词源》卷下)。苏词虽同章词也写到水和萍的关系,章词实写"鱼吹池水",在飘满杨花的水面,见到鱼不时用嘴来拨弄水。平时水面清净,鱼也有类似动作,因平常并不引人注意,当水面浮满杨花时,鱼用嘴拨弄水面的动作非常明显,人易察觉到。而苏轼就得避开,他写"一池萍碎",用"柳花入水,经宿化萍",其中就隐含此物变化为彼物的神秘,因神秘呈现遗貌取神之妙。"春色三分,二分尘土,一分流水。细看来,不是杨花点点,是离人泪。"前者是杨花之"遗踪","春色三分"者,言春色大势已去,更遗憾的是残存的"春色三分",两分已沾泥,一分已落水。章词和苏词都写到泪,因"泪"是韵字,无法回避,章词的"泪"是实写,是真实的女子"盈盈泪";苏词的"泪"是虚写,以杨花喻泪,再由泪去说人,章词写泪是直接的,苏词写泪层次丰富,以虚入实,粗看杨花自是杨花,细看杨花是"离人泪","点点"二字回应章词的"盈盈",章词的"盈盈泪"是挂在美人的脸上,而苏词的"点点是离人泪",那是散落在满世界的。

第二,要在前人韵中翻腾,用其韵而不可全同其意。如上阕结句,章词为"傍珠帘散漫,垂垂欲下,依前被、风扶起",苏词为"梦随风万里,寻郎去处,又还被、莺呼起",同用"起"韵字,而章在本题,言花飘落之状,苏与本题若即若离,以梦宕开,写人之思念之苦。一在物,一在人,各逞其能,各得心机。《词洁》卷五挑出苏词的毛病:"'抛家傍路'四字欠雅。'缀'字趁韵不稳。"这里提到用韵,章词"雪沾琼缀",说杨花飘落在兰帐玉人的春衣上,如雪如玉一样粘在衣服上。章词的"缀"是已然之事,而苏词的"缀"是预设而难以实现之事,这是二者的区别。说苏词"趁韵不稳"不知是何道理。

苏轼初见章词,自惭未能续和,那是没有信心与之抗衡或求超越,处于劣势,自甘失败;而后找到切入点,找到战胜章词的写作策略,从虚处落笔,以虚取胜。故读苏轼词,必须结合章词来分析,参透"虚"、"实"二字方能深入领会章、苏二词差异以及苏词的高妙:"情景交融,笔墨入化,有神无迹矣。"(黄苏《蓼园词选》)从中亦可领悟苏轼转败为胜的写作智慧。只要能和章词平分秋色,苏轼在此次创作角逐中已经获胜;如后人认为苏词韵胜,高出章词,那更是苏轼作词时所期待的结果。

(《中国社会科学报》2011 年 3 月 1 日,原题为《苏轼转败为胜的写作智慧——以〈水龙吟〉咏杨花词为例》)

被误读的《兰陵王·柳》主题

　　周邦彦《兰陵王·柳》是其代表作。因其结构细密,风格典雅而为人称道。

　　　　柳阴直。烟里丝丝弄碧。隋堤上、曾见几番,拂
　　　水飘绵送行色。登临望故国。谁识。京华倦客。长
　　　亭路,年去岁来,应折柔条过千尺。闲寻旧踪迹。又酒
　　　趁哀弦,灯照离席。梨花榆火催寒食。愁一箭风快,
　　　半篙波暖,回头迢递便数驿。望人在天北。凄恻。恨
　　　堆积。渐别浦萦回,津堠岑寂。斜阳冉冉春无极。念
　　　月榭携手,露桥闻笛。沉思前事,似梦里,泪暗滴。

　　题目是《柳》,故人们有时也将此词归入咏物一类,其实是以柳为起兴,柳者,留也,以柳写离情也就成了题中应有之意。

　　关于这首词的主题,向无争议,因为词中有"拂水飘绵送行色"句,就容易确定"送行"是此词的主题所在,故陈匪石《宋词举》云:"至'送行色'三字,亦一篇之眼,下二叠即由此生也。"陈匪石基本同意周济的说法,他说:"此第二段,说送别时之感想,而不说别后情愫,留下段地步。"意谓第二段不写"别后情愫",是要留给第三段去写,但词的主题是送别。那么周济如何确定此词主题呢?他在《宋四家词选》中说:"客中

送客，一'愁'字代行者设想。以下不辨是情是景，但觉烟霭苍茫。'望'字、'念'字尤幻。"周济以为这首词不是一般的送行，而是客中送客。唐圭璋《唐宋词简释》意同陈匪石，云："第二段写送别时情景。"包括文学史在内对此词的阐释基本上没有例外，皆言此词是"送别"或"客中送客"。

这首词是否在写"送别"或"客中送客"，一要据写作背景来考察，二要就词自身提供的信息来分析。这首词的写作背景见于南宋张端义《贵耳集》卷下："道君幸李师师家，偶周邦彦先在焉，知道君至，遂匿于床下。道君自携新橙一颗，云'江南初进来'，遂与师师谑语，邦彦悉闻之，隐栝成《少年游》云：'并刀如水，吴盐胜雪，纤手破新橙。'……道君大怒，坐朝宣谕蔡京……得旨：'周邦彦职事废弛，可日下押出国门。'隔一二日，道君复幸李师师家，不见李师师，问其家，知送周监税。道君方以邦彦出国门为喜，既至，不遇，坐久至更初，李始归，愁眉泪睫，憔悴可掬。道君大怒云：'尔往那里去？'李奏：'臣妾万死，知周邦彦得罪，押出国门，略致一杯相别。不知官家来。'道君问：'曾有词否？'李奏云：'有《兰陵王》词。'今《柳阴直》者是也。道君云：'唱一遍看。'李奏云：'容臣妾奉一杯，歌此词为官家寿。'曲终，道君大喜，复召为大晟乐正，后官至大晟乐府待制。"道君，宋徽宗。这一本事似有传奇色彩，不足为凭。即从此处记载看，此词和《少年游》即事成篇不同，显然不是为李师师而作，但李师师"愁眉泪睫，憔悴可掬"，确实是为此词所感动的。

既然本事无助我们理清此词的主题，那就从作品出发，来做分析。第一片"柳丝直……应折柔条过千尺"，"送行"不是理解词旨的关键，因为送行是他人的行为，"谁识"才是理解词旨的关键。"谁识"，认识谁呢，即无人相识。"柳阴直。烟里丝丝弄碧。隋堤上、曾见几番，拂水飘绵送行色。"由"柳"起，而写自己在旅途中所见，"几番"犹多次，意谓在隋堤上多次见到别人送行。"登临望故国。谁识。京华倦客。"这里才开始写自己的身份："京华倦客"。倦客，客居他乡而厌倦旅途生活者。

他此刻因见他人送行,而登楼望故乡,内心痛苦,十分寂寞:"谁识京华倦客。"他人将行尚有人送行,自己却无人送行,能不悲伤。"长亭路,年去岁来,应折柔条过千尺。""年去岁来"和"曾见几番"相应,皆言他人,折柔条而作别者并非是自己,故"应折柔条过千尺"只是设想而已。第一片处处扣"柳",又处处写羁旅离情。"柳丝直,烟里丝丝弄碧"只是写景,以作铺垫,不过"烟里丝丝弄碧",已含有依依惜别之意,"送行"虽非言己,但已将题意抛出,引出倦客登临。作者慨叹无人相识,而独自登临。"谁识"二字已见其孤独,是了解整篇情绪的关键,因孤独而登临,因孤独而关注"拂水飘绵送行色",而悬想"应折柔条过千尺"。

第二片"闲寻旧踪迹……望人在天北",写人在途中离别。因上片写自己是无人相识的京华倦客,以至于登临望故乡,这里以"闲寻"承"登临",闲寻者何?"旧踪迹",指人在途中的过往之事。寻找的结果是一无所获。"又"指人在途中的不断重复的动作和事情,那就是"酒趁哀弦,灯照离席"。即又是一场离别,而且是孤独地离去。"离席"者,只是离别之宴席,不必有熟人送行。如某人经过某地,在长亭别馆,饮宴作别此地而又另赴他处,或有人相送,谓之送别;或无人相送,谓之离别。周邦彦属于后者。"梨花榆火催寒食",不仅仅是写时令,还在感叹季节的变换、时光的流逝。但人在路上,身不由己,瞬间又过了数驿,而和思念的人距离更远了,怎不生"愁"。"望人在天北"和第一段"登临望故国"相应,言所想望见之人离自己太远了,故云"在天北"。

第三片"凄恻……泪暗滴","凄恻"承"愁"而来,"恨堆积"以足其意。"渐别浦"句云斜阳中之景物。"念"和"沉思"都是心理描写,程度不断深化。所念和所思之人就是"人在天北"之人,也是当年"月榭携手"之人。

全词意脉清晰,因见他人送行,自觉孤独(谁识),而登高,此一层;又要再行,愁与"望"之"人"更远,此又一层;最后,思念"携手"之人,如同梦中,悲伤不已,只能"泪暗滴"。抓住"谁识"、"又"、"念"即可理清全词思路,"谁识"是关键语,因为孤独一人,"又"一场离别,而无人送别,故思念当初别情。

　　这首词是自伤别离,而非"送别"或"客中送客",沉痛之处正在于客中无人送别。只有这样才能理解此词的结构和词中人物关系,也才能体会王国维评周词如"词中老杜",而"沉郁"之思、"顿挫"之变正是这首词的艺术特色。

　　(《中国社会科学报》2010 年 7 月 20 日,原题为《又在客中无人别:被误读的〈兰陵王·柳〉》)

李清照《武陵春》词应作于绍兴元年考

——兼说"隐性"材料的价值和利用

内容提要 有关李清照去金华次数的材料仅有两则,一是《打马图序》所说的绍兴四年十月,一是《金石录后序》记载的绍兴元年春由衢赴越。人们一般根据前一则材料认为《武陵春》词作于绍兴五年,但后一则隐性材料提供了《武陵春》词的内容、写作情景与李清照生平遭际最相合的时间,根据这则隐性材料,我们认为《武陵春》词应作于绍兴元年。

关键词:李清照 《武陵春》 绍兴元年 隐性材料

在古代文学教学和研究中,会经常遇到一些问题,但要解决又苦于没有材料,此即孔子所言"文献不足征"。所谓没有材料应指两种情况,一是的确没有材料,一是有材料但因不容易被发现而暂时处于"假亡佚"阶段,这一类材料在历史文献的记载中通常以隐性的状态呈现,我们称之为"隐性材料"。事实则隐藏在间接材料的背后,要从这些材料中寻找出足以帮助我们解决问题的资料,非要经过认真细致的爬梳不可。这里试以李清照《武陵春》作年的考订,来说明隐性材料的价值和利用。

关于这首词的作年,至今尚无疑义,一般认为是绍兴五年,根据是李清照在《打马图序》中明确说她绍兴四年十月"涉严滩之险,抵金华,卜居陈氏第",而双溪又是金华风物。王仲闻《李清照集校注》附《李清照事迹编年》即据《打马图序》云,李清照绍兴五年春赋《武陵春》词。凡文学史、鉴赏词典、诸家论述,只要交代此词的作年,皆莫能例外。

从《武陵春》所表述的情感以及"物是人非事事休"句来看,此词的写作时间应是其夫赵明诚新亡不久,不可能如现在通行编年的说法迟至绍兴五年(1135)。理由如下:第一,赵明诚去世在建炎三年(1129)八月,绍兴五年距赵离世已六七年光阴。据《李清照事迹编年》,绍兴二年夏秋间发生李清照再嫁张汝舟旋又离异之事,如果说《武陵春》词作于李再嫁之前,则"物是人非事事休"是怀念赵明诚,如果说作于绍兴五年,则"物是人非事事休"的感叹,其所指就难以确定。显然《武陵春》词怀念的是赵明诚,且在赵亡后不久。

第二,《武陵春》词所述情绪与《打马图序》所述在金华的心境不符。《打马图序》描写了她南渡以来流离迁徙,现在卜居金华得以安定,才有兴致可重新操起久违的博弈游戏。其时"意颇适然",非往日可比,这时不可能写出《武陵春》"只恐双溪舴艋舟,载不动,许多愁"的如此沉重哀伤感情。现节引《打马图序》如下:

予性喜博,凡所谓博者皆耽之,昼夜每忘寝食。但平生随多寡未尝不进者何,精而已。自南渡来流离迁徙,尽散博具,故罕为之,然实未尝忘于胸中也。今年冬十月朔,闻淮上警报。江浙之人,自东走西,自南走北,居山林者谋入城市,居城市者谋入山林,旁午络绎,莫卜所之。易安居士亦自临安泝流,涉严滩之险,抵金华,卜居陈氏第。乍释舟楫而见轩窗,意颇适然。更长烛明,奈此良夜何?于是乎博弈之事讲矣……予独爱依经马,因取其赏罚互度,每事作数语,随事附见,使儿辈图之。不独施之博徒,实足贻诸好事。使千万世后,知命辟打马者,始自易安居士也。

可以看出李清照在写《打马图序》的心境,轻松、愉快,纵论博弈,精研打马。仿佛又找到少妇时的乐趣。

我们认为《武陵春》词应当作于绍兴元年(1131)。这和李清照生平行迹未必不合。因为根据李清照《金石录后序》云:"雇舟入海,奔行朝,时驻跸章安,从御舟海道之温,又之越。庚戌十二月,放散百官,遂之衢,绍兴辛亥春三月复赴越,壬子,又赴杭。"这里所标示的时间具体,行走的方向明确,当属可信。绍兴辛亥,即绍兴元年,这里是说春三月始动身赴越,不是说三月已至越州。从衢州到越州,婺州(州治在金华)是必经之地。李清照漂泊无定所,其漂泊处多有停留,时间或长或短,此次能在婺州停留是理所当然的。从衢州到婺州距离较近,据北宋王存《元丰九域志》卷五"上婺州东阳郡保宁军节度"载:"西南至本州岛界六十里,自界首至衢州一百三十里,东北至本州岛界二百三十二里,自界首至越州二百四十八里",即衢州至婺州为一百九十里路程。不知李清照在三月的哪一天动身,但到婺州之时正是"暮春三月"之末或是初夏之首,这和词中"风住尘香花已尽"在季令上相合。因山溪春深,故有"闻说双溪春尚好"之句,"闻说"用得准确,毕竟不是真正看到。再说,时距赵明诚去世约一年零七个月,这一年零七个月时间,李清照孤苦零丁、颠沛流离,受尽磨难,在此景况中她就更加思念赵明诚,这一情绪在《武陵春》词中得到充分表现,其"物是人非事事休"之叹,抚今伤昔,无比凄凉,"只恐双溪舴艋舟,载不动,许多愁"。从《武陵春》词所提供的信息看,李清照经金华停留时间的长短,都与词的写作没有矛盾。此后李清照离开金华去越州,到达越州的时间已是四五月间。

可以这样说,我们能见到有关李清照去金华次数的记载仅有两则材料,一则即为通常人们所说的《打马图序》中的"绍兴四年十月";一则是《金石录后序》云"庚戌十二月,放散百官,遂之衢,绍兴辛亥春三月复赴越"。前者是直接的记载,后者则是隐含的记载,但是准确和真实的记载。

《武陵春》词是写金华的风物,因此,人们可以将《武陵春》词的写作时间写在绍兴五年,同样也可以将《武陵春》词的写作时间定在绍兴元年,到底应定在何年,关键是看《武陵春》词的内容、写作情景与李清照生平遭际最相合的时间,而不能先入为主,笃守陈说。我们的研究不仅要关注显性材料的价值,更应该关注隐藏在材料背后的事物之间的相互关系。

从《武陵春》"闻说双溪春尚好,也拟泛轻舟"的语气来看,《武陵春》词当是李清照首次来金华,而且是刚到金华时所写,写初来乍到的感受。"闻说"的内容有二:其一,"双溪",这是金华风景优胜之地;其二,"春尚好",尽管其他地方都已"风住尘香花已尽",但双溪"春尚好"。如果依《李清照事迹编年》,李清照绍兴四年冬十月避地金华,直至次年春三月才赋《武陵春》词(按,据"风住尘香花已尽"语,当在春末夏初),于情于理皆不妥。

关于《武陵春》的内涵,刘永济《唐五代两宋词简析》云:"其词情凄恻,不但有故乡之思,且寡居凄寂之情,亦跃跃纸上。"大致得之。李清照过去曾写过一首《凤凰台上忆吹箫》,表现出对赵明诚的相思之情,其中有句云:"念武陵人远,烟锁秦楼。惟有楼前流水,应念我、终日凝眸。"武陵人,用刘晨、阮肇的典故,唐宋人多用此典,如唐王涣《惆怅诗十二首》之一云:"晨肇重来路已迷,碧桃花谢武陵溪。"宋黄庭坚《水调歌头》:"春入武陵溪","只恐花深里,红露湿人衣","谪仙何在,无人伴我白螺杯。"晁元礼《虞美人》:"刘郎惆怅武陵迷。"可见李清照用此典,透露出她对赵明诚爱的深度,由爱之深转为忧之切,担心赵明诚入武陵而不返。因此,可以推测,"武陵人远"的想法在李清照心中留下很深的印记,或许他日将"武陵人远"意思说与夫君听,赵明诚则会说,佳人胜溪女,武陵不足迷。赵明诚去世后,李清照孤苦无依,益思夫君,故初至金华,听人说起双溪,由双溪又念及武陵溪,正好选择《武陵春》一调来倾吐衷肠。这样理解，不仅可以进一步理解李清照选《武陵春》调名之由，而且也为"物是人非事事休"是悼念赵明诚多了一点佐证。

另外，有一种看法认为《武陵春》作意与李清照改嫁有关，《草堂诗余别录》云："后改适人，颇不得意，此词'物是人非事事休'，正咏其事。"有人申述了这一观点，认为李清照受张汝舟之骗，是受害者，而张是贪狠的诈骗者。"物是人非事事休"既是对亡夫的悼念，也有对恶人的诅咒。但持此观点的前提是系《武陵春》词作于绍兴五年，显然这一前提不足信。关键是《草堂诗余别录》的观点和后人申述的观点都未能将《武陵春》的写作时间充分考虑进去，只认为"人非"之"人"不是赵明诚而是张汝舟。李与张的婚姻短暂，事在绍兴二年夏秋间，如依旧说，事隔三年后，至绍兴五年李清照写《武陵春》重提与张的关系，意义何在？况且绍兴五年李清照在《打马图序》表述的是一种动乱后得到安宁的闲适情绪。

可以确定李清照在金华的作品除《打马赋》、《打马图序》、《武陵春》外，还有一首《题八咏楼》涛。八咏楼也是金华一景，诗云："千古风流八咏楼，江山留与后人愁。水通南国三千里，气压江城十四州。"这首诗和《武陵春》词的情绪不同，而与《打马图序》的心境相近，其创作时间当是通常人们所认定的李清照卜居陈氏第的绍兴五年。

以上的考订结论尽管在解说《武陵春》词时有优于旧说之处，但不敢说一定正确，我想至少可备一说吧。而考订中最能起作用的一则"隐性材料"（"庚戌十二月，放散百官，遂之衢，绍兴辛亥春三月复赴越"），并没有明白告诉人们李清照本年经过金华，所谓经过金华是隐藏在"由衢赴越"的记载之后的。正因为我们面临的材料是有限的，而文学史上存在相当多的问题还需要去解决，所以我们要合理利用现有文献资料，充分挖掘文献资料的价值，即有理有据去恢复古人因行文的用意或特殊需要而被简省了的文字，而这些在当时并不重要的被简省了的文字对我们今天阅读和研究作家作品却是重要的。当然，文献资料虽是"隐性"的,但它是客观的,这和一般性的推理不同,如果将隐性材料凭主观臆断而赋予无限的不确定的意义,那就会有违解决问题的初衷了。

这里我想再简要说一下另外两种方法。第一,通过对相关材料的比较,使"隐性"变为"显性"。如孤立看李清照的《武陵春》词的形式,其独特性就处于隐性状态中,如将《武陵春》在形式上和此前同调的词作一比较就能发现,李词在形式上有一特殊之点未为今人注意,就是和以往的调式稍异。此前《武陵春》词皆48字,末二句为七五式,而李清照此词49字,末二句为七三三式。过去一种说法是:"'载'字衬。"(《古今词统》)将"载"看作是衬字,讲不通。李清照精于词学,追求新意,在写作《武陵春》词时作了一点"变调"处理。虽为一字之增,但有值得探讨之处。第二,通过对零碎散乱的材料归纳整理,使"隐性"变为"显性"。在上述有关李清照词作年考证中,除将"由衢之越"外补上必经婺州的简省文字外,其他也用了归纳的方法。在另一篇讨论李白入京待诏翰林的身份的文章中,也是使用的"隐性"材料作归纳整理的,结论是李白待诏翰林的身份是道教徒,此处从略。

但有一种情况,材料是明晰呈现在人们面前,但我们"视而不察",这肯定不是"隐性材料",如陈子昂《登幽州台歌》,向来是被当作"诗"来看待的,因此有人在分析这首"诗"时就说陈子昂标举诗歌革新,倡兴寄,崇风雅,故在诗歌体式上打破传统,开"以文为诗"的先河。其实,"前不见古人,后不见来者"云云,见于陈子昂的好朋友卢藏用的《陈氏别传》,原文是这样的:"子昂知不合,因钳默下列,但兼掌书记而已。因登蓟北楼,感乐生燕昭之事,赋诗数首,乃泫然流涕而歌曰:'前不见古人,后不见来者。念天地之悠悠,独怆然而涕下。'时人莫之知也。"这里的表述相当清楚,"赋诗数首,乃泫然流涕而歌曰",其中"诗""歌"并举,分明说"前不见古人"云云,只是伴随某一节拍或旋律的信口吟唱,而不是"诗"。"诗""歌"在卢藏用那里分得一清二楚,这和今天我们将诗歌连用与散文相对应的概念不同。所以卢藏用在编陈子昂集时,并没有将"前不见古人"云云当作诗收入。① 知道这种关系,在讲《登幽州台歌》时才能心中有数,而不至于在诗歌体式发展史上夸大它的意义。《陈氏别传》的材料显然不是"隐性"的。

(《学术研究》2003 年第 3 期)

① 参见罗时进:《唐诗演进论》,江苏古籍出版社 2001 年版,第 39—41 页。我们讨论的重点和目的不同。

李清照《凤凰台上忆吹箫》新探

　　婚后的李清照是幸福的,从《金石录后序》的记载中可以看出知识型夫妻的平等和谐、志同道合者的快乐。这一时期的作品已脱卸去少女的轻盈,而表现出沉稳和深情,那些思念丈夫赵明诚的词篇,婉转曲折,真切动人。《凤凰台上忆吹箫》就是其中的一首。这首词有两个版本,《全宋词》所收从宋曾慥《乐府雅词》:

　　　　香冷金猊,被翻红浪,起来人未梳头。任宝奁闲掩,日上帘钩。生怕闲愁暗恨,多少事、欲说还休。今年瘦,非干病酒,不是悲秋。明朝,这回去也,千万遍阳关,也即难留。念武陵春晚,云锁重楼。记取楼前绿水,应念我、终日凝眸。凝眸处,从今更数,几段新愁。

而通常被人所引用的为《漱玉词》本:

　　　　香冷金猊,被翻红浪,起来慵自梳头。任宝奁尘满,日上帘钩。生怕离怀别苦,多少事、欲说还休。新来瘦,非干病酒,不是悲秋。休休,这回去也,千万遍阳关,也则难留。念武陵人远,烟锁秦楼。惟有楼前流水,应念我、终日凝眸。凝眸处,从今又添,一段新愁。

　　这两个不同版本的词应当都出于李清照之手,至于二者有不少相异之处,可能是两个原因造成的:第一个原因容易想到,即一首原词,一首经过修改;第二个原因可能是记写之差异,即一种版本是原作,另一版本则是在暂时找不到原作回忆出来的,后找到原作,因而两本并存了。比较两首词,首先要肯定的是二词均佳,其次可以从中体会遣词造句的技巧。《乐府雅词》本和《漱玉词》本进行比较,大致可以看出,前者为最后定本,而后者为原作。两本并存于世,而且李清照创作此词是送丈夫赵明诚的,词作有了修改一定发生在李、赵二人之间。

　　因此,这两首词并存就有了如下意义:第一,在李清照之前,男女两性之间的诗歌写作有多种情况,一种是夫妇之间的唱和或酬赠之作,那是在各自表达自己的情感,如秦嘉夫妇的赠答诗。秦嘉《留郡赠妇诗》五言三篇,以五言述伉俪情好,这里抄录一首:"人生譬朝露。居世多屯蹇。忧艰常早至。欢会常苦晚。念当奉时役。去尔日遥远。遣车迎子还。空往复空返。省书情凄怆。临食不能饭。独坐空房中。谁与相劝勉。长夜不能眠。伏枕独展转。忧来如循环。匪席不可卷。"其妻徐淑有《答秦嘉诗》:"妾身兮不令。婴疾兮来归。沉滞兮家门。历时兮不差。旷废兮侍觐。情敬兮有违。君今兮奉命。远适兮京师。悠悠兮离别。无因兮叙怀。瞻望兮踊跃。伫立兮徘徊。思君兮感结。梦想兮容晖。君发兮引迈。去我兮日乖。恨无兮羽翼。高飞兮相追。长吟兮永叹。泪下兮沾衣。",徐淑诗之诗式并没有用秦嘉诗之五言诗体式以相呼应,而是用句句带"兮"的歌诗体。

　　还有一种是寄内诗,那是丈夫写给妻子的,据说李商隐的《夜雨寄北》即是,诗云:"君问归期未有期,巴山夜雨涨秋池。何当共剪西窗烛,却话巴山夜雨时。"

　　更多的是男性写给非夫妻关系的异性,这在唐诗和宋词中很多,如柳永《河传》:"翠深红浅。愁蛾黛蹙,娇波刀翦。奇容妙妓,争逞舞裀歌扇。妆光生粉面。坐中醉客风流惯。尊前见。特地惊狂眼。不似少年时节,千金争选。相逢何太晚。"

以上作者是男性或以男性为主体,而李清照这首词和他们不同,作者是女性,是夫妇中的女性。这就具有了特殊的认识价值。

第二点,更为重要,就两首词分别代表了两个不同的认识角度,即原词是李清照个人对夫妻离别的感受和情感判断;而改作则主要代表了赵明诚的体验和认识,也就是说赵明诚是此词的第一个读者,也是向李清照提出修改意见的指导者或建议者,重要的改动部分应是充分吸收了赵明诚的意见。从词作修改中可以了解赵明诚初读此词的感受,同样也可以让我们想象李、赵二人在切磋时的认真和找到最恰当表达情感词句时,彼此欣赏的情景,快乐甚至可以代替离别的烦恼,而《金石录后序》中记录在这里也找到印证:"后屏居乡里十年,仰取俯拾,衣食有余。连守两郡,竭其俸入以事铅椠。每获一书,即同共勘校,整集签题。得书画彝鼎,亦摩玩舒卷,指摘疵病,夜尽一烛为率。故能纸札精致,字画完整,冠诸收书家。余性偶强记,每饭罢,坐归来堂烹茶,指堆积书史,言某事在某书某卷第几叶第几行,以中否角胜负,为饮茶先后。中即举杯大笑,至茶倾覆怀中,反不得饮而起。甘心老是乡矣!故虽处忧患困穷,而志不屈。"两位知识型的情侣在智能比拼中获得了特殊的享受和欢乐。当然二人性格都有些急躁,《金石录后序》中提到"侯性素急"和"余性不耐"语,在平常生活中有些摩擦或斗气也是正常的,但因此而附会出他们的婚姻曾有过危机则不可信,从《金石录后序》的叙述中可知二人的幸福时光,李清照不会难为自己说虚假的话,这是由她的性格决定的。

为什么视《漱玉词》本为原作呢? 这是在比较二词在写事抒情谁更为合情合理的分析中得出的,当然我们仍然认为两首词在抽象的语境中都是优秀之作。原作有"任宝奁尘满",联系上下文和当时情景,甚为不妥。赵明诚要离家,从另一版本获知,离家约一年("今年瘦"),离别是在"明朝"。在离别之前一日,李清照预想明日和丈夫的分别,无论如何也不会让宝奁尘满。而改作用"闲掩"二字,就非常恰当,既然不梳头,也就不要开奁照镜了,贺铸《菩萨蛮》有"开奁拂镜严妆早",可见宋代女子梳妆的镜子,有一种是置于奁中,照镜时需打开奁匣。这里"任宝奁闲掩"的意思是,任凭镜奁闲置而关着。原词下片"休休"承"新来瘦,非干病酒,不是悲秋",夫妻之间的离愁,既然如此含蓄,上面为什么还要说得很清楚,说什么"离怀别苦"呢?不如改作"闲愁暗恨"说得模糊,而且宽泛。原作"休休"二字关联不紧,不如改作"明朝"二字点明分别的具体时间重要,少了这两个字,不仅具体时间无着落,而全词的脉络也不够明晰。阳关,古曲《阳关三叠》的省称,泛指离别时唱的歌曲。"这回去也"句,即这次离别,就是十分挽留,唱千遍《阳关三叠》,也是留不住的。原作"念武陵人远",不如改作"念武陵春晚"含蓄婉转,原作"烟锁秦楼"意思虽好,并不完全合适李清照夫妻,她们并非神仙之侣,也不想做神仙之侣。改作"烟锁重楼"就灵活许多,且"重楼"与"春晚"相应。武陵,当喻丈夫此行之地,改作"武陵春晚,烟锁重楼"隐含对丈夫此行的担忧。原作"惟有楼前流水",不说人,只说水,把丈夫说得有点无情,这不是李清照的本意。再说赵明诚也不能接受这样的表述。改作"记取楼前绿水"则语意不同,是希冀的口吻,商量的语气。希望丈夫不要忘了楼前水边有一个人在终日思念。原作"凝眸处,从今又添,一段新愁。"意谓本有"愁",料将又添"新愁",赵明诚可不这样看,他认为在长别之前夫妻二人是快乐的,并无"愁",故"从今又添,一段新愁"不太符合实情,而"凝眸处,从今更数,几段新愁"就符合他们夫妇的实际情况,就是说不一定本来有"愁",从现在起又要添上"新愁",而且是几段新愁。

题伊世珍《琅嬛记》卷中引《外传》云:"易安以重阳《醉花阴》词函致明诚。明诚叹赏,自愧弗逮,务欲胜之。一切谢客,忘食忘寝者三日夜,得五十阕,杂易安作,以示友人陆德夫。德夫玩之再三,曰:'只三句绝佳。'明诚诘之。答曰:'莫道不销魂,帘卷西风,人似黄花瘦。'政易安作也。"《琅嬛记》系伪书,其所述未必是事实,但它启发人们去想另外一个问题,从《金石录》后序记载中,可以看出李清照和赵明诚二人,都有对享受知识带来快乐的高雅意趣,而赵明诚却没有文学创作留存。为什么会这样呢? 不得而知。而《琅嬛记》的叙述似乎给出一个答案,即赵明诚不是没有创作,而是创作才情不及李清照,故自弃其短。从李清照原词和改词来看,赵明诚是有艺术感悟的,只是不像李清照那样,能用文学语言表现内在情感,这也可能和赵明诚醉心收藏、精研金石有关。原词和改词都是写同一件事,都在抒写离愁,但又不同于一般写离愁的作品。其妙在离别之前预想离别和离别后的情景。还有一点是认识价值,设想原作为李清照自作,修改稿是吸收了赵明诚意见而成的,则两稿对照又能体察到李、赵夫妇二人的心理,对离别的不同感受。

（《中国社会科学报》2010 年 10 月 26 日,原题为《"几段新愁"还是"一段新愁":李清照〈凤凰台上忆吹箫〉新探》）

传统考据学与现代学术

——陈尚君教授《全唐文补编》
及其相关成果的意义和方法

　　20世纪80年代以来,唐代文学研究有了极大的发展:基本典籍、作家别集和研究用书得到了大规模的清理,相当部分作家的生平事迹、存世作品、文学活动得到进一步考辨,一些复杂的文学现象被放在广阔的社会、历史、文化视角下予以解释……进入新世纪后,唐代文学的研究在范围不断扩大、内涵更趋丰富的良好基础上面临着进一步持续发展和开拓创新的要求。

　　文献资料是遗留下来的关于历史的记载,它为历史的研究和复原提供了可能,也成为人们寻求历史知识、窥探历史风貌、解读历史精神的开始和重要手段。古代文学的学科特性决定了文献资料的文学性和历史性的统一。因此,作为社会科学研究工作重要基础的文献收集、典籍整理、作品辑佚、史事钩沉,于古代文学的学科发展和学术研究尤其具有重要意义。

　　陈寅恪先生在《陈垣敦煌劫余录序》中指出:一时代之学术,必有其新材料与新问题。取用此材料,以研求问题,则为此时代学术之新潮流。[1] 由此可见,"问题意识"和材料发现对于学术研究是何等重要。而

---

① 陈寅恪:《陈寅恪史学论文选集》,上海古籍出版社1992年版,第503页。

真问题的产生和出现,无不是对大量原始材料进行细读精思的结果;真问题的抽绎和解决,更高度依赖对材料的广泛搜索和精心考辨。

　　唐代文学研究要进一步深入,其方方面面,如制度的钩沉索隐,政治的探幽发覆,文学作品的阐发和研究,基本文学事实的确定和考证,文学与社会生活的各个层面、与其他艺术门类及精神信仰之间丰富复杂的关系,都离不开相关文献的记载和资料的整理。陈尚君教授新推出的煌煌三巨册、近 400 万字的《全唐文补编》,①首次对存世典籍和新见文献中的唐代文章作了全面清理和校订,采辑范围遍及四部群书、敦煌遗书、石刻文献、海外汉籍、佛道两藏等方面。该书广搜博采、精考细订,可以说是对 20 世纪唐代文献的一次比较全面的清理,更可谓新世纪唐代文学可持续发展的奠基之作。其对唐代文学发展影响之大端,有如下方面。

一、对传统文化的打捞和保存:搜罗辑佚

　　20 世纪的学术研究之路,充分说明了材料对学术研究的重要性。学界在强调中国传统学术向现代学术转变源自研究方法和学术观念更新的同时,并不能忽视具有导夫先路之功的材料发现和鉴别。上世纪具有典范意义的甲骨学和敦煌学的建立,其实就离不开甲骨文字和敦煌遗书的发现。王国维先生便以甲骨、敦煌等考古学新发现为基地走上了释古的道路。他的著名的"二重证据法"就是在这一基础上提出的:"吾辈生于今日,幸于纸上之材料外更得地下之新材料。由此种材料,我辈固得据以补正纸上之材料,亦得证明古书之某部分全为实录,即百家不雅驯之言,亦不无表示一面之事实。此二重证据法惟在今日始得为之。"②此新理念一提出,学术界响应者甚众,不仅对疑古之偏颇有所是正,对 20 世纪的学术形成也自有影响。

---

① 中华书局 2005 年版。
② 王国维:《古史新证——王国维最后的讲义》第一章总论,清华大学出版社 1994 年版。

在唐代文学研究方面，20世纪新出土和新发现了大量唐代文献，激活和深化了唐代文史研究。此前只有石刻墓志得到了系统整理，分别有周绍良主编的《唐代墓志汇编》①、《唐代墓志汇编续集》②和吴钢主编《全唐文补遗》③，收录以墓志为主的唐代文章约5500篇。相对而言，唐代的其他考古材料和出土文献的整理工作并不彻底，而反映唐代社会生活状况的各种文字记载则散佚在浩如烟海的传世文献中。

陈尚君教授长期致力于唐代文献的钩沉索隐、网罗整理、辑佚补正。他的《全唐诗误收诗考》（1984年）是清代以来第一次对传误唐诗的全面清理；《杜甫为郎离蜀考》（1979年）、《杜甫离蜀后之行止原因新考》（1982年）发人所未发，"是建国以来研究杜甫生平创作最值得玩味之文"；对司空图《二十四诗品》的辨伪，更是引起唐诗学界和文论学界的极大震动；他承担《翰林学士集》、《丹阳集》、《玉台后集》等三种而入《唐人选唐诗新编》（1996）；在《中国文学家大辞典·唐五代卷》中承担了三分之一的撰稿量（约2000条，30万字）成为撰写条目最多的作者；参与52种《中华野史》的辑录校点工作（2000）；辑录校点《玉堂闲话》等五种《五代史料汇编》（2004）；他和陶敏先生一起对《唐才子传校笺》进行全面的检校、是正，写成了《唐才子传校笺（五）补正》；他担任《全唐五代诗》主编之一，为该书主要执笔者。他对唐宋时期数以千计的大、中、小作家生平，都有程度不等的考订和创说，其专书研究，偏重于传世著作的流传和文本研究、已佚著作的辑佚钩沉、新出文献的史料抉发，于子史杂书、唐宋集部诸书，正补颇多。其中对唐代诗文的增补工作（《全唐诗补编》、《全唐文补编》）颇有建树，其功甚伟。

随着唐诗研究领域的拓展与深入，学界对唐诗的全面整理和考订提

---

① 上海古籍出版社1992年版。
② 上海古籍出版社2001年版。
③ 三秦出版社1994年版。

出了更高的要求。而《全唐诗外编》①收录佚诗仍未完备,考订也有不确凿处,需要进行一次全面的校订和续补,陈尚君教授独力承担了此项工作。他一方面对前人已做的唐诗汇录辑佚进行系统的总结和梳理,另一方面对唐人著述总目和今存唐宋典籍,作全面的调查。他所查阅的书,其面之广确实是惊人的,不止是唐人著述,凡宋元以来的总集、金石、方志、谱牒、说部,以及敦煌文献、佛道二藏、域外汉籍,都巨细无遗地加以搜辑,据他自己估计,先后检书超过 5000 种,仅方志就有 2000多种。这种竭泽而渔式的网罗,其收获即为辑得逸诗 4600 多首(其中新见作者 800 多人),相当于前此各家所得总和之两倍多。与此同时,又对《外编》作不少校订工作,"这样,就于 1992 年以《全唐诗补编》的名义由中华书局出版,可以说是清代中期以后唐诗辑佚的最大成果。"②

　　随后,陈尚君教授从 1986 年开始着手《全唐文补编》的工作,至1991 年初步完成,检录出唐人遗文 6200 多篇,相当于前人所得唐文总数的四分之一强,其中有大量珍贵而稀见的文献。该书从初稿交出后到 2005 年 8 月正式出版,十年多时间中两次排版,三次较大规模校订,"虽然出版时间大为延后,但也因此利用了大量最新发表的珍稀文献,利用了大量当代杰出学者的研究成绩,避免和纠正了因所见文本未能尽善、个人学识局限可能造成的错误。"③最终辑得唐人文章约 7000 篇,涉及作家 2600 多人。二十年艰苦严谨的治学中,陈尚君教授还完成了300 多万字的《旧五代史新辑会证》,该书和《全唐文补编》于复旦大学百年校庆之际先后由中华书局和复旦大学出版社隆重推出,是我国文史研究领域的又一重大收获。

　　陈尚君教授的著述所涉及的具体领域虽然有所不同,但体现的却都是在现代学术理念观照下对传统文史考据之学的继承,是在全面占有

---

① 中华书局 1982 年版。

② 傅璇琮:《唐代文学丛考·序》,中国社会科学出版社 1997 年版。

③ 《全唐文补编》后记。

浩博的古籍文献基础上对传统文化进行清理和保存的努力。如《全唐文补编》关注唐人文章,突破旧有观念,内容包罗万象,涉及社会生活方方面面。补文所据典籍,除别集、总集、史书等与补诗相同以外,大多又另成系统,其难度可想而知。仅据附录的引用书目可见,作者参考的典籍范围遍及经史子集中的外国史、时令、方志、载记、金石、天文方术、农书、医书、道书、书仪等通常不为人们所关注的类别及近现代著作的最新研究成果,涉及历史、政治、经济、哲学、宗教、美学、文学、艺术、考古等诸多文化领域。对存世典籍,采取逐书检阅,并逐篇与《全唐文》核对的方式,以免遗漏;对新见文献和考古资料中的唐代文章更是倍加关注,这就为最大程度地恢复和保存唐代社会面貌所涉及的方方面面提供了可能。"陈尚君教授所做的工作,就是给历史研究者'打捞'出了唐、宋之间湮没、缺失的历史。"清华大学人文学院教授、著名学者葛兆光如是说。

二、对传统文化的整理和尊重:辨伪考证

出于探究事物本来面目和发展过程的需要,人们离不开对研究材料的充分占有和细致辨别。注重材料的广泛搜罗和严择慎取,是乾嘉学风的显著特点。受其广泛影响,二十世纪在文史研究领域取得重大建树的学者如梁启超、王国维、陈垣、陈寅恪、胡适、鲁迅、闻一多等凡立一说,必凭证据;凡引资料,极为审慎。这种求真崇实精神对新世纪唐代文学研究的深入发展有着不可低估的借鉴和启迪意义。

作为有唐一代(包括五代)文章的总集,《全唐文》编撰由于工程浩大、出自众手,尚有诸多疏忽,其最为显着的有两条:一是辑录不注出处,二是网罗尚有不少遗漏。前者最为后世学者所诟病,如陈垣先生云:"且《全上古文》注出处,《全唐文》不注出处,殊可笑也。"①也确为使

---

① 陈智超编注、陈垣著:《陈垣来往书信集》,上海古籍出版社 1990 年版,第 670 页。

用者带来了极大的不便;后者同治年间古文献学家陆心源掇拾遗文成《唐文拾遗》72 卷、《唐文续拾》16 卷,出处逐一写明,收文约 2500 余篇,作者近 310 人,于光绪年间付梓。在校订上,文字讹误和重出互见较突出,并有人名误、题目误、收录误现象。小传叙述亦间有失实。清代考据家劳格深谙唐事,撰有《读全唐文札记》、《札记续补》共 130 条,近代唐史名家岑仲勉继撰《读全唐文札记》310 条,为其纠谬、正误、质疑,共涉及文章近 400 篇,作者 130 余人。

"自陆心源去世,至今恰已百年。其间地下石刻的出土,敦煌遗书的发现,秘籍佳拓的面世,域外古逸书的舶归,皆可谓洋洋大观,为举世所关注。未经辑录的唐文,为数极大。即以石刻一端为例,清末以来新出唐代墓志,已逾六千,唐碑数量稍少,但史料价值颇高;其它杂刻而存文者,也不下千品。"①在这样的学术环境下,陈尚君教授以一人之力、潜心二十年,旁搜远绍,爬罗剔抉,编著《全唐文补编》。其书广搜博引,可谓集 20 世纪唐代文献之大成。同时,作者对《全唐文》及陆补疏失讹误之处,也作了具体思考,附录中《再续劳格读＜全唐文》札记》及《读〈唐文拾遗＞、＜唐文续拾〉札记》二文,便是此研究的相关成果。正因含英咀华,故能钩玄提要。更值得称道的是,作者虽参阅大量文献,却决非有见必录,滥加收集,而是在广泛网罗、收集资料的基础上严择慎取。无论辑佚、补阙、排纂、还是会校、辨伪、考证,都坚持言必有据、征而后信。

首先是搜采十分浩博。据作者在前言、校后记里的介绍,《全唐文补编》以唐宋四部著作、石刻碑帖、地方文献、敦煌遗书、佛道二藏为辑录的主要依据,并对相关情况作了详细说明。如清人虽也曾检用存世唐宋四部典籍,但由于披捡较粗,仍有不少遗漏。作者将其与《全唐文》逐一复核,发现即便较常见典籍如两《唐书》、《册府元龟》、《唐大诏令

---

① 《全唐文补编》前言。

集》等,亦有颇多的佚文。而清末以来新发现之典籍,如王绩、张说集的足本、王勃集的几种残卷、日本所存弘仁本《文馆词林》、日人所著《文镜秘府论》、《入唐求法巡礼行记》等,存文尤多。对于 20 世纪重大发现之一的敦煌遗书中众多的唐代文献,目前并无系统整理。陈尚君教授于此下力颇多。他曾通检《敦煌宝藏》,复据杭州大学古籍所藏缩微胶卷校录,于英、法及北京所存部分,利用较充分,并曾参考近代以来学者的研究成果。《御制全唐文序》谓:"予辑《全唐文》之本意,屏斥邪言,昌明正学,……以防流弊,以正人心。"为教化考虑,如释道偈颂章咒,《全唐诗》以其"本非歌诗之流"而删,《全唐文》也不取。陈尚君教授则以《大正藏》与《续藏经》为主,大量查阅佛藏,并参用二藏以外之释书如《祖堂集》、《释氏六帖》、《神会遗集》及道藏《正统道藏》、《续道藏》等,所获较多。为避免做重复工作,作者充分利用明清以来金石家和现代考古工作的成绩,于石刻碑帖则仅据地方金石志及方志收录墓志。仅以王勃文章的辑佚而言,可见辛勤之殷。王勃的文集,残佚严重。有张燮辑刻十六卷本《王子安集》较通行,清人蒋清翊作《王子安集注》二十卷,皆未收录日本残存《王勃集》佚文;罗振玉《永丰乡人杂著续编》辑有《王子安集佚文》1 卷,何林天有《重订新校王子安集》(山西人民出版社 1990),都未用全日本残本。《全唐文补编》以日本正仓院藏唐写本《王勃集》为底本、以《王子安集逸文》会校,补文 29 篇。其中 18 篇为送别、游宴赋诗所作之序,是其时文人唱和、集体赋诗、交友游宴等活动状况的生动写照。《全唐文补编》中类此的搜罗辑佚还有很多。这使得我们在掌握了唐代文学发展的全貌之后,有可能对唐代文学发展史及其规律作出更全面一些的解释。

其次是考证校勘精密。在小传的撰写上,《全唐文补编》为每位新见作者皆列小传。凡事迹所据与所补文出处相同者,小传不注出处。据他书者,则一律予以说明。小传记作者字里、科第、仕历、卒年、享寿、著作等,在基本反映了作者生存概况的同时,也提供了不少交友游历、历官始末、著述流传等信息。

在文章辨伪方面,《全唐文补编》对于作者、作年、文字、版本诸方面,都仔细梳理源流,辨析因革。对作者有异说的,都通过考辨以定去取,而决非不负责任地有见必录。如《淳化阁帖》将《投老帖》、《去留帖》误作何氏书,将《薄冷帖》、《益部帖》误作王献之书,悉予订正,归入欧阳询名下。明闽刻本《文苑英华》收《三国论》缺署名,此文前为王勃《平台秘略论》,《全唐文》据以顶冒误收王勃名下,《全唐文补编》据中华书局影印本《文苑英华》新编目录移正至卢照邻名下;《录异记》和《全唐文》收《茅茨赋》于朱桃椎名下,殆因对原文以隐士自述之口吻理解有误所致,参《全唐文纪事》移赋于薛稷名下。《会稽掇英总集》署李邕撰《滕偈》,《全唐文》即据之收入,《全唐文补编》据鲍防序,知此组偈共十一人同作于大历四年,而李邕卒于天宝中;检《会稽掇英总集》载浙东联唱诸诗,知李邕为袁邕之误。对同名作者的文章归属考订细致,如《劾赵彦昭韦嗣立韦安石奏》为开元二年文,《全唐文》收名臣郭震(字符振)下,考元振开元初贬卒,显系将二郭震混为一人。此外,诏敕均出臣工之手,节帅奏状亦多出书记之笔,《全唐文补编》对其作者也尽力一一考知;诸臣奏议见于史乘者,常不载撰人,且多节录,对部分作者也多方参照,尽量考求。

在文字校录方面,针对古籍在流传过程中所发生的误、脱、衍、倒等文字差异以及由此引起内容理解分歧的错讹,全书《凡例》及前言规定:"凡所存文,皆注明所据出处及卷数。据多种出处录文者,所据皆备录。一般以首列之书为底本,据次列之书校补。""录文时,也力求慎重稳妥,忠实于原出处。""石刻录文,因各家所见拓本有早晚、精粗、完残之别,识别时又有正误之分,录文也有很大不同。如昭陵诸碑,今知有录文之著作即有十余种,又有多种拓本,如逐一出校,必不胜其繁,徒增篇幅,读者也不便。有虑于此,本书采取选择存义较多之一种为底本,参校诸书,录成一本。如昭陵诸碑,一般以罗氏自刊本《昭陵碑录》为底本,并参《金石萃编》、《八琼室金石补正》等所载录,以补罗氏仅据一拓之不足,复参取其它文献,如《姜遐碑》用昭陵新出下半截碑补,《阿史那忠碑》用《宝刻丛编》和《阿史那忠墓志》补",为例甚善。校勘时多搜集善本,使之成为校勘书籍的依据和基础,才有条件决定取舍。逐字逐句,校其讹夺颠倒,删补增乙,详加订正,这样校勘的古籍才能取得超越前人的成果。《全唐文补编》按照援据各种文本(包括宋人典籍之中的征引和最近发表的罗尔纲《金石萃编校补》中据善拓录出的少数存文)写定的昭陵碑,可以说是至今为止昭陵碑文录文最全备的文本。又如《全唐文》收《大唐齐州章丘县常白山醴泉寺志公之碑》于阙名下,《全唐文补编》卷26据《济南金石志》补其作者元伞,"然该书有节录、臆补之病。今谨据以录他书所无而大致可信之文字,不尽取。"再如作者后记中提到"甘肃炳灵寺的张楚金刻石,先前已用五六种不同的录文作了校写",包括平凡社一九八六年刊炳灵寺石窟、敦煌学辑刊一九八九年一期王万清炳灵寺石窟摩崖碑刻题记考释等,"最近发现当地学者张思温《积石录》中其亲到摩崖下拓录的文本最为精当,因而将底本作了改换。"皆反映出作者搜罗文献的宏富和处理资料的精审。

最后是坚持疑以传疑,避免武断。陈尚君教授曾对考据文章的一些倾向性问题(如同一课题的重复研究颇多,所考结论并非新见;或仅凭后出材料,即据以立说;或误读文献,即创为新说)进行过批评,并特别指出"最为普遍的一种倾向,则为在史料不足的情况下,强为立说,不免牵强附会,甚至引起不必要的争论。"他坚持以文献来解决问题。因文献不足而存疑的问题,可能会随着新材料的发现或间接材料的发明,得以疑雾尽释;主张对于那些无新史料发现来证实的问题,仍以存疑为好。"这样的冷处理很可能不为人赞同,但我觉得较有疑不实之推测,实要谨慎得多。"①这种态度在《全唐文补编》中也得到了体现。凡有资

---

① 陈尚君:《文史考据应有所阙疑》,《文学遗产》1994 年第 4 期。

料不够完备或论据说服力有待加强处,作者一律存疑,不妄下论断。如江华的《奉籍归唐表》据北京图书馆藏《中国历代石刻拓片汇编》录文,作者按:"中村裕一《唐代制敕研究》考定为伪作。"李怀琳《搏赤猿帖》据《书史》录,作者按:"米芾谓七贤帖皆怀琳伪作。并录此。淳化阁帖卷三有山涛启事帖、汝帖,卷四有刘伶战国策帖、阮咸奇异帖、向秀华岳帖、嵇康想雨帖、山涛魏卿帖、王戎华陵帖。或即怀琳所托者,附识于此,以俟知者。"王鋘《创建清真寺碑记》据《陕西金石志补遗》卷上、日本足立喜六《长安史迹考》第十一章录,作者按:"日人桑原隲藏考此碑为明人伪作,见《艺文》一九一二年七期。"张怀瑾《叙书法》据《太平御览》卷七四八录文,作者按:"此即《法书要录》卷四《唐朝叙书录》中之一节。《唐朝叙书录》原次怀瑾诸文后,不署作者。未详《御览》别有所据,亦沿前而误,故存以备考。"类似的例子还很多,录以存疑、录以备考,体现的是对历史和事实的尊重。

与《全唐文》相比,《全唐文补编》在收文上下限方面补充了由隋入唐者作文及入宋诸人入宋前文,并补收《全宋文》失录者文。在文的体认方面,不以内容定去取、仅收已成文者、不收契约文书、书仪变文等;特别注意单文与专著的区别,不收专著,同时也注意不漏收本为单文而曾以一书著录者,特别是赋、记、序、碑、墓志、铭、赞、行状等文体;题名、幢记、造像记等以"略存文意"为限;在残文收录方面,凡存只句以上者,皆予收录。在体例编排上,仿《全唐文》以文从人。以诸帝之文略先于同时之作者,其他以作者生活时代先后为序、以卒年前后为排列的依据;为便于检索,诸帝诏敕和阙名各体作品按作年先后编列。因此,所收各文,尽量考定其作年。此外,各文题目,尽可能地保持原状。凡出处无题者,均据原出处或文意拟题,拟题皆分别注明。《全唐文补编》的辑佚辨伪工作在注明出处、搜访全备、甄别真伪等方面为古籍整理作了示范。同时,作者在检阅分析大量的唐宋诗集、文集、诗话、笔记、题跋、考古成果以及后人论述的基础上自创体例,在正文出处后附以"按",或说明版本,或辨析旧说,或考别真伪,或阐明新见。而在辨伪考证中,本论文对近人研究成果予以广泛参阅借镜,批判吸收。最终形成"作者简介(新见作者)、文章题目、作年、正文、出处、(作者)按"的体例。

陈尚君教授曾经根据学界已形成的共识提出过衡定大型断代全书学术质量的准绳,包括以下方面:搜辑追求全备,注明文献出处,讲求用书及版本,录文准确、备录异文,甄别真伪互见之作,限定收录范围,作者小传及考按,编次有序。① 按照这样的标准衡量,卷帙浩繁《全唐文补编》,不失为一部搜罗宏富、精于考辩、严于取舍的唐五代文总集。

三、对现代学术研究的启示和意义

1. 作为治学方法的考证

文献资料的搜集与研究是社会科学研究的基本工作之一。在此坚实基础上产生的成果,更有可能是较为科学的。中国治学方式中一以贯之的良好传统,就是对前代有价值的书籍不断予以校正和补充。这一传统的继承和弘扬,离不开考辨版本、校勘文字、查核史事等传统文献研究的基本治学方法——考证。姚鼐曾说:"天下学问之事,有义理、文章、考证三者之分,异趋而同为不可废。"②可见考据学为支撑中国传统文化的三足之一。在具体的操作方法上,为避免材料迁就先入之见,王国维提出"治一学,必先有一预备工夫。"即搜集材料、考释材料,强调凡"材料之足资参考者,虽至纤悉不敢弃焉。"③有了坚实的考证基础,他正史论事或举事实为证、或以实物为本、或以文献为据,确实做到了"当

---

①　陈尚君:《断代文学全集的学术评价——〈全宋诗〉成就得失之我见》,《文汇报》2004年11月14日;《断代文学全集编纂的回顾与展望》,《四川大学学报》2005年第5期。

②　姚鼐:《惜抱轩文集》,上海古籍出版社1992年版,第104页。

③　王国维:《〈国学丛刊〉序》,见《观堂别集》卷四,收入《王国维遗书》(四),上海古籍书店1983年版。

以事实决事实,而不当以后世之理论决事实"。① 陈寅恪也强调在全面占有史料的基础上进行严格的考订和选择。其处理史料,不仅采用乾嘉学派擅长的外考证方法(如校勘、辩伪等),更注意运用实证史学的内考证方法,致力于探求史料写作人的原意和其所记事实的可信程度。表现在文学研究上,其"以诗证史"的方法在《元白诗笺证稿》、《柳如是别传》中表现得淋漓尽致。

对于前代优秀学者的治学方法,如钱大昕先做札记的为学方法、王国维要言不烦的考证、陈寅恪对常见文献特殊意蕴的发掘、陈垣对史源的重视、余嘉锡讲究以目录治学以及岑仲勉治唐史的广博而周密等,陈尚君教授发扬光大,他更在几十年如一日的实际研究中,结合研究课题和自身实践,逐步形成了极富个性色彩的方法论。

首先,对考证有着强烈的自觉意识和深刻看法。早在发表学位论文的时候,他已经觉察到自己在立论圆通和议论精邃方面的不足,深感长处不在于此,后即在导师朱东润先生的启发下走上考据之路。对于考据方法在现代学术研究中地位如何、该如何运用等问题,陈尚君教授有自己独到的看法,比如他认为梁启超将乾嘉之学比之于欧洲的文艺复兴运动和上世纪五六十年代归结为烦琐考证,一扬一抑,均失之偏颇。陈尚君云:"所谓乾嘉之学,校正古籍是要确定可信的文本,注疏古籍是求准确地理解文本,小学是为读经史服务的,辩伪是要剔除古书中窜乱伪托的内容,辑佚是求恢复已亡逸古书的面貌,考证是通过排比归纳、相互比读,抉发古籍的内蕴,订正经籍的错失。凡此之类,今人治国学也不能回避这些工作。"当然,今人治学范围已经远远超出了上述几端。其中,通过文献的对读、比较、排比、推衍、演绎等手段,求得文本或事理真相的考证方法,主要是对文献进行处理。"凡治国学者,无论其学风取向如何,都应该掌握这一文献处理的基本技能。"把考证作为研究的

---

① 王国维:《再与林(浩卿)博士论洛浩书》,见《观堂集林》卷一,收入《王国维遗书》(一),上海古籍书店 1983 年版。

一项基础性工作而不是研究的全部,这无疑是圆通而客观的。因此,在培养学生时,他便只要求学生打好基础,掌握研究方法(包括考证方法),至于是走研究之路还是考据之路,则据各人的条件,并不滞于一端。①

其次,逐步形成了自成系统的考证方法。陈尚君教授的考证方法,可归纳为确定选题、划定体例、网罗收录、辨伪考订、存疑备考等阶段,而每个阶段又各有不同的任务和侧重。如确定选题、划定体例、对资料广搜博取等都是在对前人工作的充分了解和详细调查的基础上进行的。他做《全唐诗补编》时,先从书志目录着手调查,重点放在三个方面:一是《全唐诗》和补遗诸家如王重民等利用过多少典籍;二是唐人著述的总貌和遗存至今的情况;三是清中叶以后的新出书目。由此初步弄清了前人已用和未用的书目,并发现前人已用书中仍有因披捡疏漏、作者时代或作品归属不易确定而失收的以及明清学者所未见到的与唐诗有关的新典籍。这样,在着手辑诗之初,已有信心能获得可观的成绩。做《全唐文补编》工作时,也反复考虑"《全唐文》是怎样编成的,当时利用了哪些典籍,编纂质量如何,加上陆心源所补,唐文还有多少孑遗"②等问题。为了彻底解决这些问题,他写就了《述〈全唐文〉成书经过》③一文,提出许多鲜为人知的史实,对《全唐文》编修过程作了全面考察,所述包括清仁宗倡修该书的起因、当时据为底本而今已失传的陈邦彦编内府旧本《全唐文》的基本面貌和流传过程、参与编修的主要人员及所承之责任、编修过程中利用各类典籍的概况、编修体例之确定及其局限、该书编修不孚众望的原因、书成后刊校过程及后人所作之补遗工作等。并指出"自清季以来,秘籍善本之面世,海外遗书之回归,敦煌遗书之刊布,石刻碑版之出土,各种释藏之印行,《道藏》研究之深入,加

---

① 《传统考据与现代学术——陈尚君教授访谈》,《学术月刊》1999 年第 9 期。
② 《全唐文补编》前言。
③ 《复旦学报》1995 年第 3 期。

上方志谱牒中材料,今可获见而为《全唐文》失收的唐人文章,当不下万品。将这些遗文汇录成书,于唐代文学研究必然大有裨益。"在此基础上,确定了补录唐文的工作目标为:总结前人工作的经验得失,全面复核前人已用诸书,充分利用近世以来之新出典籍。①

　　陈尚君教授专注于唐代文献的考证,力求材料的扩充、完备和精确。从其著述成就来看,其考证治学方法有两大特色。第一,做"竭泽而渔"的工作,力求完备。具体表现为:所用材料数量多,如《全唐诗补编》120万字,检书超过 5000 种,《全唐文补编》400 万字,所用材料达 1000 余种;所用材料种类多,如以唐宋四部著作、石刻碑帖、地方文献、敦煌遗书、佛道二藏为主,以类书、地理、目录、传记、职官、和天文方术为辅,参用杂史、谱录、医书、农书、史评和书仪等;所用版本多,如前文提及的昭陵诸碑和张楚金刻石。由于搜罗的广泛性和选择的严格性,用版本三种或三种以上,在《全唐文补编》中并不少见,如卷 26 法藏《致新罗僧义湘书》所用版本有日本天理大学图书馆藏真迹、李基白《韩国上代古文书资料集成》之录文和《圆宗文类》卷二二等;卷 72 郑覃《进石经状》文后出处有《金石续编》卷一一、《关中石刻文字存逸考》卷二、《八琼室金石补正》卷七三;卷 102 刘处让《千佛牙题记》所用版本有《金石苑》卷二、《文物》1990 年第 6 期、《广元石窟铭文总录》等。第二,务求第一手材料。如《全唐文补编》确定以唐宋四部著作、石刻碑帖、地方文献、敦煌遗书、佛道二藏为辑录的主要依据,固然是为了搜索更多的资料以补充《全唐文》的缺漏,但也有以上各书于相关原始材料备录原文、保全者大之故。此外,陈尚君教授还充分利用自己到中国香港、中国台湾、新加坡以及日本早稻田大学作研究访问的机会,遍访域外汉籍和相关书目,购置和复制了大量的相关文献,对资料的完备性和原始性提出极高要求,使《全唐文补编》在海外汉籍的利用方面独树一帜。

---

　　① 《全唐文补编》前言。

此外,陈尚君教授在参与编撰《中国文学家大辞典·唐五代卷》时,重点为唐五代中小作家作传;在《唐才子传校笺(五)》中,进一步对唐代2300多位作家的生平著作进行研究和考订,是其突破大家研究、理清唐代作家的生平和创作情况治学思想的一次有益尝试。他的治学历程由宋入唐,对宋代文献的熟悉和重视使他超越了许多治唐者。这些治学思想在《全唐文补编》中即以补充新见作者、引用众多宋代文献体现了出来。

陈尚君教授的文献考据成就迥出时流,他总结治学方法为:一通目录以求全面系统地占有文献;二明史源以做到有层次分主次地使用文献;三不盲从前人结论,务必以自己的眼光读书,根据可靠文献得出正确、深入的见解。① 他自己以"不成熟的经验"来谦称以上方法,学者们都知道他虽所论寥寥但无一不切中肯綮。

2. 作为治学精神的考证

陈垣说:"考证为史学方法之一,欲实事求是,非考证不可。彼毕生从事考证、以为尽史学之能事者固非;薄视考证以为不足道者,亦未必是也。"②这话虽对史学治学而发,其实对于文学研究者也同样适用;话中提及的实事求是,即是考证的学术精神之体现。这几乎也是学者们的共识。如王国维谓"事物无大小远近,苟思之得其真,纪之得其实,极其会归皆有裨于人类之生存福祉。"③陈寅格认为:"夫考证之业,譬诸积薪,后来者居上,自无胶守所见,一成不变之理……但必发见确实之证据,然后始能改易其主张,不敢固执,亦不敢轻改,惟偏蔽之务去,真理之是从。"④信以传信、疑以传疑的求实精神是学术研究得以顺利进行并

---

① 《传统考据与现代学术——陈尚君教授访谈》,《学术月刊》1999 年第 9 期。
② 刘梦溪:《中国现代学术经典陈垣卷·序言》,河北教育出版社 1996 年版。
③ 王国维:《〈国学丛刊〉序》,见《观堂别集》卷四,收入《王国维遗书》(四),上海古籍书店 1983 年版。
④ 陈寅格:《三论李唐氏族问题》见《金明馆丛稿二编》,上海古籍出版社 1980 年版,第304 页。

最终有所收获的基本前提之一。

以古代文学而言,其研究对象是早已过去的人物、事件、活动和流传中变迁不已的文本,学科的特殊性要求我们在研究中首先应当主要通过历史考证而不是理论推衍的方法来说明各个时期的文学现象。尽可能以真实可靠的材料来展现创作队伍的变化、文体的发展、题材的分布、作品的传播、写作的时地等文学状况,并通过对文学面貌的尽量恢复来分析和认识文学发展进程中的相关规律,是古代文学研究的主要任务。现代学者不可能参与过去的文学发展历史,也不可能在实验室里复制历史场景,而只能通过史料去认识历史、研究历史。因此考核与鉴别史料的真实性与可靠性是文史研究中最基本、最重要的一步,离开了大量并经过考核的确凿史料就谈不上再现历史真实,谈不上恢复历史的本来面貌,更谈不上揭示历史发展的规律。成功的文史研究必定以成功的考据为基础;考镜源流、辨章学术的过程中,求实是创新的基础。

正是基于这样严谨求实的作风,陈尚君教授才能做到既尊重前人,又坚持己见;既严格遵循学术规范,又不囿于传统而自创体例、自出新说。正是基于这样严谨求实的作风,陈尚君教授才不断追求学术上精进不已的境界:在《唐代墓志汇编》出版后,他将初稿中所收墓志做了大幅度的增删调整;在《全唐文补编》成书后,他没有放弃广搜博采、细心搜访的学术习惯,终成《全唐文再补》、《全唐文又再补》,补收文章八百多篇;在《全唐文补编》后记中,他遗憾地指出还有不少应予收录的文章没能收录,留待将来的《唐文待访录》以补缺憾;而下一步的《先秦汉魏晋南北朝诗》校订、《唐五代诗纪事》等工作都按照计划,已在展开之中。①

3. 作为直接惠及后世的考证

如果说《全唐文补编》对于现代学术研究的方法论启示是宏观而间

---

① 参见《辨章学术 考镜源流——陈尚君教授访谈录》,《中文自学指导》2006 年第 1 期。

接的话,其问世将带动的相关研究的展开和深入,则是具体而直接、并可以预期的。

　　首先,《全唐文补编》对存世典籍和 20 世纪新见文献中的唐代文章广搜博取,其和《全唐文》及系列补遗著作一起呈现了除诗歌外的唐代文学各形式——如赋、记、序、碑、铭、赞、墓志、祭文、行状、奏状等——的发展风貌和演进过程,能够最接近唐代文学具体发展的原生态面貌。其次,文献整理和研究不仅仅是学科发展的基础,而且是专门性研究的重要组成部分。它在为学界提供有价值的资料及其初步研究的同时,也为作者本人及学界在某方面的深度研究和领域扩展提供了可能。在提供资料方面,新增补的唐代文献或补新见作者、或辑散佚文章、或考生平经历、或辨真伪、或纠异文,甚至还可以对已有文献成果进行补充,其嘉惠学者、乃至泽及后世的意义是显见的。如笔者在《唐代文学综论》中曾举例说明墓志可补唐诗。① 《全唐文补编》中墓志整理较多,对各方面新材料的补充是可以期待的。在研究的深入及领域的开拓方面,陈尚君教授对敦煌遗书中众多的唐代文献搜集尤勤、利用充分,这对于敦煌学的深入发展、唐代俗文学的发展演变研究皆有启发;他对佛藏文献的大量查阅搜索,无疑也为学界阐释唐代文学与佛教、道教等时代文化思潮的关系提供了更充分的文献基础。更具体的例子则来自笔者目前正在进行的"唐代中央文馆文士制度研究"课题研究。笔者利用《全唐文补编》,考得新见文馆文士如太宗贞观间著作郎杜宝、高宗咸亨间秘书省著作郎张洵古、武后时校书郎杜澄、武后时弘文馆大学士兼诸王侍读崔元悟、玄宗开元间太常博士冯宗等几十人,历朝历馆皆有补充,这对于文馆文士队伍的完善及文馆文士创作、生存状态的研究都是有益的。此外,笔者对拙著《唐方镇文职僚佐考》的修订完善也有赖于《全唐文补编》,这方面的工作正在进行中。

――――――――――――――

　　① 戴伟华:《唐代文学综论》第一部分"出土文献与文学",商务印书馆 2006 年版。

　　当然,书囊无底,任何一部著作都不可能毫无疏漏,止于至善。陈尚君教授自己在一九九七年的后记中就提到"近年新出版的俄藏敦煌文献、新公布之英藏敦煌文献、《中华大藏经》、《续修四库全书》、《四库存目丛书》中,也颇存唐人遗文,因工作量太大,暂未采撷。"而随着新资料的陆续出现,《全唐文补编》当然还可以有补充的余地。2004 年 6 月,由贺知章撰文的许临墓志被从墙上起出,此志可补正史无许临传记之缺佚,并为研究贺知章晚年作品提供了新材料。① 2004 年 10 月,西北大学博物馆披露了所征集到的一方唐代日本留学生井真成的墓志。此墓志所记载的内容,在日本文献中未有相关记载,因此是研究日本古代史、中日文化交流史的第一手资料,具有极为重要的价值,引起了中日学界的深切关注。② 2005 年,西安碑林博物馆的研究员王其祎先生将自己收藏的《唐王颙墓志》墓志披露于世,墓志所记志主王颙上下五代共六人姓名均未见载于新、旧唐书;志文撰者张模,唐书无载,但据《全唐文》、《隋唐五代墓志汇编》等所收墓志来看,张模所撰写的墓碑墓志甚多,其在当时不仅是撰写碑版文章的大手笔,而且也是一位出色的书法家;该墓志铭文作七言歌行体,又可补《全唐诗》之缺佚。③ 唐姚无陂墓志于 2002 年在西安出土④,《华夏考古》2005 年录其志文,把不见于文献记载的姚无陂其人放到六七世纪的姚氏家族以及更宽广的历史背景中进行考察,凸显其在隋唐贵族制、科举制、武则天时期的政治以及对

---

　　① 韦娜、赵振华:《贺知章撰许临墓志跋》,《河南科技大学学报(社会科学版)》2005 年第 1 期。

　　② 对墓主井真成的身世及留学的生涯的论争是 2004 年日本唐代史研究会的主要议题之一。在国内,2005 年 4 月西北大学召开了"唐代日本留学生井真成墓志学术研讨会",研讨会论文荣新江的《从〈井真成墓志〉看唐朝对日本遣唐使的礼遇》、王子今的《井真成墓志文试补释》,均见于《西北大学学报(哲学社会科学版)》2005 年第 4 期。另有葛继勇的《唐代日本留学生井真成墓志铭初释》,《华南农业大学学报(社会科学版)》2005 年第 1 期,庞博的《古代中日友好交往的新证实——井真成墓志与"遣唐使与唐美术展"》,《中国文化遗产》2005 年第 5 期。

　　③ 王其祎:《西安东郊出土唐代〈王颙墓志〉疏证》,《考古与文物》2005 年第 2 期。

　　④ 《唐姚无陂墓发掘简报》,《文物》2002 年第 12 期。

周边民族关系等研究领域的意义。① 李元昌墓志记载其事迹颇详,对研究初唐时期的历史有重要的参考价值。②

此外,《全唐文补编》卷帙浩繁,如果能将涉及到的作者、人名、官职、地名、重大事件等编订索引,无疑会更方便读者对此书的利用检索。

（本文和赵小华合作。台北:"中央研究院"中国文哲研究所《中国文哲研究通讯》第十六卷第二期,2006 年 6 月）

---

① 张学锋:《读西安出土唐姚无陂墓志》,《华夏考古》2005 年第 2 期。
② 樊波、举纲:《新见唐〈李元昌墓志〉考略》,《考古与文物》2006 年第 1 期。

文学生态与文学研究的实践

　　文化生态与文学研究,可以理解为文化的存在方式、存在形式与文学关系的研究,它有极强的包容性和广阔的阐释空间。我自己在唐代制度与文学、唐代地域文化与文学等方面做过尝试,现在博士生培养中也想以此为选题,拓展唐宋文学研究的新领域。下面对部分研究生的工作做一些介绍:

一、吴夏平:唐代中央文馆制度与文学研究

　　唐代中央文馆,系指国子监、秘书省、弘文馆、崇文馆、史馆、集贤院、崇玄馆、广文馆等文化馆所的统称。本论文主要研究文馆制度的沿革及其生成之文化内涵,文士的科第出身和选任质素,文馆制度与唐代文学的关系。
　　本论文将各文馆设置时间、人员建制和文士职掌等相关制度的考辨作为论述的基础,并阐释文馆制度形成的文化内涵。从两《唐书》、《全唐文》、《资治通鉴》、《唐代墓志汇编》、《唐代墓志汇编续集》等大量文

献资料中钩稽出四十余万字的材料,爬疏剔抉,排比分析,为写作奠定了较为扎实的文献基础。本论文认为,制度的创设是社会政治文化的产物,它的变迁与政治的需要是紧密相关的,而文士的任职往往带有较为鲜明的时代痕迹。朝廷在选任文馆官员时,既要考虑他们的科第出身,又不得不参照文馆的职务特性。因此,各文馆各时代文士任职资格中的因素不尽相同,如果将其连接起来,则可清晰地看出唐代文化建设进程的轨迹,也可以看出文馆社会地位的升降次序。文馆地位的不稳定性,既与政治上的人事变动相关,又与唐代文教政策的调整紧密相连。

文馆文士作为唐代文化建设的基本力量,不仅参与文教政策的制定,同时也是它的具体施行者。总体来看,文馆所具有的教育、修撰、庋藏等功能,在实施文教政策的过程中往往外化为学术形态,如《五经正义》、五代史志的修撰,就是功能外化的具体表征。文化功能的外化虽不直接作用于文学,但与文学的进程联系密切。无论是疏解经典所建构的文艺思想,还是前代史中所表述的文学理想,都在一定程度上影响到唐代文学进程。

律体律调初步定型于初唐诸文馆,以及进一步成熟于盛唐集贤院,可视为文馆文人与唐诗联系的表现之一,文馆与诗歌联系的另一方面表现在类书与"檃括体诗"本质上的相通之处。唐传奇创作和史馆写作有一定的联系,不仅在"假小说以寄笔端"的兴寄方面与史学精神相通,更在篇目命名和体式结构上直接借鉴史传文学,在这种意义上来看,小说文体也是与文馆有着相关之处的。诗歌、小说之外,修撰实录、行状和碑志文等是文士的职责所在,这些文体的体式功能及其嬗变衍化,与文士的任职有相当大的关联。元稹、白居易任职秘书省校书郎,韩愈出任国子学官,在文士的任职中具有典型性,他们此期间的诗文创作,典型地反映了所任官职的职务性格和创作心态,实可作为文士任职与文学之关系的代表。

基于上述思路,本论文由以下七章组成。

第一章通析文馆制度沿革。探讨的对象包括中央各文馆的历史渊源、设置时间、人员建制、文士职掌及其变迁的大致情况,依次讨论"二馆七学"、史馆、秘书省、集贤殿书院、崇玄馆等制度的创设。

第二章阐释制度生成的文化内涵。主要探究隐藏于太宗创设史馆、秘书省地位升降、玄宗创建集贤殿书院、崇玄学及广文馆等一系列现象背后的文化生态。

第三章是文馆制度中的文士研究。一方面统计分析文馆文士的科第出身,另一方面阐述文馆文士任职的文学因素。主要运用计量学方法对所考2551人次的文士进行动静两方面分析,以期勾画有唐一代文士整体风貌。

第四章讨论文馆政教功能与文学之间的关系。唐代文教政策的具体执行者,主要是文馆文士。因此,刊定经史、颁布施行就成为文馆实施文教政策的具体行动。本章以《五经正义》和"初唐八史"的修撰为例,探讨经学家和史学家的文艺思想及其对唐代文学进程的影响。

第五章探究文馆与诗歌的关系。文馆文士不仅是培育近体诗的主要力量,而且在诗歌意象上将近体诗进一步推向成熟,以张说和张九龄为代表的集贤学士即其著例。文馆与诗歌的内在联系,主要表现在类书的编纂上。类书编纂与"檃括"在本质上是相通的,即分门别类、精简概括,不断追求事物的简化。本章以李峤"百咏"为例,说明诗歌与科举制度、类书编纂之间错综复杂的关系。

第六章讨论文馆与小说及其他文体之间的关系。文馆与唐传奇的关联,主要表现在两方面:一是传奇作者的任职史官的经历,二是传奇创作中表露出来的史学意识和对史传笔法的借鉴。从创作者的角度来看,实录、行状、碑志等文体,与文馆也有着千丝万缕的联系。

第七章是个案研究。选取元稹、白居易任职秘书省校书郎和韩愈任职国子监学官为例,分析他们任职期间的文学活动。研究文士任职期间的创作,有双重意义:一是可以弥补以往作家社会角色研究的不足,二是借此深入开掘不同职官特点,前者具有文学史意义,后者具有史料价值。

二、赵小华:初盛唐礼乐文化与文士、文学关系研究

儒释道三种文化思潮在唐代社会充分交融汇合,形成包容开放的大唐文化。在思想渊源上,学界多讨论佛道思想对文学的影响(如道教对唐诗想象力扩张的作用、佛学对诗境艺术与意境理论的影响等),较少关注儒学。事实上,儒学思想是一种具有深远文化渊源的传统意识。它既是唐代文人生活和文学作品创作的土壤,也是唐代文化和唐代文学内在的精神命脉,其对文学的影响除了诗教观外,还有更丰富的层面;而作为儒学思想核心的"礼乐文化"与文学的关系,更应得到进一步揭示。

中国古代文学与礼乐文化有着千丝万缕的联系。最初的诗歌是和礼仪、音乐、舞蹈结合在一起的,诗、乐、舞三者紧密结合,共同运用在特定的礼仪活动中,如《诗经》、《楚辞》中的许多作品。文学发展到唐代,其与礼、乐、舞的直接联系虽有逐渐疏离的倾向,但在郊天、宗庙、封禅、籍田、释奠等多类祭祀中仍然密不可分。随着唐代礼乐制度历经贞观礼、显庆礼和开元礼等阶段的修订以及音乐的飞速发展而几于完备,以制礼作乐为直接表现形式、以和谐社会秩序和盛世社会理想的追求为核心的礼乐文化也得到了充分发展,成为初盛唐时期文人生活、创作的文化背景和精神养料。因此,礼乐文化与文学关系的研究,是唐代文学

研究的一个重要课题。礼乐文化是一个以礼和乐两种具体文化形态直接表现出来的、具有一定的仪式性、政治性、伦理性、教化性，追求社会秩序和社会和谐的文化系统。唐代历朝统治者无不在政治层面大量利用儒家学说，通过制礼作乐、明堂封禅、礼乐郊祀、祥瑞雅颂等方式的运作，营造一种和睦良好的社会秩序和盛世社会理想，并在初盛唐阶段取得了一定的成功。

儒家思想既是唐代文人生活和文学作品创作的主要文化背景，也是唐代文化和唐代文学内在的精神命脉，作为儒家思想核心的礼乐文化与文士、文学的关系，主要表现在：国家文化政策为文学发展提供导向、文人积极参与礼乐文化建设、礼乐文化在不同文学形态中的渗透等方面。

作为文学发展的重要背景，礼乐文化与文学的相关性首先表现在国家文化政策为文学发展提供导向方面。初盛唐时期三代帝王的国家文艺政策各有千秋：唐太宗不忘前车之鉴，力倡雅正；武则天多以礼仪改制作为政治革命的先导；唐玄宗时期礼仪、音乐等方面已呈现出明显的盛世情怀。这些方面都深刻影响了唐代文学的演进，其间的关联值得重视。

文人既是时代文化的创造者和参与者，又是文学作品的承担者。其在礼乐文化与文学的发展中，起着双向沟通的作用。一方面，教育和科举的一致性使得绝大多数文人在儒家思想的土壤下成长和发展，他们对于礼乐文化的接受可谓自然；另一方面，在频繁举行的国家礼乐文化活动中，文人或因职务规定、或因炫才扬己、或因心向往之，以不同的行为和方式参与其中，推动着社会文化的建设。在礼乐文化和文学两方面都可清楚地见到文人的身影。张说的一生，具有多方面的典型意义，以他为例来具体分析和细致演绎文人对礼乐文化的参与，能够进一步理清作为中介的文人在礼乐文化和文学发展方面的影响。

文学作品是文学最直接的存在方式，对文学作品的分析是文学研究不可缺少的一部分。从礼乐文化的角度来梳理文学形态,需要回到唐代文学发展的原生态状态中,对家训、郊庙歌辞、宫廷诗、各类颂文以及配合典礼而完成的赋作等文学作品和文学形态作出新的阐释。

在初唐文学渐臻盛唐的发展过程中,典雅、壮阔的文学风格也日趋成型。这其中,礼乐文化的塑造作用不可忽视。

总之,本文以初盛唐礼乐文化的构建和各时期国家文艺政策的制定为阐述前提,对文人活动和文学作品进行综合考察,探索文士的实际行动、演绎文人积极参与礼乐建制的过程、诠释礼乐文化观照下的不同文学形态,寻绎作品所体现的文学风格与文化本源的关系,最终揭示礼乐文化对初盛唐文学发展的深远影响。

三、肖妮妮:唐人隐逸与名山文化研究

论文将隐逸文化与地域文化联合进行研究,选取隐逸文化史上重要转折时期——唐代作为切入点,分析唐代隐逸文化对前代之继承与新变,归纳唐代隐逸类型,论述不同目的之隐逸主动选取不同文化内涵的山岳作为隐居地,而山岳文化反过来亦影响后人对该山隐士的接受和评价,从而实现隐逸文化与地域文化的相互影响。

论文第一章探讨隐逸文化的三个重要概念——"隐逸"、"隐士"、"隐逸诗"的起源、发展及其内涵外延,尤其重在阐释唐人之士观、隐士观与隐逸观,分析唐代士阶层之组成,辨析僧人、道士与隐士的关系,点明隐逸有主动与被动之区别,并分析其在唐代的表现形式,论述唐代官制与礼制对隐逸文化的影响,指出官员守选、丁忧时有成为隐逸的外在契机,界定本论文"隐逸行为"和"隐士"的研究范围。

第二章从唐诗和唐人隐逸行为两方面考察唐代对前代隐逸文化的接受和继承。唐诗方面，主要从唐人对前代著名隐士的歌咏方式角度进行考察；唐人隐逸行为方面，分析了前代各类隐逸形式在唐代的延续和发展。

第三章主要考察唐代隐逸文化新变及其时代特征，指出唐代隐逸以功利性强、世俗化浓厚为特征，在隐逸原因、隐逸性质、隐逸形式、隐逸地点、隐逸生活、隐逸结局等方面都有了新的变化。唐人不再将仕与隐相对立，而是时隐时仕，仕隐转换无碍，有的隐士甚至以隐逸为仕进的敲门砖。唐代文人更创造性地发明了"中隐"、"吏隐"的隐逸方式，既追求闲适自得的精神境界又不放弃物质生活享受。

隐逸形式方面，本文提出"隐游"概念，指出唐人隐逸期间往往不安于一地，而在"隐"的名义下周游各地。不少隐士并不安于隐逸，而是蠢蠢欲动，通过各种方式寻找出仕的突破口，或与同隐之士唱和交游，形成浩大的声势以扩大社会影响；或直接干谒达官权贵、文学泰斗，寻求赞誉与提携。

本章重点提出"名山隐逸传统"这一概念，指出在隐居地选择上，唐人改变以往穴居野处，随兴而隐的状态，而是有意识地选择特定的名山大川作为隐居地；并从鹿门山隐士情况分析入手，通过该山代表隐士从庞公到孟浩然的变化，证明这一传统的成立及其变迁。

第四至六章立足地域文化，分析唐代四大隐居名山庐山、嵩山、罗浮山、天台山隐士隐居情况，探讨庐山隐逸地位的下降和嵩山隐逸地位的上升所蕴含的深层文化心理，考察罗浮山的仙山文化对其地隐士被神仙化的影响，分析天台山佛道文化及佛道势力的消长变化对本山隐逸文化的影响，讨论隐逸文化与名山文化、地域文化之间的互动。

唐人隐居名山时，对隐居地点的传统文化与地域文化有选择地接受和继承。起源于原始社会的崇山传统历史悠久，所处地理位置的不同造就各山岳的不同际遇，历代政治、社会、文化因素的层层叠加更造就了山岳不同的文化气息和色彩。周围地域文化特质的辐射同样为山岳增添了独特的魅力。隐居于山岳的士人们不可能独立于这种文化传统之外,各隐居地的原有文化基因必然对该地隐士进行影响和改造。当然,作为有着独立个性的士人,对于隐居地的原有文化也并非无选择的全盘吸收。在选择与排斥之间,在改造与被改造之际,隐逸文化、个人素质、山岳文化、地域文化的种种,交互呈现。

庐山地域上远离政治统治中心,历史上政治色彩淡薄,有浓厚的隐逸文化传统,是著名的隐逸名山,在先唐隐逸史上以十五名隐士高居二十座隐逸名山排行榜之首。然而到了唐代,其隐逸地位呈现较大幅度下降,不仅隐士比例降低,而且唐代庐山隐士在隐逸原因、隐居时的活动表现以及隐逸结局各方面都未能继承先唐庐山隐逸的传统,而是反映出鲜明的功利色彩,与唐代隐逸的时代特征相合拍。

嵩山历史政治色彩浓厚,地处唐代政治中心洛阳城外,与隐逸文化本不相合,然而唐代隐逸正以高度的政治化和强烈的功利性为时代特征,嵩山文化与隐逸遂在唐代契合无间,其山岳文化不仅没有成为唐人选择隐居地时的不利因素,反而促成某些特定的隐逸行为:如唐代官员致仕、罢官归隐多喜前往嵩山。同时,历史隐逸文化的兴盛为嵩山笼罩上金色的光环;寺庙宫观众多,香火鼎盛,又为嵩山增添了出尘气息,从而平衡了自身政治功利气息过于浓厚的特点,既能达到迅速出仕的目的又能避免负面评价的降临,最终成为唐代隐士的首选隐居地。庐山与嵩山地位的升降变迁是不同时代隐居地点选择标准差异的投射,也是隐逸文化发展新变的表现。

强调隐居名山的隐逸文化在地缘文化和传统文化角度都和仙山文化建立了紧密的联系,罗浮山是中国仙山系统中神仙意味浓郁、地位独特的一座山岳,它是两大神山系统中唯一确定的真实存在,其高贵的血统,使得这里的神仙故事相当发达。地处偏远,具有相对独立性以及路途的遥远、抵达的艰险也成为保持仙山神秘色彩和灵异特点的有利因素。唐人对罗浮仙山文化的普遍接受和认同,使之成为一种文化基因,影响了唐代罗浮文化的继续发展,此时期不仅出现了新的灵异事迹,产生了新的佛道神仙,而且隐居此地的中唐人士王体静、五代官员黄励也被整合进神仙系统。

天台山以"山水神秀,佛宗道源"享誉天下,自然风景优美,其山岳文化以宗教文化为主体,融汇儒家文化于一身,形成佛道并存、三教互融的文化格局,成为唐人隐游的一大目的地。从山水景观、道教文化、佛教文化三方面分析唐人隐逸天台情况,并描绘道佛地位的消长变化在唐人天台隐逸中的反映。历史上僧人而被视为隐士者,以天台寒山、拾得、丰干为最著名,寒山子并经历了先儒后道再释的身份变化,是天台文化的典型代表。唐代诸名山的隐士中往往兼有士人与僧、道,但一般均以士人的名气为大,僧、道常常只因与士人交往而被关注,其附着属性明显;而天台山隐士最著名的却是寒山、拾得、丰干等僧人,彰显了地域强势文化对隐逸文化的改造。

四、严春华:风俗文化与唐代文学的相关性研究

文学与风俗,它们共处于文化的动态传承中,同生共长,彼此渗透:文学作品是风俗文化传承不可忽视的载体,文学作品的记录、创作和传播影响着风俗文化的传承,故观文学而可知风俗;而同时风俗文化也影响文学创作;风俗文化影响文学创作的题材、审美、艺术特色,影响作家风格的养成,影响文学作品的传播与社会功用,也影响文体的社会发生与发展。

唐代文化是我国文化发展史上最辉煌的一页,也是风俗史的一个重

要转折期。

在这一时期,汉魏旧俗和北朝胡俗得到了消化和整合,生产力的空前发展、对外经济文化交流的频繁、科举制度的建立、教育的发展、社会风气的开放、诸多的社会时代变化和特点,无疑促使唐朝在承继以往的同时更形成了许多新的风俗,较以往更为丰富而广泛,呈现出特有的时代面貌,并对后期的封建社会产生了深远影响,成为风俗史中非常重要的一个时期。这一时期民众的文学热情高涨,诗歌创作达到巅峰,文学创作走向繁荣,共处于同一时期的唐代风俗文化与文学,在互渗与共长的相互影响中,都呈现出各自特有的风貌。

论文选择风俗文化与唐代文学关系作为研究对象,就是试图对这些特点在二者绵密互渗的关系中溯源,着力于分析风俗文化对文学的影响和渗透。从唐代诗歌、传奇小说、应用文等文体分析风俗文化对各类作品从内容到形式所产生的影响,探讨文学在一定的风俗文化影响下所具有的时代特征,透视特定时期的历史风俗对文学作品的影响的各个方面,展示文化作为文学滋生土壤的巨大影响力。

论文首先从文艺社会学视角对唐代风俗与唐代文学的相关性作理论探讨:一方面,唐代一些新兴文体的形成和定型受唐代风俗文化的制约,文学创作与演变受到唐代风俗文化的影响,文体形式与内容受到风俗文化行为仪式影响;另一方面,凝定为特定审美形式规范的唐代文体,其文体功能、文体分类、文体风格,也投射出唐代风俗文化的风貌,文体的兴衰还影响相关唐代风俗文化的传承。

在理清风俗文化与文学的总体关系下,进一步的分析从文人与作品两个角度展开,文人是风俗文化影响文学的中介,分析文人与风俗文化的关系,才理清了风俗文化影响文学的渠道、途径与脉络,因此论文第二大板块是探讨风俗文化对唐代文人的影响:论述唐代的时风世俗带给文人生活方式的变化,文士生活在开放、奢靡、胡化的时代环境中,时代风尚在他们的生活中体现得淋漓尽致;生活的影响带来创作上的影响,唐代文人在其文学创作中所表现出的思维方式、审美心理、语言习惯,都渗透着时风世俗的熏染,唐代文人对风俗题材也空前地垂青。

作品是风俗文化影响唐代文学的最终呈现与结果,而不同文体的这一呈现显然各有特点,论文将风俗文化与唐代文学的相关性如何实现形态转换落实到文体领域来探讨,将文学与风俗文化的关系研究推向深入。论文选择六类有代表性之文体,探究风俗文化对其文体发生、演变所产生的影响:

(一)探讨风俗文化对唐诗文体的影响:影响唐诗的创作和传播、艺术形式、审美性、文化内涵,并加强诗歌的娱乐与社交功能。

(二)讨论风俗文化对传奇小说文体的影响:外部影响主要是聚谈风习促进传奇小说的创作,"说话"风俗影响传奇的叙事艺术,文本影响则表现在城市生活风俗构成传奇中典型化的环境、时兴风俗影响传奇创作题材,社会风俗心理影响人物形象定位。

(三)分析墓志文体与风俗的关系:唐代厚葬风气刺激墓志的修撰,墓葬信仰决定了墓志的文体功用,影响墓志文体的标题定位与内容构架。

(四)讨论祭神风俗与祭神文的联系:语言与文字的通神信仰,奠定唐代祭祀文学直接参与祭祀仪式的基础;宣读、焚烧与投掷使祭文成为祭祀仪式的一部分。

(五)研究判词与唐代社会风尚之关系:"以判为贵"的风尚促进了判词的创作,时风促进了判词的文学化倾向。

(六)探讨唐代风俗与唐代谣谚的关系,从政治风貌、生活风俗与文艺风尚三个角度来分析风俗如何影响谣谚的演变与兴衰。

通过以上六类文体与风俗文化的相关性研究,解决一些唐代文体个性、文体功用、渊源流变等基本问题。从文化人类学的角度对唐代文体做立体与交叉分析,拓展文体研究中的文化范畴,更好地解释应用文文体演变之渐变与突变原理,从而为文体演变的完成描绘出令人信服的过程。

对文学的分文体讨论,是立足于唐代文学的特点之上,而其中的风俗文化主体则一直是统而概之,缺乏分类辨析,但因风俗文化内容广泛,限于本篇论文篇幅,故于最后一章选取唐代仙界信仰来做风俗文化的个案研究,作为风俗文化之切面,讨论仙界信仰题材在传奇与诗歌文体中的异同,比较同类风俗对不同文体的影响异同,作为对前面探讨的补充。

总之,论文立足于对风俗文化与唐代文学的关系做一大致脉络的勾勒,展示唐代文学在风俗文化影响下所具有的时代特征,从而透视历史风俗对文学作品的影响的各个方面。

五、刘春霞:宋金战争与南宋文学研究

"战争"既指具体时间里敌我双方发生的兵戎相见的武装事件,也指一种争战对峙的存在状态。南宋在战争中建国,其立国的过程也与战争相伴始终。战争成为南宋重要的历史文化背景,其中以与金国的战争为主。宋金之间频繁发生的战争事件与旷日持久的对峙状态,对南宋文人的行为、心理及文学创作与文学思想都产生了深远影响。本文旨在结合具体的战争事件,在宋金战争这一时代背景下,系统地探讨南宋文人的思想、心理、行为及文学创作与文学思想。

战争背景下的文人研究是本文研究的第一个内容。主要探讨以下三方面内容:

（一）探讨文人的战争观及由此形成的文人关系

宋金战争从一开始，就面临着对金是和还是战的问题。"宋自南渡以后，所争者和与战耳"（王夫之《宋论·宁宗三》），在不同的战争时期，文人由于对和、战表现出不同的态度而形成了复杂的文人关系。第一，靖康之难前后，形成了以李纲与汪伯颜、黄潜善为代表的战、和对立。以李纲为中心，形成了一个主战的文人群体。第二，绍兴中期，形成了主战文人与秦桧、高宗主和集团的对立。以赵鼎为中心，形成了主战的文人集团。第三，"隆兴北伐"前后，形成了以张浚与汤思退战、和对立，张浚与史浩之间的战、守对立。张浚起用道学人士助其北伐，在其周围出现了一个主战的文人集团，同时又是道学集团，和、战之争与学术思想密切相关。第四，"隆兴和议"后主守派与主战派之争。朱熹等理学家强调"正心诚意"之学，主张持敬守诚、止于至善，在战争态度则持"先修内后攘外"、以静制动的主守观。与朱熹等人相对立的浙东事功学派认为"道在日用"中，实现抗金复国即体现了"道"，强烈要求抗金北伐。主守派与主战派战争观是其哲学观点在形而下层面的具体表现。二者政见之争与其学术之争互为表里，成为此时期的突出特点。第五，宁宗朝的主战文人与权臣韩侂胄之间形成了错综复杂的关系。这与当时的道学党争有密切关系。

（二）探讨战争背景下的文人士风

宋金战争影响了南宋文人的心理、情感，并最终形成了具有鲜明战争文化内涵的士林风尚。面对中原沦陷、朝廷偏安的社会现实，文人士子普遍关注朝廷政治、军事问题，表现出深厚的"恢复"情结、强烈的"中兴"理想与英雄意识。第一，南宋文人的"恢复"情结。南宋文人改变了南宋以前儒学思想中关于"夷"、"夏"同质、用"夏"变"夷"的观点，认为宋人与"夷狄"金人有不共戴天之仇，不可通过仁义道德使其归附，只能采取战争的形式将其彻底消灭,表现出对"夷夏之辨"、"夷夏之防"思想的强化。他们通过研习阐释儒家经典如《春秋》、《诗经》、《易》等强化"夷夏之辨"的思想,突出"尊王攘夷"中"攘夷"的内容。第二,南宋文人的"中兴"情结。南宋文人对南宋君臣及文人士子提出"中兴"宋室的希望,并对自己建立"中兴"之功表示期许;借赋咏征引包含了"中兴"文化意义的"浯溪"意象与《车攻》事典表达其"中兴"理想。就其实质而言,所谓"中兴",是指复兴北宋盛世的领土疆域、政治地位及上古王道治德等文化传统。第三,南宋文人的英雄意识。南宋文人通过歌颂英雄、塑造英雄自我形象,寄托其恢复中原故土的希望。他们所称赏的英雄是具有经邦治国、抗敌御侮、出将入相的文武全才,是具有"文韬武略"的"诗书帅",对"英雄"的内涵赋予了时代意义。

(三)探讨宋金战争中的文人行为

宋金战争影响了南宋文人的行为:第一,文人的谈兵行为。文人普遍谈关注军事问题,并在上疏、奏论、策对等政论文中,讨论军事政策、用兵方略。这与宋朝文治背景下士人主体意识的强化有关,与南宋武举制度的发展完善有关,而对南宋岌岌可危的命运的深重忧患意识则是其谈兵的关键原因。第二,文人的入幕行为。文人直接参与军事实践:一则文人以帅臣身份,在战争时期来到边境幕府,治兵征战;一则文人任职于将帅幕府。与唐代不同,南宋幕府府主多由文人担任,幕府军事职能与府州民事职能开始融合,幕府文人将帅除了统兵征战之外,兼理民事;文人属官之属性向幕职州县官转化,突出了民事职能,淡化了军事职能。在宋代重文轻武的风气下,南宋幕府文人的心态发生了很大变化,唐代以军功为尚的理想、弃文从戎的行为一去不返。第三,文人的使金行为。"古者兵交,使在其间",宋金战争时期,宋朝屡次向金国派遣使臣,包括常使与泛使两类,其中泛使与战争的关系尤为密切。

战争背景下的文学研究是文研究的第二方面内容。这包括两个方面：

（一）战争背景下的文学创作

以文人经历、行为为线索，探讨在战争背景下形成的几类文学，包括战乱文学、幕府文学及使金文学。第一，以靖康之难为中心，探讨反映战争的战乱文学，并与建安时期、安史之乱后的战乱文学进行比较，以揭示战争对文学思想内容与艺术风格的影响。第二，南宋文人统兵入幕，在幕府形成了特定的文人群体，创作了一批幕府文学，主要包括幕府边塞军旅诗与幕府散文。与唐代边塞诗相比，南宋幕府诗具有新的特点，这由与南宋特定的战争形势、军事制度及文人入幕心态有关。第三，南宋文人出使金国，创作了一批使金诗。其中包括一批被拘禁于金国的诗人如朱弁、宇文虚中、洪皓等人的诗歌创作，及范成大、许及之等人的使金纪行诗。留金诗人因为被拘禁的身份，其诗歌在思想内容与艺术风貌上与南宋主流诗坛呈现一定差异。使金纪行诗是使臣对沿途所见、所闻的记载，也是其亡国破家之痛与遗民复国之思的表现，开拓了诗的境界，具有一定的文学史意义。

（二）战争背景下的文学思想

宋金战争的时代激变，也影响了南宋的文学思想。第一，就诗歌而言，南宋文人打破北宋江西诗派重形式而轻内容的传统，强调诗歌关注现实生活与人民命运，表现出对"诗言志"理论的强调，并具体体现在对杜诗精神的理解与接受上。第二，就词论而言，"复雅"呼声高涨，要求词作与诗三百、"骚雅"之趣与儒家诗教传统结合起来，从而为词赋予传导时代脉搏、载负时代精神的功能，体现了时代激变对词学理论发展的影响。第三，就散文而言，南宋众多文人喜好谈兵，将兵学内容纳入散文创作中，将兵家纵横凌厉、气势恢宏的论辩风格带入创作中，拓展了散文创作题材，同时也形成了文人深具纵横品质的散文文风，体现出自觉追求"辩博肆丽"文风的文学思想。

六、彭梅芳：中唐文人日常生活与创作关系研究

中唐以来，在特定的政治、经济环境下，文人身受社会世俗化浪潮和佛教禅宗思想等方面的影响，心态渐趋务实并日益走向世俗和日常生活世界。与此相对应，日常生活题材在中唐文学中增多，文学呈现出崇实、尚俗的趋向。中唐文学的这一趋势与汉魏晋以来忽略、回避琐碎日常生活内容的文学创作倾向形成了鲜明的对照。其实，日常生活题材，自《诗经》开始即已成为文学创作中主要表现对象。汉以后，在政治、文人地位、审美主流意识等诸多因素的合力下，这一表现题材日益被边缘化。直至中唐，日常生活题材在文学创作中的所处的弱势状态才得以扭转。中唐以后，琐碎的日常生活内容在文学表现领域中的地位得到不断的加强，到了宋代，日常生活题材更成为宋代文学的一项主要的表现内容。

文人日常生活，与文人学子的科场、游历、入幕、贬谪等特定生活类型不同，日常生活着重"日常"二字。它强调的是一种具有重复性的、较稳定的常态生活，也即由饮食、穿衣、坐卧、交谈等一系列日常行为贯穿起来的平凡生活。这些纷繁芜杂、变动不居的生活内容虽琐碎且平淡，却更容易反映人的本真的生活方式并体现一个人的生存态度。中唐文人在诗文创作中趋于表现日常生活，对日常生活中的细小事物，如衣食、器物，以及种种家居琐事，他们大都能体味其中的小趣小乐，而不以浅俗而舍之。这无疑为读者窥视其生存态度打开了一扇窗。围绕文人的日常生活和文学创作这两方面的研究对象以及它们之间的关系，本文分五章进行论述。

　　第一章综论中唐文人日常生活和创作之间的关系。大体来说，中唐文人日常生活与文学创作互为影响，二者之间的关系是：一方面，中唐文人的日常生活世界是文人作为生命个体生存的寓所，它为文人提供了生存所必需的熟悉感、稳定感和安全感；纷繁复杂的日常生活世界可以给走向世俗的中唐文人提供大量的文学表现题材资源；日常生活中所积淀的日常观念、日常思维与常识则在潜移默化中影响着文人的创作观念、文学思维和文学风格的形成；日常生活中传统的、非理性色彩的文化因素，容易滋长走向日常世界的中唐文人的保守和惰性，由此对文人的开拓性和创造性带来负面的影响，从而使得文学创作具有了走向平庸的潜在危险。另一方面，中唐文人的文学创作日益以日常生活内容为表现对象，原本看似平淡无奇的日常生活，经过文学作品的提炼与升华，能焕发出一种美感；中唐文人在文学创作中表现日常生活内容，也逐渐带动了文人对日常生活的改造。

　　第二章从总体着眼，根据社会历史、文学演变的进程，分中唐前期、中唐中后期两个阶段对大历诗人、权德舆、韩愈、孟郊、刘禹锡、柳宗元、白居易、元稹等主要的中唐文人的日常生活题材诗歌创作进行分析。一方面，透过相关诗歌以及史料勾勒中唐文人的日常生存状况；另一方面对比考察他们在采纳日常生活题材入诗时的不同做法，由此考察日常生活因素在中唐诗歌中的生长、演进情况。就大体而言，至德至贞元初，大部分文人对日常生活的表现多以细致的工笔描摹日常物象以及亲情、友情等日常情感为主，对部分具有世俗情调的日常内容则采取回避的做法。而活跃在贞元中至元和、长庆年间的主要诗人，他们对日常生活内容的表现较之中唐前期的文人更为大方，各种琐事、日常情态、日常物象都被尝试纳入文学创作中。可以说，随着时间的推移，中唐诗歌的日常化和世俗化的特征渐趋明显。

　　第三章以中唐文人的日常饮食、服饰、居住环境等日常物质生活层面为切入点，分三节考察了中唐文人在衣、食、住方面的习惯以及相关审美趣味的转变,进而探讨这种转变给中唐文人的文学创作风格和文学思维带来的影响。中唐日常饮食题材诗较之初盛唐同类题材的诗篇,不仅在表现内容上有所拓展,而且在诗歌语言和审美趣味的表达上都呈现出世俗化、日常化的新变特点,由此透露了中唐文人务实的心态。此外,本章以柳宗元文章"奇味"说为例,阐述了饮食习惯的变更对文人的文学创作及文学理念的影响。在服饰方面,"儒服"在中唐的兴衰折射出文士社会地位的升降,也引发了文士对于自身价值的认识的变化,由此影响到了文学创作的格调。而中唐文人在诗文中表现出对粗疏服饰的青睐,预示着中唐文人归于本真的审美追求、安贫乐道的心态和淡泊自得的生活理想。在居住环境方面,寓情致于精简的居住观念日渐在中唐文人群体中得到认可,由此折射出士人精神的回归。中唐文人在日常物质生活方面日益表现出清简、疏淡、素雅的审美趣味,这种审美趣味对中唐文学风格的形成不无影响。

第四章围绕中唐文人的日常文化生活层面,从雅琴、棋弈、书法等三方面观察中唐文人的文化喜好和由文化偏好透露出来的文艺审美趋向。认为,古琴在中唐文人群体中的复兴以及文人对琴的"淡"、"古"、"悲"、"缓"等美学品质的注重、讲求沉思默想的围棋在中唐的盛行和中唐书学中对笔法的强调,皆体现了中唐文人的精神和气质特点,也预示着中唐文学的审美走向。

第五章以中唐文人的日常公共生活为中心,从亲友日常交往的角度分析中唐"父子兄弟同以文名"现象以及中唐文人的结群现象;中唐文士在仕宦生活中,从早期的关心时务渐渐变得不乐曹务,他们日益疏离公共领域生活并走入私人小天地,精神偏于收敛、低调,而文学视域也变得狭窄,这对中唐文学的风貌不无影响。

余论补充探讨中唐文人日常生活的打破与重建给他们的文学创作所带来的影响。认为,旧有的日常生活模式的打破,虽然使得文人的生活陷入混乱,但经历混乱后,在新的日常生活模式的建立中,具有敏感神经的文人又往往能从中获取一些新的思考,文学创作也因此得到新的发展。

　　以上的研究涉及到文化生态的诸多方面,包括制度、礼仪、隐逸、民俗、战争以及日常文人生活等与文学相联系的各个层面。

后 记

　　"文化生态与中国语言文学的古今演变"是华南师范大学211项目,其目的在于"以文化生态理论为主要依据,将中国语言文学置于中国文化生态环境的历史变迁中,系统考察其发生、发展、演变与规律"。这一项目的设计具有很大的包容性和可拓展的空间。因此收入本书的内容就有命题为"文化生态与中国古代文学论丛"的理由。

　　其实,我们一直有这方面的追求,在组织撰写"文学生态与文学研究的实践"时,本想附入一些博士论文的详细章节,但因篇幅所限,已无法实现。在硕士生培养中,也做过相关尝试,如从任中敏先生著作入手,写成一本有关任先生学术体系研究的专著,已完成的有张之为硕士论文《〈唐声诗〉研究》、冯敏仪《〈唐戏弄〉研究》和正在写作中的罗婵媛《〈敦煌歌辞总编〉研究》。现在我又打开张之为的论文,仍然为她的努力而高兴,论文长达9万字,118页,其中有些章节有相当的学术含量,比如《〈何满子〉舞、歌、辞考——对依调作辞以及唐曲子曲体规范形成时间的思考》、附录《〈乐府杂录〉佚文辑考》等,已超出我的期待;后来她又协助我做了《唐声诗》的整理工作,对其中每一条引文作了核对。我们工作的出发点是,从具体一位学者入手进行分析,评估文化与文学关系研究的可行性程度以及成果的价值。事实上,这样做是切实有效的。从某种意义上说,也是在呼应着"文化生态与文学"关系的研究。更重要的是,我们是在摸索中国古代文学研究生培养的方法,包括选题、工作路径、研究手段等。

收入本书中已发表的各篇论文格式未加调整而统一,大致保存了发表时的形式。凡收入《唐代文学综论》(商务印书馆 2006 年版)的论文本书就不再收入。

戴伟华 记于华南师范大学高校教师村寓所

2011 年 5 月 1 日